拆解一篇小说

叶沙 著

叶沙

　　1992 年底进入上海东方广播电台开始广播主播生涯，常年主持晚间谈话类节目《相伴到黎明》。

　　1997 年开始，创办读书栏目《子夜书社》，坚持每周推介一部文学作品，以作品分析而非作品欣赏为主。

　　出版作品有《相伴到黎明——叶沙谈话录》（2000 年）、《细读红楼》（2010 年）。

目录

歧路

读黄咏梅的《昙花现》，想起黄灿然的《静水深流》：

> 我认识一个人，他十九岁时深爱过，
> 在三个月里深爱过一个女人，
> 但那是一种不可能的爱，一种
> 一日天堂十日地狱的爱。从此
> 他浪迹天涯，在所到之处待上几个月
> 没有再爱过别的女人，因为她们
> 最多也只是可爱、可能爱的，
> 他不再有痛苦或烦恼，因为没有痛苦或烦恼
> 及得上他的地狱的十分之一，
> 他也不再有幸福或欢乐，追求或成就，因为没有什么
> 及得上他的天堂的十分之一，
> 唯有一片持续而低沉的悲伤
> 在他生命底下延伸，
> 像静水深流。
> 他觉得他这一生只活过三个月，
> 它像一个漩涡，而别的日子像开阔的水域
> 围绕着那漩涡流动，被那漩涡吞没。

他跟我说这个故事的时候，

是一个临时海员，在一个户外的酒吧。

我在想，多迷人的故事呵，

他一生只开了一个洞，不像别人，

不像我们，一生千疮百孔。

这一回，诗中的他是一个女人，而且那个女人的人生中，吞没一切的漩涡，竟和千疮百孔各行其是而并行不悖，似乎已无须比较漩涡和千疮百孔，哪一个更值得我们为之一哭。

那个让人唏嘘感慨的女人林姨妈的故事，始于她的死讯——一个让她的生前好友悔愧交加耿耿于怀，而"我"这个从小认识，叫了她一辈子林姨妈的人却无动于衷的消息。"我"从小有三个异姓姨妈，但是从来没想过，像妈妈那样，拥有相交一生的好友是一种什么样的幸运。林姨妈一度是家里的常客，童言无忌的"我"随口说对过两件事，一是看到满脸皱纹的老人，"我"会说这个老爷爷好痛，一是"我"认为林姨妈口臭，是因为她总不开心，而且她身体里藏着什么东西在腐烂。说者无心，直到林姨妈过世，"我"也没明白，老真的是一件很痛的事，林姨妈的不开心藏了一辈子，的确把她五脏六腑都沤烂了，她正是因此才油尽灯枯的。

这个死讯，在小说的首尾出现过两次。第一次的表述，是"我"妈妈说的，"2021年9月16日，酉时"。这事交托到"我"的手上，再几经辗转，终于送达林姨妈心心念念一辈子的钟俊仁时，被"我"翻译成了"2021年9月16日，傍晚六点左右"。对此，"我"还很得意。这一幕，与阿努伊的话剧《安提戈涅》中，安提戈涅临终，请看守她的士兵替她给未婚夫传递最后的留言，何其相似。看到安提戈涅的话语，经过士兵之口粗鄙下流地演绎，经过士兵沾着口水的笔落到纸上，作为观众，我们的心都碎了。安提戈涅一定比我们更不堪忍受，她宁可放弃最后的努力，深藏那些歉疚或眷恋、等待的煎熬或无以传递造成的窒息。人，就是在一次一次选择沉默，选择深藏中变老的。人生，就是在有意无意的翻译中堆叠演绎，渐渐面目全非的。

林姨妈本是一个好看又热情的人，虽然当主角的往往会遭到嫉妒，她却一直和配角们玩得很好，还能建立起跨越半个世纪的友谊。这样的人，合该生活美满长命百岁才对，偏偏在那个荒诞的时代，一个明月皎洁的夜晚，以人生尚未展开的年轻懵懂，林莉必须对自己的整个人生走向做出抉择。可是，当"正确"一词添上了严格的时间限制，一个年轻女孩如何驾驭得了她尚不知轻重的命运？无论林莉当年有没有选择跟钟俊仁走，时代的灰尘都会落到她的身上，人生没有如果，生命中岔路的出现如同昙花绽放转瞬即逝，剩下的是唯一的道路，通向支离破碎后再也拼凑不齐的人生。

可能就是因为经历过那样一个刻骨铭心的月夜，多年以后，她又拥有了一个昙花与明月同色的暗夜。那一夜，"我"和"我"的父母因为不惯熬夜，都错过了昙花开谢，林姨妈独自守一整夜，是等昙花开，又像是为了送走天上那轮圆月。命运之路分岔，她错过的路途变成了生命中的漩涡，那条路上她再也无缘得见的风景，幻化成了一朵昙花的模样。那一夜的林姨妈想来是痴迷的，她眼中的昙花因为过于洁白，亦有光一样的明亮。她不知道，是她自己把生命中所有的光亮都归于那条错过的道路，剩下的她早已成了一缕游魂。可怜她还剪下昙花，用毛线针在粗茎上穿个小孔，绳子一串，倒挂在晾衣竿上，和其他草药一起，用作"看门药"，就好像她不知道，她的生活，门里门外从来都是一样的空空荡荡，纵有灵丹妙药，又能为了什么而守护呢？

在"我"这个旁人看来，林姨妈的人生道路如常展开，她结婚生子，与身体连绵不绝的酸酸胀胀持续作战，直到终了。她的孩子小坚，向来不合群，好像不是林姨妈生的一样，养不熟，也制不住。林姨父沉默寡言，即使在公园看人下象棋，也从来没能融入棋局作为对弈的任何一方，似乎一辈子都和林姨妈各玩各的。林姨妈根本没有心思研究对付小坚的办法，也没有心思研究跟林姨父家和万事兴的秘诀，在他们这个家里，这既是生活不幸的原因又是结果。就如同黄灿然诗中所说的千疮百孔，很难分辨，那究竟是撕扯洞穿造成的，还是勉力联结的结果。

巴恩斯曾写过一本《唯一的故事》，看似一个人对自己一生挚爱的回忆，实际上写的却是一个人对自己的一生只可能如此度过的痛彻认知。这样的认知，于林姨妈而言，与其说是闻所未闻，不如说她拒绝接受——或者说，之前她可能闻所未闻，临终前的十五年，则变成了拒绝接受。所以，在近乎一辈子的时间里，钟俊仁的名字非但没有淡出林姨妈的生活，反而还会引发类似"用手把整张脸捂起来，手心里传出一阵咯咯咯的笑声"的反应。所以，林姨妈生下小坚，刚出月子，就跑去工人医院找王姨妈，瞒着林姨父做了结扎。面对所有的劝阻，她一遍一遍搬出钟俊仁来说事。所以，有段时间，林姨妈像是把家当成旅舍，一到晚上就爱跑"我们"家……一切的一切都表明，林姨妈把自己的人生当成了一个暂时的状态，暂时状态中的一切都会随着钟俊仁的再现而消散。"钟俊仁"三个字却意味着一个完整的世界，进入那里，林姨妈自己也将变得完整，这就像是一桩毋庸置疑的事实，可以说，林姨妈的一生就架构在这个事实之上。她对那个世界的向往如此强烈而饱满，就像《小王子》中的猴面包树，拥有将整个星球撑裂的力量。后来，她的人生果然因此而碎了——又碎了一次。

但是钟俊仁——小说在三分之二处赫然写道，"几十年来，我一直很自然地认为是钟俊仁。要早知道是这样的'俊人'，估计每次听到我都会忍不住笑出来"——竟然只是钟俊人。即使林姨妈早就知道是俊人，而非俊仁，但林姨妈心目中的俊人，和我以为的"俊仁"没有分别。林姨妈和钟俊人的恋爱，一度被认为有多正确，就有可能在一夕之间被认为有多错误。人总是愿意高估他人拥有的力量，一如愿意原谅自己的无知和无能。人又是相似的，既然非神非圣，谁又能仰仗谁，谁又能庇佑谁呢？这个在小说中，在林姨妈的生命中昙花一现的钟俊人，什么都不用做，就已经让林姨妈的人生千疮百孔了。很难想象，林姨父去世后，林姨妈偷偷跑去松村找钟俊人，究竟发生了什么。又是什么，让她在去养老院的时候，将写着地址的旧纸片放到"我"母亲的手中，说出那句"哪天我走了，想办法，告诉钟俊人"。

告诉了钟俊人又如何？当讯息终于送达，钟俊人已是一个只认得出少数人的脑萎缩患者。在反馈的录像中，养老院院长一边向钟俊人说明情况，一边指了指"我"这边，让他看过来。"他的眼睛就看向我了。我突然感到有些慌乱，好像他真的能看见我"。这一幕，让人联想到科尔姆·托宾的《母与子》。小说中的母亲是位大明星，早年离家之后再也没有联系过儿子，这天儿子滞留在演出现场，目睹了母亲，在演唱的过程中，目光从自己身上扫过。如果可以想象母亲的目光对儿子的灼烧，可以想象钟俊人的目光对我的刺戳，就不难想象，林姨妈在几十年后走向钟俊人的目光时，可能感受的碾压，她走近了吗，看到了吗，迎上了吗，相见了吗——她是因此而再一次碎了吗——没有人知道。

如果说之前，林姨妈近四十年和钟俊人没有任何联系的生活，不是在竭力按捺奔赴远方的冲动，就是在为飞向钟俊人做准备，那么她找到钟俊人之后，就像光芒熄灭，即使是虚幻世界里泄露出的虚幻的光芒，也熄灭了。再也没有名为钟俊人的世界可以前往，也没有被虚幻光芒笼罩的旧日世界可以回归，人世成了一个巨大的漩涡，未来是一场漫长的下坠。可能大家，甚至小坚都以为林姨妈的去世离奇，旁观了林姨妈最后岁月的护工却知道，"一点不突然的。来这里之前就有子宫癌，不治疗，不让说"。就像林姨妈演过的角色，《杜鹃山》里视死如归的铁血队女党员柯湘，临刑话别之后，同志们都走了，独剩下她一人，尚须等待一场经典的刑场救人。林姨妈，在求而不得的等待中走完一生，痴情难治，因为自我感动是她此生得到过的唯一感动，在那个年轻的夜晚，在关于正确的抉择中，她的灵魂破了洞，正是这个洞，引动了席卷她整个生命的漩涡。她就像一枚突遭霜冻的花苞，即使之后经历花开经历结果，花的蕊兀自瑟缩在严寒中始终无法苏醒。如此度过一生，不可谓不悲惨。

钟俊仁或钟俊人不重要，钟俊人是谁、在哪儿也不重要，在林姨妈的生命中，钟俊人是唯一的光。连那光是真是幻都不重要，那一夜的昙花明艳不可方物是真的。时光如何流逝，如人饮水，冷暖自知，若说痛苦，常是看他人如拉进度条，一拖就到了开始，或者到了结束；看自己，就成了慢镜头，一格一格煎熬。记忆中的时间自成节奏，有的会被无限压缩，有的被尽力拉长，林姨妈若将关于钟俊人的记忆尽力拉长，那一夜的悔恨就会被拉长；若将悔恨的记忆无限压缩，钟俊人带来的光芒就会被压缩。但有了钟俊人，有了那句"我走了，告诉他"，林姨妈的一生，就是有洁白亦有光一样明亮的昙花照耀过的啊！

读金仁顺《白色猛虎》：从图腾到人设的衰变

金仁顺的《白色猛虎》戏剧冲突强烈，节奏明快，像一部好看的单本电视剧。如果让我来挑演员，我会选秦海璐来演母亲齐芳，动则有母虎般的豪气和强悍，静则如天鹅一般暗自神伤。选陈数来演杨枝，婀娜婉转柔情似水，但烈焰红唇宣告着她的力量不容小觑。至于傻小子齐野，我没想出熟悉的演员，但他要有一米八五的大高个儿，不能有雷佳音一样的大脑袋，头越小越好，显示这个人青春肆意而愚蠢，要体态健硕动作轻盈，表现他的不开窍，而且不知道啥时候能开窍。

作品中的白色猛虎涵义丰富。首先当然是母亲齐芳开的客栈的招牌，杨枝打听过这个名目的来由，齐芳没有说。不知道是戒备中的她不想告诉杨枝，还是对所有的游客她都懒得解释。但是这一点儿也不妨碍游客们在网上欢乐地借题发挥，因为中国人的集体记忆中本来就有白色猛虎的形象。白虎，是最古老的图腾之一。青龙，白虎，朱雀，玄武，既代表东西南北四个方位，又是镇守天宫的四大神兽。其中，白虎代表西方，西方属金，有兵戈之象，所以白虎也是战神的象征，古代的兵符就常见猛虎的样式，军旗上更多有白虎的图腾。只是近年来萌宠当道，人们不再乐见古老的图腾，虎年来临的时候，满世界的萌虎形象，白虎反而淡出了大众视野。同时淡出的当然还有白虎所代表的威猛刚强，现代生活让人眼花缭乱，已没有地方安置原始力量。

齐芳的客栈以白色猛虎为名，是源于一段听来的往事。狂风暴雪的寒夜，一群林场的年轻人从哀嚎般的风声中还听出了其他的声息，惊悚戒惧了一夜，天亮后推门一看，发现屋外的雪地上有好几圈东北虎留下的足迹。多年以后，当时的年轻人已成了林场的场长，回想往事时印象最深的是惧怕时的憋屈和虎口余生的庆幸。齐芳感受到了其中的力量，对着窗外的冰雪世界大喊："来啊！谁怕谁?!"当年，年轻人们并没有真的见到老虎，但是看到雪地上的足迹爪痕，白虎之威已在他们心底被唤活。齐芳并不执着于白虎的形象，却把白虎的力量注入了白色之中。零下几十度的风雪天，寒冷像白色的固体湮没一切，被大雪封门的齐芳哭了。哭完，给自己的客栈起了白色猛虎的名字，不是因为狂妄，更像是想借一点白色和猛虎的力量，好让自己扛下生活的艰辛。

来客栈的游客，女孩爱称自己虎姐，男人说自己是虎兄虎弟，客栈女老板的儿子，当然应该是个虎子。所以白色猛虎的第三个涵义，须着落在齐野的身上。可惜齐野担当不起，齐芳和杨枝火力全开地打擂，就显得既悲剧又滑稽。

小说写得最精彩的，是三个人之间的战争。

杨枝夸奖长白山美得像欧洲，齐芳应声答道："客人们都这么说，好多人来了就不想走了。但他们只是这么说说，真正留下来的很少。"居高临下，检验杨枝的赞美。

杨枝并不示弱，吟诗似的说："美是用来膜拜的，注定是寂寞的。"索性将齐芳供在高位，轻轻避过她语中的锋芒，杨枝赢得不动声色。

第二回合，齐芳问："公司里的人知道你们的关系吗?"看似闲谈，平平一问，却是检测恋情的品质。

齐野答："——不知道。"完败，敲不得的锣，难道是偷来的？

"有人可能会猜到些。"杨枝说。然而，旁人猜旁人的，到底没有表明当事人的态度，是不想让人知道，还是不必让人知道，是不可以让人知道，还是不要让人知道？话说得含混，可扳不回这一局。

烧烤架已经支好，炭火烧得正旺，以往齐野总是一手握串儿，一手举着啤酒瓶仰脖就喝，这次却吃得斯文，细嚼慢咽，啤酒倒在杯中，知道齐芳看他，反而转开目光。此情此景让人莞尔，儿子在对方阵营里，齐芳怎么可能有胜算？

后来齐芳问儿子："她是你领导，又比你有钱，别人背后会怎么说你？傍富婆，还是抱大腿？"儿子回答："她算什么富婆？我们是姐弟恋。再说了，你是客栈老板娘，长白山金香玉，我凑合凑合也算富二代，谁傍谁啊。"齐野一直想在杨枝面前充当引领者，事到临头却总是露怯。他们按杨枝的习惯订好了专车，见到齐芳来接他们，齐野只会冲齐芳抱怨，却始终不能做决断，是杨枝说，跟司机说一声，车钱照付，才一锤定音。当初独自回家，做儿子的见了妈，撒娇提要求毫无顾忌，如今双双归来，儿子变成人家的恋人，在母亲面前也就没有了坦荡。齐芳看在眼里，怎能不为儿子着急。好容易等到母子二人说上体己话，齐芳问得直白，齐野却偷换概念，拥有一个能干的妈妈为资本，他就以为自己才财兼备，就可以成为别人的倚仗了。其实，若真能成为倚仗，齐野早就应该成为妈妈的助力。但是，在父亲背叛家庭，姥爷气得脑血管迸裂，一个月后正住院的姥姥也随之而去的时候，在齐芳恨到想杀人，痛到要崩溃的时候，在齐芳为了客栈独自在山上忙碌的时候，甚至就是现在，他带着恋人来炫耀妈妈的客栈的时候，齐野始终是个备受照抚，享受保护的人。一个人，从来不曾成为父母的依靠，也就缺乏充当引领者的练习，仅仅因为恋爱，就以为自己有虎威傍身，齐野想多了。

若论对齐野的影响力，齐芳争不过杨枝，若论对人生的理解、对生命的安顿，杨枝却可能差得远。来的第二天，杨枝替一对加拿大夫妇问，从长白山流下来的河叫什么，答："白河。"杨枝问："山是白色的山，河是白色的河，所以叫白河？"杨枝心中的白，只是一种颜色。齐芳想了想，答道："一年之中有半年，河是封冻的，冰雪是白色的；其他季节瀑布和河流远远看上去也是白色的。"这个回答中，除了颜色，还有冰雪和寒冷，还有怡人季节里藏在白色之下的跃动，看一次，一天，一年，一辈子，看到的白色不可同日而语。话语无法显现那许多藏在时间里的变化，但话语像门，可以开启也可以关闭，开启，需要有耳能听的人自行打开，关闭则像刘慈欣的小说《三体》中的二向箔，能把整个世界封闭在二维之中。杨枝无论能向长白山奉献多少赞美，齐野说到长白山无论能燃起多少热情，他们都不是会留下来的人，所以，齐芳的白色他们都看不见。

当年，齐芳听女警察的劝，为了老的老、小的小、病的病，扔掉菜刀，抱着齐野放声大哭。如今，她把白色猛虎经营成网红打卡地，为自己在壁炉前放上专用沙发，喝着茶看落地窗外景色随季节变换。至暗时刻与灿烂旖旎，是她生命的两端，流淌的时光像白色的固体层层覆盖，眼前平和舒缓的生活表象之下，一切都在。

像西蒙·范·布伊的小说《天有多高，海就有多深》，小说的主人公所有的战友都在一次事故中与潜艇一同沉入海底，他是唯一幸存者，这天他再次来到海边，向战友们告别，希望得到他们的允许，去向心爱的姑娘求婚，他告诉战友们，"天有多高，海就有多深"。我曾花了两个小时，向我的朋友解释这句话的涵义，朋友却无论如何都不明白，什么叫做虽然向战友们告别，但他心中的海拔永远都会从吞噬了战友的海底开始计算，而不像我们，从海平面开始。无论他的幸福会把他带向何方，他生命的根永远扎在吞噬了战友们的海底。

想必这句话，齐野也同样无法理解。父亲因为外遇背弃家庭之后，他的心里就没有了父亲，当父亲给他打电话，说病了，希望他前去探望时，他回答："你哪位？打错电话了。"还拉黑了对方。结果，半个月前，父亲因肺癌走了，给齐野留下一百万，说是给他结婚用。齐芳让齐野在父亲三七的时候去上个香，看看爷爷奶奶，齐野问："如果他没留这笔钱给我，你还会让我去吗？"齐芳答："你有了这笔钱，是不是可以考虑找一个正常的女朋友？"齐芳和丈夫田大雨之间，隔着不共戴天的仇恨和撕心裂肺的伤痛布的局，但送别黑发人的白发人，让人狠不下心，钱在这个局里会起什么作用，齐芳问自己，是更让人心软，还是会激发起更多戒备心？她还判断不了。儿子的发问，是把钱看得比老人，比血缘，比亲情重。齐芳发问，却是深知钱在儿子心目中分量不轻，只是不知道究竟有多重要，她更想知道儿子这场恋爱中，钱在起什么作用。

答案在母子间下一次冲突中呈现。齐芳对儿子冷笑："你不用不好意思，走的时候付房费就行。"齐野转身往外走："我爸不是留了卡吗？你从卡里扣。"齐芳气极："留了张卡给你，他就又变成你爸了？"齐芳不知道应该更看不上已结过两次婚的杨枝，还是在金钱面前如软脚蟹一般的自己的儿子，她很怕是后者，但怕什么就会来什么。

临别时，齐野憋红了脸问齐芳："能不能把——田大雨那张卡给我？"为了给杨枝买个包，他竟不惜谄媚自己的母亲。至此，白色猛虎法力尽失，看看齐野，能看到的只有招牌上唬人的字号。

　　待白色阳光如利刃将齐芳的车刺穿，待齐芳融化在耀眼的白色中，很快，她，连同她的客栈，都会被齐野像个废弃的茧壳，遗留在长白山，到那时，就连字号都将消失殆尽。"美强惨"，最后齐野心中能留下的，将是这个二维的人设，再也没有人能把齐芳从这个二向箔中唤活。这片广袤的土地，生长过很多树木，树干坚实而纤细，五六十年的树也瘦瘦一根，根系却是巨大的爪子，在地下拼命抓挠、纵深，能抵御8级大风，即使12级的风把树拦腰折断了，也奈何不得地下的根爪。但是这片土地上，再也没有年轻人，像这里的树一样，将巨大爪子般的根须深埋到地下，从而拥有抵御强风的能力，即使被拦腰折断，也不改变树根的抓挠、纵深。《小王子》说，沙漠之所以美丽，是因为沙漠的深处藏着一口井。这片东北虎早已绝迹的山林，白色寒冷覆盖一切，竟有那么多远来的游客欢欣赞叹这里的美景，实在是悲剧又滑稽。

读金特《冷水坑》：知识改变命运和爱拼就会赢

金特的《冷水坑》和韩松落的《雷米杨的黄金时代》联读，留给我非常奇异的印象，似乎两篇小说可以互为注解。《冷水坑》中的八道屯，是《雷米杨的黄金时代》中黑水镇的补充，《雷米杨的黄金时代》中的主人公雷米杨，则可视作平行宇宙中《冷水坑》里的段铁马。和雷米杨一样，段铁马也完成了大学教育，雷米杨更读完了研究生，但是，看不出求学于他们的人生而言，有何助益。生活的困境很明确，他们都出生在一个无法生存的环境中，必须突围，结果都被生活中某种阴暗吞噬，双双以失败告终，雷米杨活成一个假人，段铁马葬身冰窟窿，都不曾知道能改变命运的知与识是何模样。

《冷水坑》很像一篇公路小说，虽然其中并未出现公路，确切地说，主人公段铁马一路行进，他的脚下几乎没有路，有的只是各种沟壑坎坷。关于这一点，开篇即有提示。

段铁马寒假回来，去朋友图烈昆家喝酒，酒未半酣，得到他父亲的信儿，要他赶去矿局蹲点。图烈昆的老爷子告诉他："大路塌了，穿树林走。"于是，段铁马从图哈屯出发，一路穿山沟，爬坡道，过荒野，走自留地，上山，过河，直到终点。图烈昆家是当地农民，段铁马家来自龙虎沟，来到此地，他们以家乡树林里的水潭命名，自称冷水坑人，一来就和当地人争夺国家矿工的名额，很不受本地矿工待见。农民与矿区人，对待土地的态度不同，相处也不融洽。段铁马是矿区唯一的大学生，不从属于任何一个群体，众人中他只和图烈昆做了朋友。行程中，段铁马会见到很多人，讨论很多事，随着他的行进，八道屯究竟是一个什么样的地方，生活于此的人又有些什么样的想法，渐次显现。

段铁马离了图哈屯，第一个撞见的是闪金沟矿车主任陈青他爸。老爷子告诉段铁马："矿场要是不倒闭，咱爷们，你，你儿子都得搭进去。"还掏出一块玉，塞给段铁马："孩子，这一路有人有鬼有仙有魔的，不干净的东西太多。这玉开了光，借你一路通行。"

这番话为全篇定了基调。原本这里也有明晃晃的大路，到了段铁马这一代，旧日世界已经坍塌，在没有路的地方想要走通，就得战胜人鬼仙魔一系列不干净的东西。能不能走通，凭什么走通呢？段铁马能得到的庇护和帮助，只有一块来自古早世界的护身符。

接着，段铁马进闪金沟，到哥们儿郑普全的小卖部买烟。闪金沟的人好养狗，矿工下了班爱喝酒，酒入愁肠，喝完回家，走一路吐一路，狗就跟一路吃一路，直到不醒狗事。小卖部里，郑普全正和一屋子朋友打牌，听说段铁马要穿树林子去矿区，劝他别走这条路。段铁马想着跟他父亲段老六之间的恨，越想心越硬，越硬就越委屈，非往野地里走。

喝酒，打牌，已经是当地最好的生活内容。郑普全觉得穿树林不安全，为朋友好，劝段铁马别去。段老六也是为儿子好，才希望儿子能在矿上工作，还希望儿子像他一样不怕黑，不怕死，讲义气，打出一片天地。但是段铁马明白，郑普全那样不是他要的活法，打打杀杀抢来的地方也成不了家，找不到心安处，他和父亲的矛盾就解不开。

过火车道之前得先上个坡，坡那边一堆偷煤的人，都是冷水坑的二代矿工，也有两个卧佛山来的年轻人，因为段老六出了名地会干仗，大家对段铁马也都客气。卧佛山来的二彪还告诉他："我现在混社会呢。"见段铁马不让陪着穿树林，就让他带上他的斧子。

段铁马曾在上海实习两个月，就再也不想进社会了。也可能不是不想，而是进不去。因为八道屯的同龄人若不是子承父业，和社会打交道的方式，就只剩下混社会。混社会可以靠斧子，进社会需要依靠什么样的本事，进了大学也还是没人教，没处学。没有本事，也就没了胆气，段铁马已经把自己的路走废了。

到了北安屯，段铁马遇到三个喝酒骂冷水坑的年轻人，见段铁马看他们，就一副要干仗的模样。段铁马能打，何况手上还有家伙，但是时代变了，几十年前，矿区最辉煌的时候，年产煤上千万吨，那时候的人，出口就伤人，伸手就见血，但很少出人命。几十年后的今天，煤挖空了，人反倒学会了忍气吞声，能不打就不打，可一旦打起来，就得死人。

这就是绝地景象。年轻人的精力一直无处安顿，渐渐成了情绪的奴隶，争强斗狠难免失了分寸。或者醉成泥，或者怨天尤人，生活中竟没有一件昂扬喜乐的事。自此之后，段铁马还要一路向下，见到幢幢鬼影，那既是段铁马的人生之路，也可由此窥见这方土地的命数。

从北安屯到边壕子，路面最不平整，段铁马头顶的矿灯一个劲儿地抖动。半山腰的小土地庙旁，段铁马遇到了边壕子挖煤工刘德的儿子刘旭。他爸有粉尘肺，在家等死，媳妇儿跟人跑了，儿子读完初二跟姥爷学打立柜，和刘旭不亲。刘旭只剩下醉生梦死，他对段铁马说的是："铁马，你还年轻，不知道日子有过不下去的时候。"又说："过不下去，有过不下去的乐。我不走，矿区是咱的根，就算根烂了也不走，我就搁这儿耗着。"段铁马觉得刘旭的活法也不算错："他是没文化的段铁马。"

耗着，已算不得活着，刘旭没上过学，没见过世面，生活的艰辛无解，他虽生犹死。段铁马体会到的艰辛也无解。段老六在矿上劳苦一辈子，笃信爱拼就会赢，认定只要熬得住矿井下的黑和苦，就能过上好日子。但是矿已经挖空，整座山塌下来，造成二月二矿难，让段老六的人生经验显得那么苍白而可笑。然而，若不听父亲的，问段铁马自己要如何生活，怎么才是对的，他竟一句都说不上来，只能对着野地哭号。

过了边壕子，前面是金碴子。路面坑坑沟沟冻得梆硬，不能骑车，段铁马只能推着走。等进了村，却是一水儿的沥青路。在这儿，段铁马遇到一个自称头七却没进家门的野鬼，陪他说了一路的话。段铁马说，金碴子的人把矿区都偷黄了。那人却说，靠山吃山，靠水吃水，都是为了过好日子。段铁马说，山塌了，压死那么多矿工，老天哪有什么好生之德。那人却说，你有义却无情，你可怜素不相识的人，但不体恤亲近的朋友。

矿区没活路，一半因为矿挖空了，一半却因偷煤的人太多。偷，当然是短视的行为，就像嵌在遍地坑坑沟沟中的沥青路，再丝滑，也还是哪儿都不通。建立在自断活路基础上的好日子，又能好几时？段铁马对生活的荒诞一腔怨愤，却什么都做不了，正所谓"道理都懂，仍过不好一生"。有情无义是滥情，有义无情是狷狂。狷是偏急，耿直而固执。狂是病，心不能审得失之地。年轻人没有想过，父辈已老，需要他们关爱照顾，一个个还是像没长大的孩子，不是把父亲当敌人，欲战而胜之，就是把父亲当靠山，坐吃山空。说到底，就是只想着自己，聆听遥远的哭声，是体会自己的同情心，不体恤身边亲人，是根本没有关心他人的习惯。

已经到矿区了。段铁马先在灌风场，遇到了这一方的地灵，也劝段铁马别往前了："连我都不敢进黑松林……我知道你心硬，但路在脚下行，不在心里明。你的心魔怔了，矿区人都魔怔了。"段铁马反问，你靠我们供养，有吃有喝的，矿难的时候你在哪儿？地灵急了："你以为我忍心吗？我本应妙用无穷，但贪恋灌风场地底下的炮声，藏在这儿不想走了。咱都是地上物儿，你也知道有所得即有所缚吧？你不求所得，但心有怨恨，落不着好的，铁马。"段铁马回答："我就要恨，恨破了天才能拨云见日，你走吧，我赶路。"

所谓地灵，就是这一方土地的直接管理者和责任人。然而，在没有路的地方走出路来，是每个人须对自己担负的责任。这个责任得通过行动来承担，不可逃避，尤其在一个地灵会因为私心贪念而疏漏了责任的地方。上一辈人，也都被曾经的所得缚住了手脚，固守陈旧的人生经验，不能更新观念以顺应变化了的情势，段铁马这一代，既鄙视父辈的经验无用，又无力蹚出自己的新路，想仅凭怨恨就拨云见日，不知应该说他们天真，还是愚蠢。

接着得翻过蛤蟆山。在山上，段铁马遇到三个打劫的土匪，问段铁马："无缘无故地想收拾一个无缘无故的人，这种心情，你理解不？"段铁马回答："二月二矿难，我爸逃过一劫，没死成，我当时也是这种心情。那次矿难，巨公山整个塌了，在我心里，您知道咋想的吗？公——正。天灾人祸，谁死谁活，只能认命。今晚被您干死，我有个请求，请您保持这种无缘无故的情，公公正正地一枪崩了我，但凡落了因果，我就死不瞑目，您心里也不得劲儿。"

这里的人，听过太多说公正，却意在掩盖不公正的解释，挑动着人们对于公正的希望。段铁马已看透那些说辞，上辈人许诺的未来，矿上许诺的赔偿，无一不在此列。天灾能认命，人祸却叫人如何忍得。段铁马正值花样年华，一路行来，内心里支撑着他的只有怨恨，与其说他是向着某个目标前进，不如说，无论去向何处，他都走在求死的途中。行至此处，段铁马已从绝境，步入死地。虽然土匪手里的枪是假的，但是土匪横行的地方，对普通人而言已经不是人的世界了。

再往前就是闻者心惊的黑松林。刚进林子，段铁马先见到一个吊死的人。那人还留了字条："本人徐敬德，原下浑酒挖煤工，自感年岁已高，且身患绝症，不想拖累儿女，特自绝于此，与他人无关。"铁马埋了老人，继续向前。没走多久就到了坟圈子，遇到一个哭泣的女鬼，再往里冲，只见成群的黑影齐刷刷的，比叶还黑，比树干还密，都是死于二月二矿难的叔叔伯伯辈，都有话想说，要跟段铁马说说生死大义，想说老龙虎沟人骨子里都有股劲儿，敢拼敢杀敢干，就算做了鬼心也无憾。最后发言的老沈叔却说出大家的心声："煤是亿万年前形成的，我把它们挖出来，然后它们被烧掉。二十年过去了，我也被耗干了，最后暴死在井里。土石脆弱，人命无常，悲天悯地根本没有用，对吧？因为不是解脱的道。我想解脱呀。"

敢拼敢杀，却依然活得卑微，凡事看不懂因果，又如何能得解脱。冷水坑的苦人，祭出所有的才能和人生经验，还是把日子过成了令人唏嘘的样子。段铁马看明白了昨天，却看不到明天，这里的人，他和谁都无法共鸣。过去的人想得到一个人生值得的证明，现在的人在苟且中浑噩度日，没有人想未来。用当下的流行语来说：未来？等通知。

段铁马下了坟圈，一路奔出黑松林，在林子边就能看见结冰的闪电河，过了河就能直达冷水坑三号矿井区。这时突然蹿出个黑影，不是鬼，是人。一边哭着喊"团结就是胜利"，一边往冰上蹦，喊了六次，又开始号："东临碣石，以观沧海。水何澹澹，山岛竦峙……"段铁马听得入迷，跟着他在冰面上滑出去十几米远，只听脚下"咔嚓"一声，一个冰窟窿结束了他的行程。矿上唯一的大学生，就此消失，看似不可抗力使然，实是人世的因果，和同样冰冷而充满裂隙的心灵将他吞噬了。

小说并没有随着段铁马的消失而结束。小说中还有一条关于二月二矿难及其赔偿的副线，副线的中心人物，张七，和段铁马一样，也是冷水坑矿工的第二代，他的想法和做派与段铁马反差强烈。他也是爬蛤蟆山，过黑松林，一路走来，最终到达目的地，段铁马几乎可以说正因为他才没能渡过最后的河。段铁马灭于他的愁苦——既找不到公正，也看不到希望。张七却在众人面前慷慨陈词，大谈希望："龙虎沟没有希望了，我们来到了八里屯，从山里人变成国家工人，而且繁衍了一代人，这就是希望。"作为补偿款的负责人，他信誓旦旦，说矿难补偿款一定不会少了大家。他还将和他父亲当年一样，把冷水坑人带向筹建中的太阳城，每人都可入股，承包太阳城三分之一的建筑工程。

但是，真相残酷而丑陋。以补偿款为例，国家计划每人补偿一年薪金，到了矿务局，就变成了三个月全薪，到了张七这一级，上面还要卡走三分之一。张七不想昧了良心，就有市里的顾老八一路围追堵截，来逮他。至于成为矿工，图烈昆对冷水坑人的批评道破实情："你们把自己的家乡糟蹋坏了，又出来糟蹋我的家乡。冷水坑人，我告诉你们，在我心里，你们就是一群要饭的，一群盲流。二十年过来了，挖光了煤，把地也挖坏了，然后呢，你们又要去哪儿糟蹋？"

段铁马一路行来，遇到的矿工，父辈多有死伤残废，危险随时存在，并非只有二月二矿难这一种情况。这一切，就是第一代矿工所谓希望的注脚。所以段铁马知道，仅凭那些希望活着是不够的，还需有公正保驾护航，还需要有走得通的路，理顺前因后果，指向前方。但是段铁马消失了。张七才是他的父亲张敬德，也是段铁马的父亲段老六，能理解并接受的儿子，愿意全盘接受父辈的理念，重复父辈的道路，不难想象，太阳城也将变成下一个八里屯。在他的号召下，冷水坑人有史以来第二次爆发出呐喊，人们向外冲去，接过杨木棒子、钢筋、铁锹、车链子、斧子、砍刀，奔进了黑夜。

段铁马想要找一个可以心安的未来，能活得像个人，这样的他，也代表着八道屯的未来，但他在找到未来之路前已被冰窟窿吞噬。张七只会将众人带入黑夜，但他深知团结的力量，内心充满希望和自豪。无用的段铁马，愁苦的段铁马，世界属于爱拼就会赢的信奉者，世间的路都被他们踩烂，矿藏也被他们偷光，段铁马动作太慢，力量太小，他的悲悯，死者感受不到，生者理解不了。这个世界，过去，现在，未来，都没有他的位置。

只有图烈昆还留在原地，惦念他的朋友。

读赵挺《海啸面馆》：辉煌悠久，孤独年轻

说赵挺的《海啸面馆》是荒诞小说，可能很多人会不同意，反驳的理由是作品非常写实，我们不能因为现实比小说还要荒诞就把写实的作品看作荒诞作品。作为回答，小说以三段体的方式展开，第一段如印象派的画作，刻画人物和场景，第二段所谓"我的真实故事"，如写意，寥寥数笔画出人物事件的精髓，第三段面馆记事，如装置艺术，像戏剧，等待看客写下自己的注脚。如此安排，就是为了将我们从日常生活中抽离，让我们重新看见因为熟稔视而不见的景象。

小说写成三段体，暗示着数字三，小说由七个章节组成，则暗示着数字七。关于七，大家有共识，无论表达为七日来复，还是一周七天，说的都是循环。而循环意味着数量之多，没有尽头。正因为这个理解深入人心，对于数字三，反而为之警醒的人不多。曾几何时，三也是无限的意思，俗语中也有再三的说法，三不仅可以代表数量的增加，还可能意味着维度的增加，敏感的人看到三就会像听到警笛蜂鸣般警惕，哪里等得到七。但是作品中出现的那些人物，如同生活在迷香笼罩之下，按照各自的节奏跳着各自的舞步，不受任何干扰。

七个章节选取的人物，彼此呼应又相互交织，如一张网，疏而不漏地囊括了社会的各种群

体和阶层。

第一章，对世界杯的全部理解"一是中国队必胜，二是押巴西队赢"的妈妈，和得知海啸要来了，就微笑着说"来了好啊来了好啊"，又说"一定要跟中国跟得牢牢"的奶奶，是以女子为代表的小人，今言小民。他们彼此不认同却又出奇地相似，都认为自己掌握应对海啸的办法，身处最危险最不受保护的境地而不知畏惧。他们的内心，除了相信中国总会有办法，还有第三段面馆记事中老板八九岁的儿子也知道的，做一艘船，海啸来了可以逃走的笃定。

曾经，与小人对峙的是君子，今言文化人，第二章的主角老张，就是个紧跟时代的文化人。现在的文化人已经无力参赞辉煌，也无谓孤独，他们深谙"临江大府，均价四万五"才是最具时代性的表达。小众网站取代了大众媒体，同时被取代的还有新闻和评论，小道消息和八卦粉墨登场。每一个文化人都在为引领大众而煞费苦心，但似乎，并没有任何人得益于他们的努力。面馆记事中，文化人的雏形，那位老板的儿子希望海啸在开学的前一天来，表达的是所有学生的心声，开学这种事，最好能无限推迟。太多事实可以证明，文化，和当下的学校教育并没有什么关联。

民间是个有趣的概念，虽然也可以指代社会，却更侧重于江湖。第三章讲述的就是民间特有的力量。批判极权，或向往特权，都是文化人才有的想法，江湖人士喜欢的是面子，拥有一般人不能拥有的东西，不必也不能解释为特权，因为在民间，轻则"让我妈脸面增光"，重则配合执法人员调查，都是人中龙凤的待遇。小民没有见识过权力，实惠才更动人心。在禁渔期吃海鲜，上至王大爷、大强，下至把大强吓得尿遁的穿着制服的人，挣的是同一种面子。大强是民间力量的化身，那是一种难以预测发力方向，其效应之大却能呈几何倍数增加的，容易形成，更容易消散的力量。若论心智，大强们始终停留于黑白电影《铁道游击队》的时代。这一节面馆记事中，老板的儿子说，妈妈会来带他逃走。在这个时有强力横冲直撞的世界里，逃走是母亲能为孩子提供的最好的保护，最大的爱。

第四章讲述民间智慧。如果王大爷的见识能代表中国文化，只能说明海啸早已来过，至于正在集结的下一次海啸，我们已不需要再做什么预防或抵抗，因为已经没有什么需要保护。文化、政治、经济、军事、历史，每一个领域中都有无数王大爷、老张们活跃的身影，他们侃侃而谈，不断输出真知灼见，唯一希望你回馈的，无非是一点小小的经济补偿。他们什么都见过，什么都不怕，相信团结的力量、人民的力量，时而把一句话讲成几个章节，时而把几个章节浓缩成一句话，幸福感和自豪感满满当当。若问他们的底气从何而来，还是面馆老板的儿子一语道破，什么海啸，什么危机，"等我人好了"，没有不能解决的。至于怎么才能"人好"，答："自己看好自己就行"。

待各色人等就位，第五章开始讲我们的社会生活最核心的部分，挣钱的欲望。也可以分成挣钱和欲望，因为一个人忙于挣钱的时候，你可以嘲笑他输给了欲望，而一个人审视欲望的时候，你可以嘲笑他不能好好挣钱。世风如此，人群被分成了被嘲笑的天选打工人，和奸诈的资本家、伪善的慈善家、损人利己的本地富豪与文化水平低下的弱智鸡汤制造者，两个阵营。后者名目繁多而数量稀少，通常只需一人就能占全所有名目，前者人员众多但面目模糊，而且不拥有话语权。于是富豪总有机会标榜自己吃苦耐劳、向善礼佛，以为这就算不忘初衷、不失根本，打工人则一心希望自己也能炫一炫财富，或申诉一下艰难，因为始终不能如愿，不免由爱财变为仇富。久而久之，标榜的人以为自己在传道，仇恨的人已想不起自己在仇恨什么。连面馆老板的儿子都知道，带来坏消息的人，比坏消息可恨。

能和社会生活隔岸相望的，是个人情感。升斗小民，谈不上什么精神家园，家庭生活多半只能算社会生活的一部分，但是爱恋，如同结界，可以让人如坠梦境，暂时脱离生活的捆绑。可惜恋爱毕竟不能让人脱胎换骨，爱的光环熄灭之后，留下的还是原来那个俗人。第六章，第二段，"真实故事"里，"我"说，海啸明天就要来了。陈晓薇说，明天我们就要订婚了。可谓恋爱结界的高光时刻。未来还没有来，但正因为还没有来，其强大足以无敌，其明媚足以照耀万方。这不是装睡，而是真不知道自己做梦，才会横眉冷对想要唤醒她的人。更耐人寻味的是这一章的面馆记事，老板说，海啸轰的一下来了。"我"说，海啸是轰的一下来的？摧毁，意味着粉碎到难以复原，曾经四处奔走发出海啸预警的"我"，上一章的社会生活中没有毁于挣钱的欲望，至此已不剩什么关乎自身关乎内心的宝藏未遭摧毁，也和之前打过交道的所有人一样，把海啸当成远方的哭声，只剩八卦心思还好奇那是一种什么样的声响。即使老板告诉他，海啸"已经来了"，也无法触动这个七窍闭了六窍，无可留恋，又无可归依的人。

红尘中已无路可走，但在中国人的心里一直有一个属于世外高人的世界，如果能得高人点化，没有什么苦难是不能解脱的。第七章，一个以"突遭横祸，妻离子散，筹措路费，回家养母"背书的大师，把人心中最深的两个迷梦，命中富贵、贵人提携，反复提点了一番，还辅以宝物貔貅、护身字符，终于把求仙访道的路也摧毁殆尽。世间已无真仙，只有迷信是硕果仅存的安慰剂，担负普度慈航的职责。海啸来临时，那可能是唯一的渡船，上与不上考验大家毕生的智慧。有一点可以确定无疑，到时候那些大师并不在船上，因为他们又一次被城管吓跑了。面馆老板究竟有没有儿子，是个解开不如不解的公案，说他有而消失，不过是海啸的后果之一，说他没有而曾出现，不过是暗示海啸的存在就像人世间的迷梦一样，断续而漫长。海啸是一是二又何必分辨，不如把所有可能性都归于这家小小的面馆，面馆老板才是真正的世外高人，专司煮个面条收个碗，任我们这些俗人当面不相识。

小说开始于奶奶去世，和一对各赌各的母子，无论老一代人是现世的约束，或现世的参照，他们都消失了，现世是一场豪赌，人人都已上了赌桌，无人幸免。新媒体时代，是一个比黑塞在《玻璃球游戏》中提到的副刊时代更无信用的时代，始于汉代邸报的新闻业已在这一代人的手中终结。江湖没有大侠，只有倚老卖老的王大爷指点江山，商人们个个大师附体，大师们只想谋些富贵。这一切，并不妨碍人们熙来攘往，簇拥成一派辉煌热闹景象，古往今来，何其相似。苦难，去了又来叠加的苦难，盲人骑瞎马，暗夜临深池，我们不怕，我们习以为常。看见这一切的清醒者，也许痛心疾首，也许惊惧战栗，想要吹哨示警，或者急速逃遁，但是海啸已经来了，道路已经湮灭，今天早已没有了悠闲对饮的渔樵、放逸山林的隐士，也没有可供遁世的山门、采菊东篱的田园，今天的清醒者有一个年轻的背影，呆立原地，看洪水灭顶。

读托尔斯泰《三死》：赋予生命以意义唯有死亡

冬至离元旦只有九天，一个是中国的古人洁净身心在北半球最长的一夜静候一阳重生的日子，一个是可以追溯到古罗马时代如今更是全世界通用的新年第一天。所谓重生，在那一刻来临之际，正是代表生命的阳气衰微至极的死地，而纪年的更新，却能为日日是好日的周期增加更多节日狂欢的色彩，大家会更在意哪个日子不难想象，即使在中国，认真对待冬至的人也在减少，毕竟绝大多数人对于死亡总是讳莫如深避之唯恐不及的。

在冬至和元旦之间，我读到了托尔斯泰的《三死》，如此明确而简洁地勾勒生死，如此温柔而坚定地迫使人思考死亡问题的作品，于岁末时分，叩击着我因为私人原因正值脆弱的心魄。

作品写了三场死亡。

第一场死亡来自罹患肺痨的贵夫人。虽然身体羸弱，她却坚持在天空阴沉寒冷、道路泥泞难行的深秋踏上旅程，期待自己能尽快赶到柏林，好像只要逃离家门，只要能到达国外，就可以把病痛远远甩在身后。

有一部获奖的韩国影片，其中有句台词一度成为流行语："如果我像那位太太一样有钱，我也会很善良，甚至更善良。"这当然是自欺的借口，虽然愿意实践这一借口的人不在少数。似乎任何一种匮乏都会让人丧失善良，让贵夫人变得刻薄任性的是她的疾病。当使女外套的下摆稍稍触到太太的腿时，她就用消瘦的纤手神经质地把它推开，说："又来了。"可见这不是她第一次抱怨。如果不是虚弱到连这一点干扰都无法承受，相信她也不是——至少，她不会希望别人以为她是——斤斤计较的人。病入膏肓，是一副过于沉重的担子，重压之下，所有后天的教养都被碾压得稀碎，最底层的真实水落石出。

使女是强壮的，娇嫩的脸上泛着健康的红晕。听了太太的抱怨，她努力支起身子，坐得远一点儿。病人那双乌黑的眼睛紧紧盯着使女的一举一动。然后她双手按住座位，也想支起身子坐得高些，但力不从心，整个脸由于无可奈何的自嘲而变得难看。她意识不到，拖累她的有一半的确是疾病，但还有一半，是她的自欺。她不由自主地盯着使女的一举一动，是因为使女健康；她下意识地模仿使女的举动，是出于习惯为自己的诸多不适寻找疾病以外的理由。她对使女说"你哪怕帮我一把也好啊……唉！不必了"，因为她心知，她期待获得的是哪怕一瞬间的轻松或舒适，使女给不了她。她刚说"我自己也能"，又忍不住抱怨："只是对不起，别把麻袋之类的东西放在我背后……"她愿意责怪使女，愿意抱怨麻袋，就是不愿意提及她的所有不适来源于她的病症。她恨声道："既然你不会，那就别来碰我！"她太绝望，无论如何也不愿意打消虚妄的希望，她紧紧抓着到国外去这最后一根稻草，自始至终不愿意正视致命的真相。

轿车和篷车驶进一个村庄，使女画了个十字。病人敏感地问："什么事？"得知有座教堂，病人转身对着窗外，睁大眼睛望着马车经过的那座乡村教堂，动手慢慢地画十字。

我不禁想起，我的那些愿意自行调养，愿意悄悄吃药，却拒绝去医院做检查的朋友们。他们都能对自己说"我已经做了我能做的一切"，但都远远避开了问题的核心。这位贵夫人，愿意在神前祈祷，愿意勉力承受远途的颠簸疲累，但是不愿说病，更不能说死，因为这个字她太害怕。直到最后一刻，她依然欺骗自己，仿佛自己拥有的是无死的人生。

世界上有无数人选择无死的人生。他们拒绝任何与死相关的话题，选择一种迷信的态度，转过身去，捂住耳朵。当生老病死发生在身旁，甚至发生在自己身上的时候，他们叫嚷起来："太吓人了，不要说。"谨以此等努力，维护他们无死人生的幻象。和这位贵夫人一样，他们也将自己塑造成了一个自欺者。

直到第二年春天，贵夫人都缠绵病榻，没能去往国外。弥留之际，表姐坐在贵夫人的床边，巧妙地谈着话，希望她能对死有个思想准备。她却突然打断表姐，说道："我什么都知道。我知道我活不长了。我也知道我的丈夫要是早点听我的话，现在我已经到了意大利，说不定——简直可以肯定——身体已经好了。"又说："我竭力了解自己。我知道我也有许多罪孽，表姐。因此我受了那么多苦。我一直在努力忍受痛苦……"唉，我相信她已经竭尽全力，但她是多么不了解自己呀。

最后一刻，她仍在用微弱的声音表达对丈夫的不满："我求你的事，你总也不肯做。"神父出于安慰人心而提起的传说，人人都知道不值一信，她却当了真："这些医生什么也不懂，倒是有些郎中能治病……神父说……有一个市民……去把他找来。"这个执念，成了她最后的遗愿。她的确忍受过很多痛苦，却因为坠入自欺的深渊，变得刁蛮而愚蠢，很难唤起同情。她不受责备不是因为她保有什么美德，只是因为死者为大，稍有悲悯心的人都不愿对一个病弱的无知者再行苛责，死亡降临将所有未及出口的话语消融一净，不久之后，连无法平复的心绪也会消散，遗忘像她远行途中的黑雾一样弥漫——到那时，贵夫人也许能从她为自己塑造的最后形象中解脱。

第二场死亡的主人公是一个叫费奥多尔的马车夫。车夫休息的小屋又闷又暗，他蜷缩在角落里已一个多月没有下过炕，少有人问津。从症状来看，他和贵夫人得的可能是同一种病。

小伙子谢廖加想要借他的靴子——大家都明白，与其说是要借，不如说是要换，借走的是靴子，还回来的可以是任何费奥多尔想要的东西。小伙子急需一双新靴子好上路，重病缠身的费奥多尔提了两个要求。第一个要求很简单："给我点水喝。"病人把疲软无力的头俯在光滑的勺子上，稀疏的下垂胡子浸在浑浊的水里，吃力而贪婪地喝着水。那是他能向这个世界索要，并靠自己的力量还克化动的为数不多的东西，甚至可能是唯一的东西。

第二个要求，他忍住咳嗽，歇了好一会儿，说："谢廖加，你把靴子拿去吧。但你听我说，我死后你给我买块墓碑。"那才是他希望用自己漂亮的新靴子，跟谢廖加交换的东西，是他人生最后的愿望。

这是一个生活在底层，被生活磋磨殆尽的人物形象。逆来顺受是唯一的生存之道，为了活下去，他们不断告诉自己，人活着就是为了含辛茹苦。这样的劝告多了，他们也就信了。于是对人生不作他想，唯一需要在意的是死亡。在费奥多尔心目中，死亡是人生的一部分，其标志就是一块刻有他名字的墓碑。一个生来一无所有的人，希望死的时候可以拥有一块属于自己的墓碑，这个希望看似对死亡的重视，同时也担负着他对自己整个人生的重视。

费奥多尔的人生终结于厨娘的一个梦："我梦见费奥多尔叔叔从炕上爬下来，出去劈柴。他说：'娜斯塔西亚，我来帮你忙。'我就对他说：'你怎么能劈柴呢？'他却抓起斧头就劈，劈得很有劲儿，只见木屑飞溅开来。我说：'你不是有病吗？'他说：'不，我好了。'他说着抢起斧头猛劈，可把我吓了一跳。我大叫一声就醒了。"

这就是费奥多尔一生的写照。如果不是被疾病打断，他一生都在劳作中度过——劳作而不指望回报，因为知道没有什么可以属于他。但是，劳作者也有自己的尊严，他希望自己一生的操劳能够换来一块体面的墓碑。他从来不知道，也不关心人生的其他可能，只是依稀明白自己这一辈子始终一无所有，到了生命的尽头，他还是想宣称，他走过一生，并无亏欠，他的心底，没有怨恨，也没有遗憾。

当然，要做到这一点，也并非易事。他没有亲人，是个外乡人，几个月后，贵夫人的墓上已经盖起了一座石头小教堂，谢廖加却迟迟没有信守承诺为他买来石碑。

好心的驿站厨娘催促谢廖加，年老的车夫也告诫他："你哪怕先去竖个十字架也好啊。要不太不像话，靴子倒穿在脚上了。"并非他们比贵夫人更富于同情心，或更善良，而是兔死狐悲，他们都能在彼此的身上看到自己，和费奥多尔一样，生活没有磨灭他们淳朴的敬畏心，一辈子弯腰低头，在死亡的面前，却第一次抬起了眼睛，死亡以其庄严关照着生活的卑微。谢廖加第二天清早，就拿着斧子去了小树林。

于是，我们看到第三场死亡，最美的那一场。

大地万物盖着一层灰白的寒露，东方破晓，微弱曙光映在薄云片片的苍穹上，地上的小草、枝头的树叶纹丝不动。树林边缘，响起与大自然格格不入的响声。那响声在一棵一动不动的树干周围有节奏地重复。树林静默，只有一棵树的树梢异乎寻常地颤动起来，苍翠欲滴的叶子飒飒发响。

不一会儿，随着折裂声起，枯枝折断，树枝下垂，一棵树树梢朝下，轰隆一声，倒在潮湿的地上。一只小鸟拍拍翅膀，往高处飞去。被它的翅膀触动的树枝摇晃了一会儿，又像其他树枝一样一动不动。树林披着纹丝不动的枝叶，在开阔的新的空地上更加欢乐地展示出它们的美丽。

倒下的树，和依然静静伫立的其他树，在死亡发生前后，都没有任何改变，保持着苍翠，也保持着欢乐——不知老之将至。自然，在中国有很多种称谓，造化，大化，万物有灵，天……当我们吟咏那些古老的词汇，敬畏之心油然而生，当我们说起"自然"，却像一个局外人，以为那只是我们观察的对象。万物如果有灵，将发现我们是何等鄙薄可笑啊。

《夏洛的网》中，蜘蛛夏洛嘲笑人类："他们只是在桥上走过来走过去，老以为另一边有更好的东西，如果他们在这桥顶上掉过头来，静静地等着，也许真有好东西会来。可是不，人类每分钟都在向前冲啊，冲啊，冲啊。我很高兴，我是一只坐网的蜘蛛……大部分时间一动不动地坐在网上，不到处走……等着东西送上门来，趁机可以好好儿想想。"

而树，连等待都不需要。从生命开始的那一刻，树就是美的，它无须为出生地的选择而烦恼，也无惧外界加之于它的酷暑严寒，生命本身就是礼赞，它以青翠唱出自己的歌咏。生于天地之间，树的一生只做两件事：扎根大地，根须在看不见的地方做功夫，深入，再深入，永不止歇；仰望上天，枝叶向空中舒展，迎着阳光的方向享受生之快乐，于夜色中陷入沉思和冥想。像陈梦家的《一朵野花》：

> 一朵野花在荒原里开了又落了，
> 不想这小生命，向着太阳发笑，
> 上帝给他的聪明他自己知道，
> 他的欢喜，他的诗，在风前轻摇。

一朵野花在荒原里开了又落了，

他看见青天，看不见自己的渺小，

听惯风的温柔，听惯风的怒号，

就连他自己的梦也容易忘掉。

小说的最后一句话最是动人：鸟儿在树丛中扑腾，兴高采烈地啁啾，苍翠欲滴的叶子在树梢上快乐而宁静地飒飒作响，而那些活着的树木的枝叶，也在倒下的死树上面庄严地微微晃动。

生而快乐，死而从容，我想不出还有什么能更好地诠释"活得有尊严"。近几年，这句话几乎成为流行用语，似乎是因为人们知道，各种丧失尊严的活法已呈愈演愈烈之势。人们虚弱地呼吁着，用呼吁代替努力，苛责他人而原谅自己，对于人生最重大的事件——死亡，保持无知，拒绝面对。殊不知唯有死亡赋予人生以意义，死之祥和可以返照人生的来路，最后的昏昧足以颠覆此前的一切辉煌。可以说，我们一生努力，都是为了更好地演奏人生的最终乐章。

人生是一场盛大的直播，没有彩排，不能重来，如何才能拥有树木的美德，永远不知老之将至，永远年轻而美好，孔圣人说，要敏而好古，发愤忘食，学而不厌；芒格说，获得智慧是一种道德责任，所以我们必须终身学习；弗罗斯特说，一片树林里分出两条路，而我选了人迹更少的那一条。

迷失

读慕明《宛转环》：缺角圆环的迷思

E.B.怀特曾在美国的第一颗人造卫星升空之际写文章感慨，从此再也看不到天然的星空了。随着科学技术的发展和现代物理知识的普及，中国人举头邀明月的时候也不再遐想月宫与嫦娥，和古人的瑰丽想象相比，很难说现代人对世界的理解是更全面更透彻了，还是小熊掰玉米似的，每个时代都用新兴的思想替代原有的，世界却始终有一半被人自身的局限遮蔽而无法明晰。

慕明的《宛转环》，尝试用古人的思想和语言，讲述一个发生在明末清初的故事，又在故事中放入主人公对莫比乌斯环和克莱因瓶的理解和追求，构思不可谓不精巧，但真正的神来之笔却是文中的莫比乌斯环，即宛转环，甫一出场就磕破一个小口，成了一个缺角圆环。自从环破，之前睡时握在手中就会入梦的鲜活的山水林泉竟渐渐模糊，似乎是原本的法力有所减弱之故，宛转环的小主人茞儿不敢再握着玉环入睡，好像不去看，梦就会一直在。不敢做的梦，变成记忆，一次次回望讲述，会变成益愈丰富的传说。若实践梦想，却有可能将梦想的狭隘误认为现实的残酷而元气大伤。以传说衡量现实，或以现实衡量传说，得出的结论都只会彼此辜负，索性各归其位反倒各自精彩。

作者和编辑想必都很喜欢小说集中的这一

篇，所以小说集也以《宛转环》为题，还制作了相关内容的封面和书签，但是画面中的环带，不仅被翻转了很多次，还被画成了"8"字形，也许是为了暗示无限"∞"。世人对"神奇"的想象通常如此，失于同义重复，而做不到安于简单。就结构而言，一个莫比乌斯环包含四个维度，无论将环带旋转多少次，增加的都只有圈数，却并不会增加维度。如果不能在维度上有所突破，主人公祁幼文追求的，以这个世界为基点，造出福地洞天般更高层世界的梦想，岂不是落了空？换个角度想，极尽复杂也许是世人唯一能想到的，对"神奇"表示崇敬的办法。所以，也不妨理解为《宛转环》就是一篇对神奇的致敬之作。

故事中，小主人公茝儿一直是懵懂的，直到尾声，暮年的她故地重游时才理解父亲当年看到的，微微掀起一角的大幕后面那个幽深世界。父亲祁幼文同时拥有两个世界，一个是他三进三退的仕途朝堂，一个是蕴含他毕生所学和全部心血的寓山之园。身处乱世，起初祁幼文想的只是造一个小园子，保他的茝儿平安。时局越来越坏，百姓的生活越来越苦，尤其是他看到碎了一个小口的宛转环，受到启发，认为那是用"琢空之法"制成——用昆吾刀雕刻空间，空间宛转成环，再将玉片贴敷其上，自然延展成环——从而想到，如果用同样的方法造他的寓山园，就能为天下寒士造出富有广厦万千的另一个世间。

这是环上缺口起的第一个作用，由突破平面的莫比乌斯环，转向突破三维空间的克莱因瓶。然而这个作用，在世道中、朝堂上都对祁幼文毫无助益，只有在念及"无一物中无尽藏，有花有月有楼台"的旧诗文时，或能给他带来豁然开朗的惊喜。

穷则独善其身，达则兼济天下，历来是儒家的理想。从各方面看，祁幼文都颇像一个典型的儒生，作品中的他却用一生的努力证明了，这句话在现实生活中无法践行。开始建造寓山园的时候，他已经完成了第一次退隐。那时，天下赋税沉重，难民流徙，他发现那个身负杀母之仇的农人，若还想对抗当地富户霸占田产的企图，谋求公平公正，诉告过程本身就会变成压垮骆驼的最后一根稻草。案件中出现的那位方士更提醒他，即使他勉力秉公断案，也总会有一些人间账簿记不下的疏漏，这种疏漏积少成多，早已造成公正天平的倾覆。这不是他一己之力可以挽回的，真不如退归他心爱的山水林泉，潜心造他的寓山园。

归隐多年以后，面对朋友负君、负亲、负己、负友"四负"的指责，祁幼文发现自己很难一笑了之。他觉得，退隐寓山园的确不足以消解四负，却想不明白究竟该怎么做，才能摆脱心中的不安，怎么做，才有可能不负。在祁幼文和来信指责他的朋友心目中，若想兼济天下，不是需要走上仕途朝堂为民请命，就是必须亲临灾区，施粥放粮，修桥筑坝。在家修园子这个行为，怎么看都是对民众疾苦的无视，对自身天资禀赋的辜负。生逢乱世，读过书明事理的人，如果选择独善其身还不知羞愧，就枉负了平生所学。

当年，在公堂之上，祁幼文看着匍匐在地的农人，想到自古以来，礼不及庶民，教化不闻于百姓。即使在海瑞这样的名臣笔下，乡民似乎也只是一群动物，浑浑噩噩，狠毒狡诈，易于冲动。他们的生命里，没有文章义理，没有诗情画意，没有至亲的谆谆教诲，也没有爱人的心心相印。士人习以为常的自尊自爱都需滋养，乡民们日复一日挣扎于温饱、被侮辱损害的时候，卑微地活下去，已显示了最大的勇气。除了不仅仅把他们看作愚氓，实在不能为他们做什么的时候，祁幼文只好一次又一次选择辞官。

然而，局部的公平和个人的善良解决不了整体结构的问题，正是那些根深蒂固的观念造成的不均之患，将朝堂推到了倾覆边缘。祁幼文之后的两次退隐，都是佐证。作为一个儒生，当祁幼文面对求助于方士的农人；面对义愤的乡民；面对国破家亡后，昔日的精神导师成了降臣，无法承担痛苦与失望的少年士子们，我们不难发现，他所热爱的学问，运用于寓山园中的向心之法、互含之法、互否之法，甚至宛转之法全都没有用武之地。

那天，方士问他，大人真认为人间律例可治天下吗？祁幼文无言以对。在官老爷面前显得战战兢兢的方士，对自己利用圣人创物所制，万事万物都因循的规则，替农人隔空取物这件事却笃定得很。他虽然也说，他所知道的只是其中最微末的一部分。但仅凭这一小部分至理，这个人就成了御风而行于人世之外的方士。已然参悟宛转环奥妙的祁幼文，为什么还总是左支右绌，无法坦然？是因为引他开悟的宛转环缺了一个小口吗？宛转环如果没有缺口，对祁幼文破解人生困境会有帮助吗？没有人知道。既然祁幼文的最高学问来自一个有缺的宛转环，就只能说天书缺角，徒唤奈何了。

祁幼文在园林中寄托的追求，去往更高层的世界，倒也不是无本之木。只是，似乎更符合道家思想。一同游园时，他曾指点茝儿："列子有云，大小相含，无穷极也，含万物者，亦如含天地。芥子纳须弥，并不是譬喻，其实是这大千世界圈圈相套，重重相摄的实在景象。"列子就是一位道家人物。以虚为实，将世人无法企及只好喻为芥子或须弥的幻境视作这个世界的实在，是本文作者的巧思。而儒家想的是，"得志，泽加于民。不得志，修身见于世"，说的是，真正领会儒家思想的人，直接为民操劳，或专心于提纯自身，都会于世间有益。道家想的却是："天地不仁，以万物为刍狗；圣人不仁，以百姓为刍狗。"说的是人世本来就冷酷而严苛，难道还能用一腔热血去焐热它软化它吗？不如认识一下自己的渺小，和世界的宏大吧。真能想明白的人，就不会灰溜溜地想着退隐，而将是一派"孰弊弊焉以天下为事"的逍遥模样了。更何况，要造一座以一园林泉纳半生湖海的宛转之园，在这个世界里造出通往高层世界的大门，岂容人三心二意，将其视作等而次之的人生安排？若说这个梦想须等到天下太平才能追求，则几乎是在宣布这件事不可追求，或自己并非此道中人，与此事无缘。

中国人，好像一直有出世和入世两条路。选择出世，是因为看明白人的局限而放下了世间的一切诱惑；选择入世，是因为深知人间的疾苦才更要为众人抱薪，虽千万人吾往矣。然而人世的另一个真相，是只要名目确立，就有人作伪，用出世来掩盖怯懦和自私，以入世之名谋取功名利禄的才是人群中的大多数。真正值得探讨的从来不是名目，而是立身如何是正，用心如何是善。与其讨论如何为生民立命，为天地立心，不如想想自己，如何才能无愧而无悔地立于天地之间。

遥想孔子，即使在最困厄的时候，也没有想过要退隐，而是四处奔走了一辈子，发愤忘食，乐以忘忧，不知老之将至。老子归隐时，不见一丝心动，更遑论不安，通篇的《道德经》里没有遗憾，只有对人世的透彻理解。而祁幼文，一如那位方士，即使最后，他参透了空间宛转的关键，还是只对苣儿说了一句，"苣儿现在，看懂了什么是荒寒罢"，选择在自己的寓山园自尽。他曾说，"最精妙的画，若说是墨色画就，倒不如说是由空白画成的"，固然是高论，但在人生中眼见大片空白皆付阙如，而止步于心下荒寒，却让人似骨鲠在喉，无法接受。所幸作品还有尾声。

祁幼文的宛转之园终究是建成了，虽然荒颓已久，那小小的一方天地，仍可以容纳无尽空间。它不光扭转了空间，使高层世界显现，也扭转了时间，祁幼文实现了纳须弥于芥子的追求。在那个扭结的时空中，他们见到了过去、现在与未来同处一地。过去是一处低洼的池，未来是一座高耸的山，人无法登上山巅，却可以通过宛转之形，找到一个俯瞰全局的角度。父女二人都看到了对方的过去未来，却因为世界单薄如纸，若不想忍受日夜在只有一面的宛转环上跋涉，就不能停留于归隐，而必须彻底消逝，方得解脱。

下意识地，苣儿伸手入香囊，才想起宛转环早已在流徙中丢失。好在寓山园犹在，不妨视作宛转环犹在。制作了宛转环的子冈，能在被处斩九年之后，将宛转环送到苣儿的手上，不妨认为子冈也犹在。当年几乎每一位慈父都会对子女作的谆谆教诲，"刻苦用心，侧身励行，从今往后，万勿动功名之想，只是读书务农，成为正人君子罢了。你虽为女子，吾门诗礼传家，也是一样的道理"，并不曾保孩子们平安顺遂，如今是否可以当作小熊丢弃的又一穗玉米，扔进故纸堆？或者，有谁可以从中提取出核心能量，为当下的人所用？然则当下值得传家的诗礼，当下须破除的功名之想是什么，正人君子又是什么样的人，须有些什么样的德行呢？最重要的答案一定都写在宛转环缺了的那一片玉上吧。祁幼文用作模板的宛转环有个无人能弥补的缺口，所以，父女二人不是错开了时间，就是进了异度空间之后，不知如何出入无疾地回来。出世、入世各自精彩的方法，似乎已随着那个缺损的玉片消失了。同时消失的，还有让人于这世间健步行走的道路。但也有可能，道路犹在，只是隐于无尽暮色中，看不分明，有待后来人探索与书写。

読牛健哲《造物须臾》：装在伍尔夫酒瓶里的人生之梦

时间究竟是什么，是客观存在而单向流逝的一种恒定，还是心生的幻念所以缓急跌宕随心流转？万物又是什么，是先我而存在微小如我无从把握的瀑流，还是因我而设应我而变却始终将我封闭其中的牢笼？会不会有那么一个瞬间，万事俱备又一切尚待确定，只要心念迟疑世界就因此停滞，所有的门都开放，所有的路都铺展，每一个平行宇宙中的每一个我精确重叠，等待重启？牛健哲的《造物须臾》捕捉的就是这么一个瞬间。

上一次看到这样一个四通八达的瞬间，是伍尔夫的名篇《墙上的斑点》，一个斑点，远观近瞧，一时凸起一时扁圆，又是挂画的钉子，又是蜗牛，浮想中时间变得含糊而富有弹性，场景更是几经转换，直到文章戛然而止，我们才再度回到那个墙上有斑点的房间。牛健哲的《造物须臾》也打开了通向多维时空的门，但就结尾而言，作者似乎并不想回到文章开始的地方，倒愿意他的造物须臾可以延续下去才好，毕竟，要在无数可能性中找到那个心仪的世界并不容易。我们都听过托尔斯泰的那句名言，"幸福的家庭都是相似的，不幸的家庭各有各的不幸"，作家们以此为由专心描述世间的不幸，红尘市井也只有来自不幸的声音四处流传。世间真有幸福吗？提出问题和回答问题的人一致认为，没有。然而，究竟如何尚取决于"我"怎么想，怎么选，怎么造物。

第一个问题，"我"是什么。在那个神奇的瞬间，"我"是一根悬空而生的蘑菇，因为世界靠逻辑和因果律统辖，"我"才得以知觉其间的常数。又因为"我"此刻悬空而生，灵感和顿悟纷纷于黑暗中显现，甚至撞进怀中。在一片被浓黑填充的空白里，"我"终于看清生活的本来面目，这面目由平行宇宙中诸多面目叠加而成，不假思索时它们浑然合一，无论"我"如何左支右绌，都逃不出世界的常数，那个瞬间如此神奇，原本的浑然一体松散成了一个一个独立体系，容"我"慢慢检视，各个呼应。

第一个世界里，床上的陌生人实为枕边人，"我"抓起她戳过来的胳膊推回她的体侧，又从这随意的动作中品出淡漠处之和理所当然的意味。这就是有些人心目中，静好岁月的巅峰状态，因为实在想象不出，除了淡漠处之还能怎么静，除了理所当然还有哪般好，人生走到肥白浑圆的中途，过往已经不复当年模样，未来似乎还无限长久，也就没什么值得珍惜或向往。若还能有梦，就只剩下获得一次崭新的机会，考虑一下更多可能性这一种梦。如此想来不免沉重，当"我"离开这第一个世界时，竟觉得无论去向哪里都是更优选项。

第二个世界里，"我"是入室行窃的贼人，深信自己即使偷盗了她的东西，都有可能拯救她的和"我"的余生。只是贼人，常和血光之灾相联，如此人生不是上佳之选。

第三个世界，床上人是"我"的女儿。对很多家庭而言，孩子如同某种充满慈悲魔力的光芒，可以将原本的生活点化（实际上通常顶多只是点染）成金。有了女儿，我们的日子会温热许多，仿佛是被捉摸得到的意义每天缠绕着。这样的女儿，值得"我"晚上多次醒来，起身过来替她盖好被子，而牺牲自己每晚的完整睡眠。可惜盛景都是水中月，眨眼间，她就不再是尚未离开父母，而成了被迫回到家里的女儿，深夜的探看也只能因为不知如何予以抚慰而在踟蹰中作罢。

走过这样三个世界，再仔细辨认身处的暗夜，找不到丝毫祥和温暖气息也算情有可原。或许曾经有过切入明媚的机运，但一闪而过，现在世界的基调已经落定。"我"无法乐观地左右情状，令它在"我"指掌之间化作美好的既有，只能去避免最差的局面。这就是中年最常见的景象，孩子是父母的镜子，可惜父母总是茫然不知。离婚是一种遗传基因，可惜很多人还蒙在鼓里。看似独立的三个世界，实则不过是同一世人生的三个片段，在"我"漠然推回枕边人的胳膊时，在"我"认为当贼人也能拯救余生时，在"我"的日子须由一个女儿的介入才能获得些许温暖些许意义时，暗夜已经降临。从此"我"能看见的选择，只有被戕害得失去自己舔舐伤口的力气，和病恹恹的老兽一样逃不出孤独和悲伤这两项而已。但是心底的执着还不肯罢休，知道可以亲手塑造点儿什么，谁又能一下子熄灭念想。于是，造物继续。

第四个世界，是一个镜像世界。无论发端于"我得走了"，还是发端于"你得走了"，那张无论眼下的造物须臾迁延多久"我"都终须回归其上的床都架在婚姻的界碑上摇摇欲坠，床上的人却仍以为能将自己摆放安稳。在这个世界里，"我"不是有一个航班即将落地，"我"却不必去接机的妻，就是有一个骂"我""人渣"，却又能被"我"利落赶走的她。于"我"而言，这个版本自带深夜的懒散和浑浊，几乎可谓满意。

然而造物，本就不是在各个世界间游走那么简单，空想了这么多，"我"也应该开始明白，那种叫做秉性的东西已经凝固在"我"身体里。人，哪一刻明白了"无限可能性"只是一句空话，才是真正长大。"我"铺排的世界再多，也不过是"我"的世界，"我"以为的肆意挥洒，从来不曾摆脱秉性从外到内的箍缠。人最好晓得自己的斤两，而不是临场称量。话虽如此，知道秉性早在体内凝固，却并不知道秉性究竟为何物，知道应该知道自己的斤两，却始终无从称量的还是大有人在，所以事到临头难免沮丧。心思难定，可以出逃的世界，家有保姆的世界，床上的妻子如薛定谔的猫形态尚待确定的世界，像水面泛起的波痕，摇曳，又倏忽消失。

最后，尘埃落定，"我"来到了接续第一个世界的第五个世界，床上的人再次成为枕边人，只是岁月流逝，她曾经胖大得不合时宜，如今已被消耗得如同一个包着几根柴火的口袋，而"我"枯老得就像柴火本身。"我"刚刚新添了伤痛，她则久病缠绵，如果残破与残破也能相互扶持，"我"和"我"的枕边人在这个世界里算是相依为命。行路至此，所有的念想都只能归结于一句感慨——下一次如果还容许选择，我不会和她一道来到如此境地。

再莫名的生活都不难找到可资装点的理论来支撑：婚姻是爱情的坟墓，身在墓中，谁不是凑合着过；当生活变得粗粝不堪，添一个孩子，就可以缓解所有切肤的疼痛；当孩子带来的操劳远超过抚慰，谁能忍住不向婚姻的边界处逃逸，只有去外面才能找到生活的滋味；直到再无余力折腾，若得枕边人还在，就算人生没有脱底。心里或轻或响流淌过很多话语，最后留下的只有两句：一、谁不是这样呢？二、下一次我不会这样。《造物须臾》中的"我"，所有的人生经验都来自暗夜，在结尾处还咬牙发誓，下一次，甩开她也好，赶走她也罢，总之要与这一次不同。只要与这一次不同，一切就会感觉好得很。

世界由逻辑和因果律统辖，其间有可供感知的常数，这不算什么高深的学问，所以流传甚广，知者甚众。其中，有多少人把听见当成明白就不得而知了。偶尔是会有这样的时刻，灵感和顿悟撞入怀中，就像天开了一线，一些往常被蒙蔽的景象变得清晰起来。即使真的看见了什么，也还是很少有人能逃过纪伯伦的名言，青春和关于青春的知识不能同时拥有。更何况有的人拥有知识的方式，只是听过见过同意过反对过而已，那个和知识打交道的"我"始终被凝固的秉性牢牢钳制。昆德拉有两部小说最广为人知，《不能承受的生命之轻》和《生活在别处》，不是因为真有多少人读过，而是因为大家觉得这两个书名道出了心声，那些身陷窘境的人由此找到了抒发怨愤、开脱自己的好理由。

很多人听过那句话，当你凝望深渊的时候，深渊也在凝望你，同时却不知哪里来的自信，以为自己可以做到"黑夜给了我黑色的眼睛，我却用它寻找光明"。认定了是否知道自身的来由是个诡诈的问题的人，当然会以为自己是根悬空而生的蘑菇。殊不知只要一念闪过，愿上天降一个理由让我觉得人间值得，无论掌管造物的是上天还是我，都将再也无法造出那个理由。造物须臾也就成了一个迷梦，一个关于下一次我可以的，一时以为梦一时以为醒的，没完没了的迷梦。

读朱个《迷羊》：从现成的世界中借一处精神家园

小说的题目《迷羊》，让人联想到歧路亡羊的故事中那只迷失的羊。当年的故事，人们因为岔路太多找不到羊，只好无功而返，结束于杨子戚然变容。如今，这个故事的结论在人们心中似乎已演变成了"既然知道歧路丛生，还追个什么劲儿呢"。通篇看下来，作者对持有如此观念的主人公钟宝信，即使不算偏爱，但至少很是同情。

写到钟宝信不听劝阻，执意要去玩福寿螺的卵的时候，描绘她的兴奋和丈夫李先农的吃惊和慈祥综合成不置可否后，笔锋一转，说到二十年过去了，李先农的胳膊已经不会在钟宝信挽他时，紧紧拉向自己那一侧。对此，钟宝信并不表现出更多失望，就像李先农也从来不表现失望一样。可见隐忍者并非只有李先农一人。写到钟宝信跟母亲讲道理，母亲已绷住脸很不开心，李先农只好把岳母拉到一边去说小话时，也是笔锋一转，写钟宝信想的是，德莫福夫人讲不讲道理呢？德莫福夫人是亨利·詹姆斯同名小说中的人物，是一个坚持自己的道理，最终赢得了爱情的人。她并非仅仅赢得爱情，还在她丈夫终于真的爱上她之后，彻底地拒绝丈夫，让那个丈夫自食恶果。更明显的一处，是描写钟宝信怀疑自己的丈夫有外遇，却什么都没有说。一方面，当然是因为丈夫在自己的交往方面一向秉持开诚布公的态度，但是钟宝信并未单纯地信任，更有对自己敏感的自觉，自觉了就会警醒。作者将这样一种状态，比作格林童话中的豌豆公主，一位因为超乎寻常地敏感而不得不承受更多苦难的娇小公主，而只字不提外遇事件有可能只是钟宝信的多疑多虑。

同样出于偏爱和同情，作者描绘钟宝信的内心想法时从不迂回掩饰，结果钟宝信因为坦荡反而显得又无辜又自信。文字就是有这样的魔力，即便存在偏颇，当你用一种淡然的态度娓娓道来时，那些偏颇就不那么刺目，甚至还会拥有美感。

钟宝信其人，每当发生问题，都会转而执着于另一些无关紧要的事情，用对无关紧要的事情的注意消磨时间，从而假装面对那些她必须面对的东西。每当这种时刻，她都并不能主动意识到，无关紧要的事情确实无关紧要。很多时候，那个所谓的无关紧要，简直可以要了她的命。好在一次又一次，她最后却又意识到了，事后她也搞不清楚自己是怎么做到的，只能归结为命运的赏赐。这就是她的生存之道。有时候她也会感到恐惧，担心哪一次命运不帮她，她会栽在某一件无关紧要的小事上。但这种恐惧并不足以敦促她改变，恰恰相反，因为命运眷顾的状况一再出现，她已经开始下意识地玩味那些假装面对的过程。人一旦将假装面对当成生存之道，就再也无法真正面对，歧路上每一步都是错，返回原点固然无功，至少无过，如果秉持"既然做对也并无功劳，错又何妨"的想法，迷失在歧路中，却可能再也找不到返回的方向。

工作中，无论对待同事，还是对待工作本身，钟宝信总有一种自己不伦不类、不专业的感觉。她对自己说，我不可能穿着硬邦邦的套装去公司，在重要场合把平底鞋换成五公分以下的高跟鞋，把托特包换成公文包，最多再换种口红颜色，就是面对那份阴差阳错的职业仅有的倔强。尽管无法辞职换个活法，她却打从一开始就倦怠于工作，倦怠于所有的"被计划性"。这让我想起，我有位朋友总在我面前夸耀，当年，他小小年纪就会生煤球炉："每个炉子都不一样，会生这一个不代表就能驾驭另一个，但我们家的炉子，连我爸都没我生得好！"与其说这个经历让他体会到了征服，不如说那是他第一次成功地理解并适应了客观世界，从而与客观世界的代表，那个煤球炉建立起了正确的联系。那的确是足以夸耀一生，甚至引领一生的经验。理解和适应，才是行走人间的基础装备，倔强，却并不是。

钟宝信已走到了人生的中途，却对人生始终茫然。并不是说她一直沉浸在茫然的感觉中，而是当茫然的感觉突如其来的时候，她的内心，和五岁时走进陌生人的屋子吃饭，十岁时突然开始不好好学习，高考前跟相处六年的闺蜜大吵一场，并无分别。这样的钟宝信，对自己倒也并非没有期许。正是这份期许，让她不愿喜欢李先农喜欢的东西。或者说，不情愿在李先农也喜欢的事物上表露出过多的兴趣。当生活中两人发生了近乎同步的举动时，大部分时候，钟宝信还可看作是默契，是维持岁月静好的努力，但发生得多了，她就会感到懊恼，难以平衡自己的心理，甚至会有一点儿嫉妒——本以为是自己的独一份儿，现如今在李先农面前却失去了炫耀的机会。

一个人有些许不足与外人道的小心思，倒也无伤大雅，但钟宝信希望自己是独一份儿，却不是凭借自己的拥有，而是希望别人没有。一旦别人也有，她习惯性地用喜欢得更少一些来自欺，却走向了事物的阴面。就像她关于飞地的梦想。刚结婚的时候，她曾幻想过有一天醒来，边上的公寓楼全部被拆光，就剩下她的家，由一根钢筋支撑着，立在半空中，隶属于本土，和本土又没有物理联系。可见钟宝信不仅无法识破自己与外界建立联系时的自欺，还将其视为梦想，她的自欺恐怕已经到了痴迷的程度。

和李先农的相处中，钟宝信一直有一个困境。遇事，如果盯着问他为什么，李先农通常并不回答。钟宝信觉得李先农不作答，就意味着那个答案显而易见。可是经常性地，只要李先农不愿答话，钟宝信就没有办法自己想出那个答案来。如果继续追问，她不知道最终问出来的答案是出于他的同情，还是出于他的失望。于是，钟宝信感到内心压抑时，渐渐选择沉默，甚至在觉得已经没什么了的时候，也仍然不想说话。对李先农的问话和回答，对那些他觉得她应该自己想清楚为什么的事情，她想着，只要自己不理会，就好像能永远保留一个理会的机会——如果她不断地回应和解释，不见得因此变得被动，但似乎就违背了自己的准则。这个天晓得的准则，让钟宝信不再要求自己为想清楚那个为什么而努力。同时，她了解李先农，知道只有对方沉默才能让他有一刻反观自己，咄咄逼人只会让他更沉默。她曾指责李先农的沉默是冷暴力，李先农说，钟宝信热暴力的时候指责别人冷暴力，其实，别人是想交流却已经没有可交流的缝隙。但是这句话，钟宝信没听懂。二十多年，两人已对这样的状况习以为常，不敢说是李先农习惯了她的固执，还是她习惯了他的失望。钟宝信觉得最好的结果就是现状，毕竟她没有权利要求对方反观自身，反之亦然。但下意识里，对李先农的反省和改变，钟宝信却一直怀有期待。

　　于是这一切就成了一个布局，就像《封神演义》中两军对垒时将领们的布阵，出战的人必须想办法破阵，否则就会一直困在其中。这世间的事，难者不会，会者不难，但凡钟宝信能少一点心里轮番上演的戏码，多一点开放心态，学习并理解一下与她完全不同的李先农的想法和做法，少一点固执，多一点自我调整的愿望和行动，这个局，并不难破。偏偏钟宝信是一个只会等着对方投诚，或困局自行瓦解的人，压根儿没想到须由她付出努力过关斩将。曾经，李先农见她总也无法放松，就建议她焦虑一下更大的东西，以抵消较小的焦虑。钟宝信愣怔于这种纯技术层面的建议，压根想不到人无远虑必有近忧是常识，李先农只是稍稍翻译了一下，还一心只想把李先农的"技术脸画皮"撕扯下来。呜呼哀哉。

这一次，钟宝信为了排遣压抑，迷失在郊外寻找河流的途中，又流连于无人的林中小屋，是因为她无意中看到李先农和他的学生庄琳的聊天记录。看到庄琳说李先农可爱，李先农回复了三个大笑的表情。看到庄琳又说，李先农又伟大又可爱。这句话让钟宝信怔住了。她的第一念是不小心窥探了别人的私聊，接着是难为情，混杂着惊讶，整个人定住了，挪不开步。庄琳把表面上没有关联的词连到一起去形容李先农，对钟宝信来说，仿佛一个只有自己知道的秘密，被人偷走了。

不会破阵，钟宝信才觉得秘密被偷走，如果不是被那个她亲手布下的迷局困住，看了这样的聊天记录，就不难知道李先农一直和得意门生们保持联系，是在期待什么，又获得了什么，也就能更全面地感知他是一个什么样的人，他对妻子付出了什么，又期待着什么，那才是旁人无法企及的秘密。法国人有句名言："女人最大的心愿就是有人爱她。"男人又何尝不是呢？即使他再怎么喜欢小鸟依人型的爱人，但对爱人和对小鸟的期望毕竟不同。明明身在近水楼台，钟宝信和李先农之间却隔着黑洞般森森然的沉默，无法突破，害得她不是悲从中来，就是压抑难耐。

坐在林中小屋的外面，听着屋里的狗吠声，钟宝信觉得不忍心，进而产生了一种错觉，李先农就是只能存在于这样小屋里的一件蒙尘宝物，只有她，了解其珍贵难得，但她却不知该不该惹尘埃。这是非常典型的爱无能者对爱的理解和向往。总是先抬升自身的重要和可贵，所爱对象的珍贵只有她能识别，但她却因为某种莫须有的原因不得不在犹豫中无尽拖延，并不付出她的爱，就好像识别本身就已经算爱了。

如果认为无知是一种有趣，则学识不过是远方的建筑，即使存在也毕竟用不上，反而不如无知来得洒脱。自我为中心的巨婴，看不懂他人的谦虚，却怀有天然的拒斥和鄙视，非如此不能确保唯我独尊。钟宝信和李先农曾有过一次关于雅和俗的讨论。钟宝信觉得，一个人，种种内涵和做派并不外在，也并不浑然一体的才叫雅。又说，附庸风雅不叫雅，回避风俗是真俗。李先农赞钟宝信总结得好，又说以为她在讽刺自己。钟宝信说，我没有讽刺你，我在讲我的恶趣味。然而，并不外在也不浑然一体的背后，很可能只是一知半解。一旦推崇为雅，不懂的那部分不是能被成功掩盖，就是能当成实诚来自我标榜，就有了讽刺他人的底气，更不用说还有"恶趣味"的自嘲来保驾护航。

很难责怪钟宝信时常感觉压抑而焦虑，因为在爱这件事上，她和李先农从来就有分歧。当年李先农讲鲁迅的《伤逝》，引了其中一句话，"人必生活着，爱才有所附丽"，说这句话是辩证的，先后关系不是必然。有爱，不忽视生存，努力生存，他觉得那才算一种比较平常的生活。还是学生的钟宝信几乎不知道他在说什么。钟宝信曾和她金融学的导师及师母一起吃饭，身为财经记者的师母在谈论宏观经济策略时，总会不自觉地瞄一眼导师，仿佛在期待对方的肯定，又像是担心失言。钟宝信以为大可不必如此，还暗暗做了打算，她自己总不至于那样，她无论如何都要保留相当的固执——又是固执，钟宝信从来没有意识到，她的固执犹如牢笼，将她的心智禁锢在某种低幼状态，而她一直没有从中走出来过。她不能辩证地看待爱情，是受制于关于爱的固有观念，爱无能者只懂得一种爱的形式，那就是你须用我的方式爱我，我只要接受就是爱了。钟宝信从不考虑改变，这和她强调人不可以要求对方反观自身问题的想法一脉相承。自己的世界里不允许其他人成为权威，则是巨婴的下意识，能体会到的部分不知怎么还会幻化为对自身尊严的捍卫，固执因此师出有名。

一下午的压抑和纠结，最后因为庄琳宣布自己要去巴黎的一个电话而结束。一直在心里和李先农较着劲的钟宝信很快调整好了状态，决定表现得精精神神地去面对李先农，驱车返回的途中，她就已经是那样了。身后的那一片树林和那个林中小屋，变成了她的秘密花园，好像即使她离开，也能为她持续提供能量。

看到那小屋前，钟宝信不曾料到导航竟没有把她直接送到河岸边，找寻河流的过程中，她不曾想过会深入一片树林，走入树林，她不曾设想林中有空地，地上可以建小屋，直到小屋出现在她的眼前。那小屋是有主的，她并不好奇那个人究竟如何在此生活，只是习惯性地将自己似是而非的想象投影其上，略做添减，当作自己的秘密花园。她一直认为她有"自己的园地"，而且那里庭院深深，草木葱茏。就像她一直认为自己有"喜欢的事情"，而且是那种基于信仰，深入灵魂基底令人平静和得到归属的事情。同时却又认为做喜欢的事也会没意思，而且无聊一点也不比痛苦好受。她意识不到这两个彼此矛盾的判断中，总有一个是谎言。

树林已隐没在身后的向晚天光中，想必之后钟宝信不会再回来，即使回来怕也再不能找到那座小屋。但唯其不会再来，反而可以为这地方增添神秘色彩，亦真亦幻还会让小屋更有存在感，但也让钟宝信更无法明白，她的这个秘密花园只是借来的。曾有同事调侃她，结婚那么久怎么还充满单身气质，钟宝信觉得"单身"不妨替换成"孤独"，却不知道她充满孤独感是因为她始终空身而不带辎重，她乐意拥有一个丈夫，却始终没有想过如何才是妻子，就像她拥有一份职业，却始终倦怠于工作，如果所有她认为自己具备的，都像那个小屋一样是借来的，她自然无须随身携带。所谓"自己的园地"，她既不曾亲手缔造，也没有时时洒扫，她是一个没有精神家园，也没有兴趣爱好或"喜欢的事情"的人，能拥有的只是对人对己一视同仁的敷衍而已。

读
赵
松
《
恐
龙
会
跳
舞
》
：
当
空
空
如
也
如
实
体
充
斥
内
心

赵松的《恐龙会跳舞》，说的是存在感的缺失，选择了第二人称讲述，似乎作者认为每一位读者都会有相似的困境，概莫能外。作者笔调平实，看不出怜恤或嘲讽，但作为读者，阅读的过程中面对第二人称的男主人公，是因为共鸣而心有戚戚，还是因为相差甚远而反感唾弃，倒是不难自测。

故事开始于充气斑马和布艺斑马的对比，制作斑马的艺术家说，他的灵感来源于他儿子床头有些泄气的充气斑马。一旦斑马泄气，虽然在半瘪的状态还能维持一段时间，但他儿子总会立刻把它再吹起来。艺术家的斑马是玻璃钢做的，似乎只有这样的材质方能停止儿子的执着。主人公得到的充气斑马是它的衍生品，同样不可避免地，主人公也延续了艺术家儿子的做法，每次发现它有点儿瘪了，也会把它吹起来，甚至吹到感觉马上就要爆掉时才停。但这个充气斑马在一次主人公醉酒归来时，被他坐爆了。于是他买来布艺斑马，放在原来放充气斑马的地方。艺术家说制作斑马后，他总觉得缺点什么，为斑马的嘴唇、眼睛和耳朵涂上粉色，才觉得它们看上去比较特别。得到布艺斑马后，主人公想，是否也该对这个斑马的嘴唇、眼睛、耳朵如法炮制。不过，只是想想而已。

一个物件要显得特别通常很难，因为特别，就是《小王子》中的小王子在满园看似一模一样的玫瑰花丛中，花了很长时间才领悟的，那朵还在他的星球上等着他的玫瑰，与所有其他玫瑰的不同。批量生产的商品，如何才是特别，是我们当下的玫瑰之惑。此惑不解，连人都活成批量生产的模样，内心像一个永不打扫的仓库，任何物件放进去，就再不挪动，却也不上心，一旦消失，就会感到空落落，但没有什么不可替代，玻璃钢、充气材质、布艺都行。艺术家通过粉色的涂抹找到特别的感觉，主人公依样画葫芦却不见得，何况他还未见行动。以否定式看待而又接受出现在生活中的一切，似乎是主人公的一大习惯。

　　说起斑马，是因为女朋友发微信来向主人公讨要。一个多月前，女朋友已经离开了。女朋友在的时候，主人公觉得她几乎彻底改变了他的生活习惯，让他觉得自己就像个容器，里面的水满了，已开始溢出。女朋友走的时候，主人公正处于刚睡醒的茫然中，一时不知该跟她说些什么，也不知道女朋友为什么要离开。

　　"一时不知该说些什么"，是主人公对自己的交代。然而，无论一时，抑或不知该说些什么，都是自我蒙蔽，是习惯性地假装有一个无残缺的自我，平和中正，只要客观条件允许，所有应该发生的都将发生。至于实际情况，主人公并不在意。

　　斑马的话题最早出现于主人公和女友相识之初。女友说，所有动物里，就喜欢斑马，尽管除了看过网上的视频，她并没有见过真的斑马——叶公好龙式的喜欢，所以女友始终无法说清，她究竟喜欢斑马什么，或斑马究竟什么地方特别。作为回答，主人公说了两句评论让女友大笑了起来，主人公说，斑马是动物界的喜剧演员。另一个喜剧演员是长颈鹿。听上去，很像是基于某种认知才能得出的结论，女友无法想象，主人公其实不喜欢任何动物，他得出这些结论，无须任何认知，只是来源于他"觉得"。

觉得，或就是喜欢，一旦产生，都会立刻被纳入固定思维，无须探寻来源，就被当成自我认知的一部分，反过来定义拥有这类感觉的人。这样的本末倒置普遍而隐蔽，让人防不胜防，究竟是认识自己，还是塑造自己，有时只在一念之间。

　　不想也不会和任何人、任何事物建立联系的主人公，意识不到自己发表评论时流露出的居高临下。但这个习惯性的姿态却见出，无论他最终对自我的认识达到何种程度，他的自我感觉，始终超然于一切之上。然而，这个能超然于一切之上的主人公，究竟是一个什么样的人呢？

　　他的自我表述是，都四十好几了，还不清楚自己究竟喜欢什么。被辞退前，他的上司对他说，以后不管到哪里，还是要多考虑人际关系的问题，不能只活在自己的世界里。在这里，你完全可以没有一个真正的朋友，但是这一点只能你自己知道……换言之，旁观者认为他从不在意他人，只活在自己的世界里，他缺乏朋友的状态，过于明显。他打断上司的话头，声称，在这里我是有朋友的。他想到的是从上班第一天起，就主动接近他的前台女孩儿，离职之后，这个女孩儿已就此退出了他的生活。前台女孩儿是上司口中"真正的朋友"吗？打断上司时，主人公认为是的。无论他的这个自我认知是对是错，但从他的应对，可见他内心状态稳定，今后行事不会改变。

　　年过四十而不知自己喜欢什么，主人公感到一个又一个世界在他面前关闭，他即使有心也无可奈何。然而不知喜欢什么，就是没有喜欢，也就是无心，或者说无情，无可奈何也可理解为无能。人性的积贫积弱与经济的快速发展同步发生，人们只看到物质层面的变化，而且目不暇接，至于那不可见的种种感知，在时代的风暴中，通常甫一浮现，来不及回味就已湮灭无踪。感知还不是全部，更重要的是对感知的判断和应对。主人公的应对极具代表性——当他听到萨克斯音乐，却想不起那是什么曲子时，他就耐心等着，等那名字自行浮现，就好像等的是某个具体的东西，当你需要时，却找不到它，等你不想找了，它就会在某一天忽然出现了——等问题自行消失，就是主人公以不变应万变的法宝。

可惜，绝大多数问题并不会自行消失，这是常识（也就是常人无法具备的认识）。常人，不仅无法认识，更会拒绝认识，还会自我原谅。如此形成闭环，将常人封闭在常识之外。生存之难，对所有人都一样，不能依靠常识破解生活难题，就只得凭借自创的方法硬闯。天地间有大偷，时光如水流逝，多少人，连人生的难题都没有看清，就已经老了。

其实女友告诉过他离开的理由。在一起之后，她就说过，她可以很宽容，但有一点，就是要有热情，人要是没了热情，这关系就完了。主人公当时觉得自己既不能确定有热情，也不能确定已没了热情，只能说处于中间状态。最著名的中间状态，是薛定谔的猫。我们只能在容器外讨论猫的状态，并不能代入容器中的猫，有趣的是，总有人认为自己可以，还习惯性地选择中间状态自居，可以的话，他们似乎希望以这样的状态度过一生。可是谁能以量子态度过人生呢？实际情况可没有那只猫那么精彩，只是出于自恋的人特有的下意识，将匮乏视为正常，认为所有的欠缺都应该得到原谅而已。

有一天后半夜，女友把主人公从梦中唤醒，问他有没有觉得这房子很空，就好像没有人似的。又说自己感觉有些透不过气来，是那种空的感觉让她透不过气来。主人公无以应对。最后女友提出，要回家去住几天。主人公的爱无能而不自知，可见一斑。女友所说的空，他始终没有理解。无知和无能是否值得同情，也许尚可讨论，但联想主人公始终超然于一切之上的自我感觉，他的无知和无能就很难原谅了。

他和女友初相识的饭局上，曾有过关于动物园的讨论。当时他提出，不管什么动物，只要放到动物园里待上一段时间，就会变得懒洋洋，毫无活力，样子也会变得难看。席间，另一位女士却提出，她的理想就是能过上那种不用整天奔波，不用担忧失业，有足够安全感，还有人按时送食物的生活。他记得那时还不认识他的女友，对他露出了赞许的神情。

他去到野生动物园看斑马，遇到了一个主动问他是否喜欢恐龙的小女孩儿。他一边回答当然喜欢，一边猜测这是不是小女孩儿想要的答案。女孩儿听了很开心，问他是否看过恐龙跳舞。提问难度升级，他不得不再次猜测应该的应对方式。小女孩儿和母亲一起消失在人群中之前，对他做了个奇怪的动作，好像又说了句什么。但是他没有听清，只是冲着小女孩儿的背影挥了挥手。

时过境迁，回顾过往，初见时的女友真的向他流露出赞赏的眼光了吗？这一抹留存于他记忆中的目光，究竟有多少来自他的前女友，又有多少，来自他自己的心愿呢？小女孩儿喜欢恐龙是真的，即使又是叶公好龙，但只有当喜欢充满内心，甚至满溢而出时，她才会忍不住向一个陌生人倾诉。主人公却活成了小女孩儿的反面，在他的心里充斥，同样会满溢而出的，只有女友对他说过，而他无法理解的空。

如今，女友再次主动联系他，似乎是为了暗示他另一个离开的理由。这个理由，关乎他存在电脑里的一份名为"杂物"的文档，文档里是他和另一个女孩儿长达十年的通信。"杂物"混迹于铺满整个桌面的文件之中，打开前，主人公已不记得它的存在。即使记得，十年光阴也只如一件杂物，在某个储物空间占一席之地。

开始通信时，那个女孩儿只有十六岁。十年间二人写下的文字，已达六十万字之巨。信中，女孩儿写下的不只是这十年里的事，还包括她从小到大成长的各种体验。主人公却从未写过自己的私生活，而且多次想告诉对方，应该终止通信了，我太忙了，也太累了。每次，他都未见行动，不了了之，最终结束通信的还是对方。女孩儿告诉主人公，自己意外被车撞了，整个人都飞了出去，幸运的是，住院检查后发现她只受了一些皮外伤。住院期间，肇事的女司机每天都去看望她，主治医生宣布女孩儿没有任何严重问题时，女司机号啕大哭。女孩儿告诉主人公，当时她也流泪，但不是因为喜悦，也不是难过，只是感觉自己在流泪，仅此而已。她心里寂静，发现自己不再是过去那个容易情绪化的人，经此一劫，她心里好像被格式化了，完全空了。

十年间，女孩儿发生最大的变化，在于对空的领悟。如果爱也能清空，还有什么不能了结？这个变化一经生成，女孩儿随即终止了与主人公的通信。十年间，主人公对长期通信的状态近乎成瘾，但这种成瘾是被动的。他自己也很惊诧，被动状态，竟也是会成瘾的。通信结束时，主人公感觉到又有两个世界关闭了，首先想到的是她的世界，和信的世界，随后才意识到还有第三个，自己的世界。然而，他依然觉得自己一切如常。他是如此稳定，像惰性气体，在律所里，离开律所之后，和女友在一起时，女友离开之后，他都觉得只有环境和别人在变化，而自己，在变化之外。被动成瘾只是一种华丽的表达，其本义是不负责任已成为习惯，或不可缺的需求。认为外界变化，自己一切如常，则意味着这个人对一切都无动于衷。而这些，就是他身体力行却无法理解的空。正是这个日益壮大的空，挤压着人原本具备的种种感知，和付诸行动的愿望与动力，将人的存在变得抽象。

主人公曾做过一个让他获得某种微妙满足的梦。梦里世界寂静，只有一个老人在扫落叶，一只黑猫围着他转。这个梦让他想起二十年前的夏天，在大连海边的山岸卜，主人公曾枯坐一下午，看海。那是一个一切虚空的下午，却让他第一次体会到"我在这里"。再一次体会"在这里"的感觉，是他工作多年被裁员之后。他觉得，过去多年的工作生活都存在着清晰可见的目的性，但那些目的性其实并不真实，那一刻他清楚地认识到，自己想要毫无目的地过日子。如此，他将不再需要为时间而感到焦虑，甚或还能变成抽象而飘浮的黑白条纹图案，他本来就更倾向于认为自己是近乎抽象的。

一个习惯性地将包括自己在内的一切事物归于抽象的人，想要获得存在感，的确不容易。对主人公而言，虚空与寂静，换言之，缺乏和无动于衷，是唯一的真实，也是他能理解、能呼应的全部。当外面的世界终于和内心同频，他方可拥有存在感，为了拥有存在感，主人公能做的只有等，等世界来匹配自己的波长。

主人公一再强调他真正想要的毫无目的，依然并非他的诉求，而是他唯一能想象，唯一符合他习惯的而已。空空如也，他向来如此。一再自我确定，近乎标榜，似乎空空如也就是黄金、盐、奶油中的奶油，于是，一个生活的失败者就此变身为遗世独立的槛外人。

女友向他说起正在追求自己的广告公司前高管，说这个人每天在朋友圈晒各种美好，实际上却在靠借钱维持那种体面。女友说，我并不觉得这个人有多讨厌，他不过是很精心地把自己活成了一个假象的人罢了。叶公好龙者，就是这样宽容。如果说努力活成一个假人，是因为自知无力变假为真，只好作假，那么把自己看作抽象的存在，是否可以理解为连作假的努力也省略了呢？

作假固然不必，但生活中毕竟无法做到省略一切努力。比如，女友在婚恋网上认识了一个在迪拜当厨师的人，起心动念想去迪拜看看，向主人公要求一个"认真的意见"时——并非某一种意见，就像野生动物园遇到的小女孩，等待着他对欢喜的呼应，那些答案不难猜；而是什么意见都可以，关键在认真，唯有认真的意见，才有参考价值——主人公以他能达到的最大的真诚，找到的答案是"我觉得，他跟迪拜，并没有什么关系，跟你，也没有什么关系"。

叶公好龙者的问题，是耽于幻想，喜欢中难免掺杂水分，与人交流，最后往往变成自言自语。主人公却是一个连叶公好龙式的喜欢都只能模仿的人，他一再问女友，你喜欢恐龙吗，女友想不明白这和她的问题有何联系，只得反问，得到的回答是，"我喜欢所有会跳舞的恐龙"，可谓集小女孩儿提供的信息之大成。一个对自己的存在都缺乏感知的人，怎么可能感知他者和外物的存在，更遑论做出判断，提出意见。如奇迹般，仅仅依靠信息拼贴，这样的人也能完成学习、工作，也在生活，使用着常人使用的词汇，说着喜欢。

多年以前，我在文学作品中读到过这样的主人公，那是一个女孩儿，因为脑袋空空，作者说，如果在她的脑后开一盏灯，灯光能从她的眼睛里射出来。今天，这个文学形象的名字是"你"，一个等待存在感自行浮现的人。《恐龙会跳舞》中没有传统意义的普通人，似乎每一个出场的人物都走在通向主人公的路上，爱，已经古老而失传，三十年前崔健就已将感觉的缺失唱了出来：

　　我光着膀子我迎着风雪
　　跑在那逃出医院的道路上
　　别拦着我我也不要衣裳
　　因为我的病就是没有感觉
　　给我点儿肉给我点儿血
　　换掉我的志如钢和意如铁

快让我哭快让我笑
快让我在这雪地上撒点儿野

那时，大家认为没有感觉是一种病，还有着摆脱病痛折磨的渴望，这渴望如此迫切，要快一点，再快一点。现在你，也可能是或多或少我们每一个人，失去了目的而不以为意，失去了感觉而变得超然，失去了与世界的关联，心疼地抱住了自己，等待。

那就祝愿你——也许应该是我们——健康长寿吧，因为那注定是一场无尽的等待。

读赵松《谁能杀死变色龙》：人生若以锦灰堆相见

对个体而言，善恶是非的概念过于宏大，怎比一己好恶容易把握。但是个体生活在群体之中，不得不经受或远或近各种社会关系带来的影响，忍受是失败的反抗，反抗是失败的忍受，这有输无赢的战争无以为继，逃离就成了唯一的选择。但是人毕竟不能彻底逃离生活，更何况逃离战场，也只有借用各种现实材料搭建的梦境一处可去，梦境无论多称心，做梦时安坐的椅子还是只好放在现实之中，于是梦切割着现实，现实撕扯着梦境，生命由两种不同性质的材料碎片反复重组，显现出一种无内容的繁复。赵松的《谁能杀死变色龙》，展示了很多细致而微的碎片，每一个碎片都暗示着它曾经从属的整体，但整体并不存在，有的只是锦灰堆。锦灰堆由诸多字画文玩的残片组成，却并不归入书法、绘画、文玩，得单独命名，为它在艺术门类里专设一座。锦灰堆似的人生也一样，是一种自定义的人生模式，拥有者沉迷于遗世独立的梦中，无法醒转。

作品中，很多碎片相互呼应，比如她和他一起在山中三天，和二人交往的三年，前者几乎就是后者的全息胚。又如山谷距离现实世界319.3公里，而小Ａ距离他们只有50多公里，甫一听到小Ａ要来的消息，就像梦境受到了挤压，她感受到了现实的逼近，延续三天的歉意加惬意的感觉碎了一地。

作品中的她和他互为镜像，她是中心人物，其余出场的人物几乎都与她有直接的关联，而她自始至终都在做同一件事——斩断与他人的联系，如果可以的话，她甚至连和自己的联系都想一并斩断。但是斩断关联并非易事，情势比人强，所以拉黑的好友又会重新添加，从生活中消失的人又会重新出现。一次一次切割，世界变得支离破碎，一次一次重新添加，稀碎的世界被拼贴成了怪异的景象。如果把怪异认作正常，现实世界里的日常反而变得不堪承受。如果以拼凑的形象作自己的标准像，现实世界里镜中的自己就成了道林·格雷秘不示人的画像，只有她和他是彼此的魔镜，可以照出自己想要的模样。

故事开始于离现实世界319.3公里的山中民宿，身在山谷的她，觉得自己似在水底，这就是她在心里设定的人生和现实的距离，虽然不算很远，却足以让她觉得三天悠长得漫无边际。她认为自己是被抛出去的石头，轨迹和落点都已注定，只需耐心等待落地的瞬间，无须调整姿态。这也是她对待他，对待所有人，以至对待生活一贯的态度，以被动承受者自居，而不做任何调整自身的努力。即使如此，她还是觉得自己需要休息，需要漫无目的的懒散，除此以外，她对人生无所期待，除此以外，人生如死一般虚无。

不过，无所期待只说对了一半，另一半才是重点所在——同时她也不愿接受，更不用说满足，他人对她的期待，包括她的父母。父母是她一再逃离的对象，她不认为亲子关系有必要维护，相反，她觉得父母老了，多数言行已是惯性使然，已无力去理解她的世界，她早早设定了乖巧的形象，以期掩盖自己内心对父母的疏离，实在演不下去，或实在看不下去时，就拉黑了事。但父母依旧是父母，在她抑郁崩溃时，一经呼救，就会赶赴她的身边。像所有骄纵的孩子一样，她不觉得自己寡情，躲开了母亲的洞察父亲的愤怒，她不仅感到释然，还有古怪的兴奋。

她和他，断断续续交往已逾三年，但即使走到终了，二人的关系也还是暧昧不清。她曾跟他说过，对于你，我没有什么要知道的，也没有什么要求。他觉得这样挺好的。她也觉得挺好，至少你可以不用说或少说些谎话。现实世界里的她和他只能算作情侣，但在他们的二人世界里，他们却更像是一种借用关系。因为是借用，也就不必假装自己有多在意，或愿意承担什么责任，反倒用得坦然。他开车六个多小时送她来到山中民宿，途中她一直昏睡，醒来时头回觉得有些歉意。这无须表达，更无须落实的歉意，就是她对他最真挚的情意。他显然陷入了麻烦，心事沉重，每天进山，她则乐得独自留下，正好摆脱他带来的莫可名状的压抑感。他是个习惯随时为自己投放各种广告的人，她可没兴趣听他吹嘘，就提示他，在她的面前不需要再说台词，可以把剧本忘了。当然，也可以理解为这就是她给他的规定角色。对他，她只喜欢他给她的有力拥抱。她说，她需要这种短暂而又真实的被需要的感觉。彼此偶尔觉得有点需要对方，即是她跟他之间的维系。然而，正因为她要的、他给的都只是感觉，而不是一个真需要，另一个真就努力满足对方的需求，所以这个感觉并非真相。偶尔借对方给自己制造一些假象，在一个与现实世界隔绝的地方享受片刻，才是他们关系的实质。

正因如此，在他们的二人世界里，真和假完美地颠倒了。当他偶尔给她带来礼物，并习惯性地说出价格，她只会觉得可笑。但那次，他说要给她买个山中民宅，让她改成民宿，又随手勾勒出草图，她不仅收下了草图，过后还会偶尔翻出来看看。一个不是真的能给，但画着画着就当真了，一个不是真的想要，但是真喜欢草图画的，其中没有他的戏份的静谧之地。一个是深觉自己给不起的那个当真着实可贵，即使所谓当真不过是个梦，却只有借由她才能做成此梦，一个是自己想象不出那个草木繁盛，环境清幽的山林宅第，不妨借他的图一用，只是必须独自享用，二人相处也算各取所需。

于她而言，最喜欢的就是在与现实隔绝的小世界里，自由自在，做一个无所期待也不被期待的人。除了他，她再也没能和其他人建立起借用关系，跟其他人的交道都打得磕磕绊绊。其实，她对待所有人的态度一以贯之，总希望别人按她的剧本演，配合她的需求。在她的剧本里，现实是一个等而次之的世界，剧本里的世界才更重要。这一点，现实世界里的人当然无法认同，于是就有了她和小A的不欢而散。

三年前，小A是她的同事加室友，他是小A在婚恋网站上认识的网友。当小A回家过年，她却因为动手术而滞留本地时，他在除夕时赶到，陪她度过了整个春节。她自觉与他连暧昧都没有，所以问心无愧。但小A打来电话，她没有说，待小A年后回来问起，她讲了个亦真亦幻的故事，还是没有说。她甚至都没有把他当作现实中真实存在的人，又从未将小A视作朋友，所以自始至终不觉得自己于德有亏。有一次她隐约地向母亲提起他，母亲警告她不要乱来。"你觉得我是那种乱来的人吗？"她反问。母亲回道："难说。"母亲给出的，是现实中的她应得的评价，她的反问则出于剧本中的她拥有的形象。小A发现真相后，在微信里向她简单告别，就走出了她的生活。

小A失联，她认为小A对她的看法，除了误会，还是误会，既然跳进哪里都洗不清，也就不想洗了。换言之，她觉得自己和小A心目中的她不一样，她并不虚伪，也不算谎话连篇。她做的第一件事，是把暴露他行踪的登机牌烧了。就像另开一个平行宇宙，在那里，没有这张登机牌，也就没有小Ａ的失联。虽然她并不在意能不能和小Ａ保持原来的关系，但现在的情况也非她所愿。第二件事，把他拉黑。就像向小Ａ证明，她的世界里并没有他，小Ａ没有必要消失。第三件事，把小Ａ拉黑。就像不是小Ａ离她而去，而是她安排了小Ａ消失。第四件事，通知房东不再续约，并要求房东把全部押金打给小Ａ。由此，她可以向自己证明，她不是乱来的人，她有资格问心无愧。

她的一系列反应，与他在春节时对此事的判断若合符节。她曾问他，让小Ａ知道了会不会尴尬。他慢悠悠地说道，你又不会真的跟她说，有什么可尴尬的呢？可见他认为尴尬取决于说破与否，而非做了什么。果然，她宁可撒谎都不曾说破实情。又说，你觉得她真的会在乎我怎么样吗？言下之意，小Ａ既然不在乎，我对她就没有任何责任，也谈不上什么背叛。如今小Ａ径自离开，纯属小题大做，所以她认为问题不是出在小Ａ误会了，就是出在那张多事的登机牌，反正不是她有什么错。又说，再说了，她会怎么想，你会在乎吗？我觉得不会。这是实话，但却是一件做得说不得的事。她见不到小Ａ的时候，拉黑就是二人关联的终结，三年后二人再次相见，小Ａ想要好聚好散，她想要的却只是自己可以表现得坦然。

说到底，她和小Ａ不是一个世界的人，她也不希望自己的世界里有小Ａ或父母这样，把做看得比说重的人。如果面对的是他，情况就完全不同。她说，她要徒步去珠穆朗玛峰，不过就算走到那里，她也不会去攀登它的，只是要走到那里。想象的意味如此明显，他听了却问，那你准备什么时候出发？又问，你准备怎么跟父母说？而小Ａ得知她要徒步去西藏，说的却是，能说出来的想法，总归要变的，只有不说出来的想法，才真有可能去做。一个女人说的，跟想的，不是一回事。只有他，不在意她的淡漠以对，把她所有的说法都当真。而她的说法，无论是想去养老院、孤儿院、殡仪馆工作，还是安乐死，是去大凉山支教，还是徒步去珠峰，都是因为不会付诸实施，才写进了愿望清单，都是同一种想象的变体，目的地总在远方，实现的过程被高度抽象为去、徒步或走，走本身就是目的，但远方的目的地也不能或缺，构思完整就是意义的全部。这个意义，既与他人无关，也与自身无关，却能从虚无中堆叠出一个实体，还可以称之为作品。既是作品，就需要观众来欣赏，而他，就是她唯一的观众。

同样，也只有她，不关心他的所作所为，愿意听他讲故事。他的故事，由一连串结果组成，却没有原因。他入过狱，但只是替罪羊；他是个失信人，却不惮麻烦找来小 A，要还她现金；他说想要安稳过日子，却结过三次婚，现在还和她在一起。她听着，无动于衷，把他看作变色龙，无是无非，只是颜色变化而已。两个人的人生态度何其相似，像个不高明的书画家，一旦落笔有误，就把稿纸扯碎，扯碎了就当没有写过画过，或不曾出过错，再寻些敝帚自珍的碎片相互拼贴，假装每一个碎片都曾经完好。

小说结束于她把他再次拉黑，因为几乎所有与她打交道的人都曾几度被她拉黑，所以这个再次拉黑也就意义阙如。但这并不妨碍她再次被自己感动，感动于梅艳芳的老歌正在吟唱的自己的人生：

因为薄情寡义而做不成一对，所以喜欢"本应是一对"暗示的深情。

早已不是少年，也知道自己编织迷梦，但是不愿梦醒，不要归去。

给"在一起"来个釜底抽薪，不问来路，不问你是谁。

未得到和已过去都可以成为今天的素材，

可以做一个锦灰堆，做到登对。

如果做不成呢？

那就另做一个。

小道

读池上《折戟》：小道，纵可观难致远

池上的《折戟》，讲的是一个败下阵来的故事。近年来，女性主义盛行，时不时引发论战，却多半不了了之。《折戟》中出现的四位女性，可谓女性主义风潮中的四种典型：小猫，受过伤害，从此自恃受害者身份，无脑而愤怒；吴靖，受到过相关艺术作品或言论的震撼，由愤世嫉俗滑向功利；庄非，也曾亲历苦难，但因投身艺术道路，选择冷静旁观；袁珺珺，被风潮裹挟，却发现每行一步都会面临新的困惑，最终不知该往何处去。这是自媒体时代特有的景象，就像大量业余选手冲入世界锦标赛场，没有能力却要求平等的参赛权利，据说也有人在这样的赛事中胜出，也有人从这样的局面中获利，但世界如沙滩，冷眼看浪奔浪涌，没有一朵浪花知道它们是在同一个地方前赴后继。

故事开始于袁珺珺近乡情怯。最会近乡情怯的，应该是背叛者，当年舍弃得多彻底多义无反顾，如今就会回归得多窘迫多举步维艰。人固然从属于社会，肩负着社会责任，但更从属于家庭，在我们创建的各种社会关系中，为显重视，我们无一例外总是使用家庭成员特有的称谓来表达亲近和在意，职场上，我们会说他不仅是同事，更是兄弟；他们不仅是宽容大度的甲方，更像娘家人；校园里还有"嫡亲的同学"的说法。

然而，真正的家人反而容易被低估、被误解、被慢待。古训言，修身齐家治国平天下，修身讲自我认知和自我约束，齐家讲促进或创建家庭和睦，治国讲参与社会管理，平天下，讲洞见公平的基础和机制。虽然小说中更多内容讲述的是工作中的退败，亲情淡漠的伏笔却触及其间的根本原因。失败从来都是全方位的，不能修身齐家的人，在社会上折戟是必然结果。何况，究竟是家庭压抑了自己，还是自己背叛了家庭，随着年龄的增长，我们内心的答案也会变化。

按下家庭问题不表，袁珺珺更大的失败源于吴靖。吴靖何许人也，从她的毕业作品参展即可见一斑。吴靖的展品是一幅版画，一个女人被浸在一片死水里，只露出眼睛以上的部分。没有人注意这幅作品，直到闭展前，吴靖将自己从上到下包裹得严严实实，只露出一对眼睛，冲到作品前，高举一块牌子：No。尽管这个行为只持续了十来分钟，她就被保安拉走了，但这十来分钟，却使她一跃成为学生们讨论的话题人物。谁也没有鄙薄她的作品，或她给绘画加上一番表演做注脚的行为，反而对她本人产生了好奇。若要凭借艺术上的突破，吴靖可能一辈子无法获得关注，用并不高明的表演，她十分钟就做到了。弯道超车的感觉如此令人沉醉，直接导致吴靖毕业后既不考研，也不参加工作，而选择在美院混着，在饭桌上问大家，这一年的毕业展可以借谁的名字展出她的新作。但似乎成功不可复制，没过多久她就混不下去了。

吴靖走入袁珺珺的生活始于借钱，先后借过两次。第一次就是因为混不下去，第二次是前债未清，又需告贷——这一回，她为自己做了一番解释，原因有二：一则，认为袁珺珺不会计较。二则，"只有你肯借给我"。这是实情，但仅说实情，她在袁珺珺面前就矮了三分，连平等相处都困难，将来如何将人纳入麾下？

所以吴靖又提供了更华丽的理由，也有两个：一则，"如果一个艺术家看不到他所生活的世界，看不到那么多人，尤其是女人，深陷泥潭并施以援手，那么纵使他的艺术造诣再高，也是枉然"——将自己艺术造诣的欠缺轻轻放过，还为自己在毕业展上的行为镀了金。再则，"如果明知道，却选择睁一只眼闭一只眼，选择沉默放弃，那么女性的处境只会更加举步维艰"——标榜自己用心之崇高，还为将来进一步招揽预留步地。这样的说辞就高明多了，让人听了不好意思质疑言说者的人品或诚信——和宏大叙事相比，个人的诚信算得了什么呢？第一次还直接觍着脸央告的吴靖，第二次已学会借用社会责任和艺术家的名义来蒙骗。袁珺珺上当了。这也许是吴靖第一次用画饼换来实际利益。

世人都以为成功的经验可贵，殊不知，歧途中也有顺逆成败，歧路上的成功，会让人走上不归路，即使有朝一日能意识到自己的偏差，也悔之晚矣。绝大多数歧路上的人，并没有福气见识世间的正途。

和吴靖她们相比，庄非就像一个暴风眼，在她的身边，所有事物都扭曲变形，在狂风之下折腰，唯有她静静的，似乎不为所动。大概因为她已经成功了吧，而出现在她身边的其他人，都还在追求成功的途中。庄非的生命中充满苦难，十七岁前她的生活里没有"艺术"二字，但她自学摄影一鸣惊人，成名之后，她拒绝接受采访，不接受任何形式的拍照，始终秉持低调作风，默默关注女性的命运。换言之，庄非希望自己只通过作品与世界建立联系，拒绝以个人的面目走入大众视野。

吴靖创建"姐妹"时秉持的思路，却与之正好相反。吴靖将袁珺珺引荐给庄非的时候，让袁珺珺注意看的，并不是庄非的成名作《诞生与死亡》，而是另一件作品，放在房间中央的一口棺材，以及棺材外画的时间线—— 一岁被父亲遗弃在垃圾箱旁，后被母亲救回。三岁，父亲酗酒暴打母亲和她。七岁，父亲出轨离家。十二岁初潮，母亲离世。之后，还有交男朋友，怀孕，堕胎，被男朋友的朋友强奸，等等。把苦难罗列出来当艺术贩售，才是吴靖能理解并希望使用的方式。但是面对这样的作品，我们受到的震动究竟是源于苦难、营销还是艺术呢？如果是因为苦难，我们应该回报的为什么不是怜悯，而必须是崇拜？如果是因为营销，我们应该做到的为什么不是消费，而应该是支持？如果剔除苦难和营销，并不剩下艺术，为什么我们还必须把制作这一切的人看作艺术家，并献上崇拜和支持？没有人提问，更没有人回答，但心理暗示如此强烈，仅仅因为握住庄非粗糙的手时，觉得这个人的样貌压根儿没有半点艺术气息，袁珺珺就为自己感到了羞愧。

资金没有着落，所以吴靖去找庄非筹措，工作还无法展开，所以吴靖招兵买马，结果，她能够找到的只有袁珺珺和小猫两个。家里还断了她当月的生活费，却让她越发坚定了自己的信念。但她的坚定，不过是一种借力打力。吴靖到目前为止拥有的一切都从外界搬运而来，没有一样来自她自己的创造。吴靖的据称以关爱女性心灵为主旨的"姐妹"，从创建伊始，就发生诸多无法弥合的分歧，她们内部也因此纷争不断。但是吴靖所追求的成功，如果没有这些分歧和纷争，反而无法达成。

分歧之一，袁珺珺的姐姐，受过高等教育，生了孩子，就离开她本可以升职的工作岗位，成了一个家庭主妇。对此，小猫完全无法接受："我真搞不懂，女人好好的，为什么要和男人结婚，为男人生孩子，做家庭主妇？"分歧不在选择，而在可不可以存在不同的选项，也就是吴靖问的，你知道有一种叫"成为家庭主妇的自由"的观点吗？或问，你允许自由选择吗？三个人的想法都不一样。

分歧之二，"水晶女孩"事件。一个前来为自己被PUA求助的女孩，最后却是个被女朋友PUA的男的。这个事件的争议在于你究竟是反对PUA，还是反对男性。"水晶女孩"事件发酵，源于袁珺珺的一句话："不管你遇到什么，有什么困难，我们都会共同度过。"不必怀疑袁珺珺说这话时的真诚，她只是意识不到自己说了大话。当她发现"水晶女孩"是个男的，心中充满震惊与愤怒，立刻想以"我们的主旨是帮助女性"为由，结束刚刚许诺的"共同度过"。于是"水晶女孩"问："你不觉得这很双标吗?"袁珺珺无言以对。

小猫倒是不双标，但她的想法却全无逻辑可言："就算我偏激，那也是因为你没有经受过那些可怕的事情。别忘了，男性和女性原本就是不可调和的对立面。"这就是能够引发论战，并愈演愈烈的方法——规定一对无法调和的矛盾，越是偏颇越能说得义正辞严，再辅以被害者身份特有的道德高地，就可以大杀四方了。

吴靖的说法更具魅惑力："这正说明'姐妹'存在是有意义的，因为我们动了他们的奶酪，那些把女孩子当猎物肆意玩弄的，那些以此为产业链发家致富的，所以，他们急了。"甚至都不需要解释谁是他们，奶酪又是什么，因为吴靖的目的只是激励斗志，而激励斗志最好的方法就是树敌，把敌人描绘得越强大，对抗他们的我们就越英武；然后再贬低他们，敌人越卑鄙，对抗他们的我们就越高尚。

其实吴靖无意中说出了"姐妹"的真相，争执才能炒高热度，热度就是她们的奶酪，就是她们期望发家致富的手段。她们也是因为急了，才争执不下。

分歧之三，训练营事件。"姐妹"筹办收费训练营，目的是通过实战演练、导师解惑等活动建立起有效的机制，帮助深受压迫又独自战斗的女性同胞。第一期训练营期间，为了调节气氛，小猫化名陈苒，作为被PUA逼得自杀的女孩儿，先行讲述了自己的经历。训练营小得圆满成功，袁珺珺却笑不出来，她很想说小猫欺骗了大家，但到底忍住了。说到底，小猫只是隐瞒了自己是工作人员，她所说的其他事件是真实的。袁珺珺自问，没有经历过像小猫那样痛苦不堪的事，她有什么资格轻易质疑、指责别人？这和社会上一度流行的悲情销售如出一辙，悲情是障眼法，推销产品才是目的。第一次接触悲情销售的人都可能和袁珺珺的感受相仿，见多了就会像《狼来了》里的农夫一样不再动心，甚至可能推敲起事情的逻辑，看明白技巧和目的之间的联系。实施者也一样，沉浸于真情实感时影响力最大，若把悲情当手段，很快就会觉得吃力，即使是真实情况也必须借助煽情，才能击退来自外界和内心越来越大的压力。

训练营只是开端，不久之后，明明销售情况良好，吴靖却觉得后继乏力。她先想到捆绑庄非的作品，谋求所谓的双赢，遭到拒绝后，又开始追求"成功的实证"，想设计打败对手"Bad boy 学院"，营造轰动效应。其实举办训练营后，已有不少营员发来了自己参加训练营的心得，有一个女孩回去后还警告了一直骚扰他的上司。这些都可以成为范例，也的确是实证，但吴靖觉得不够典型。可见她的目的早已不是她声称的"关注女性心灵"，或提供具体帮助。既然没有现成的，她们就必须制造出一个典型才好，换言之，只作一次假是不够的，作假一旦开端，就再也无法回头。当袁珺珺质疑吴靖和小猫的做法时，吴靖回答，难道背叛曾经患难与共的姐妹，成为一个令人所不齿的告密者，就是你所谓的正义？还是说你根本就是报复，就像当年你不能接受你姐告诉你妈，你也不能接受我们对你有一丁点隐瞒？袁珺珺又一次无言以对。

陷入困惑的袁珺珺只得向庄非求援，庄非却给她讲了一个电车难题的困境，并告诉她，不管怎么选择，都会背负上一条人命；无论做或不做，都将背负不道德的声名。庄非自己也难免被道德绑架，所以没办法提醒袁珺珺，她们是自己把自己推入这个境地的。而袁珺珺真正需要做的，是回归本原的问题：我从哪里来？要往何处去？想明白这个，就能从风暴中脱离，让她坐上回乡的火车，甚至破解近乡情怯。当年，她难过震惊，几乎彻底斩断与家人的联系，不是因为她的姐姐袁新兰不信任她，而是发现她心目中优秀到近乎完美的袁新兰竟然并不相信她自己，她对生活的认知遭到颠覆。现在，袁珺珺在小猫的情绪迷障，和吴靖的语言迷障中困顿难行，她不是没有想法，最大的障碍同样在于无法相信自己。小猫是以报复心开道，吴靖是以牟利为目的，但是袁珺珺，当初受观念的感召而来别无私心，看着她们的坚定，袁珺珺是羡慕的，但看她们的做法，袁珺珺无法认同，她们的主张，袁珺珺同仇敌忾，但她们使用的手段，袁珺珺全都反对。《论语》里的话，虽小道，必有可观焉，致远恐泥，是以君子不为也。袁珺珺不具备君子的清醒，惑于小道的可观，连最基本的是非观念都被动摇，最后只能逃也似的离开。

袁珺珺面对的并不是她一个人应付得了的分歧，可以说全世界都在女性问题上陷入了因感情用事而争论不休的陷阱——男性与女性的对立——电车难题。福至心灵一般，袁珺珺想到了回家。踏上归途，她就自然而然脱离陷阱，再也无须为那些仍在自制的陷阱中挣扎的人负责，可以转而学着为自己负责——在帮助他人之前，先学着做一个不依赖不期待别人帮助的人。家是她的来处，这个来处所有亏欠的、误解的、错过的、悔恨的都等着她重新审视，着手弥补；所有矛盾的、无法兼容的、片面的、意气用事的她还须各个击破，一一理顺。至于将来往何处去，她要走的当是一条无须在中途逃离的道路，那条路上也许没有多少所谓的成功让她赢得掌声，但可以走得长长远远心安理得。

读韩松落《雷米杨的黄金时代》：于历幻中悟真

　　黄金时代有两种，一种真实，一种虚妄。真实的黄金时代，是事物发展的一般规律中，开端、生发、成熟、落幕，开端和生发之间的那个阶段。一切刚刚开始，一切皆有可能，很多力量正在聚集，壮大，但尚未成形，所以充满机会，充满希望。对于这一阶段的认知，往往是事过境迁之后，以一句"当时身在福中不知福"作为总结。虚妄的黄金时代，仅存在于梦想。这梦想可能是一系列的计划，对可能性的展望，甚或尝试。可惜最后没有一件能落到实处。然而，怀揣着那些梦想、计划、展望、尝试，却是人离美与善最近的时候。在粗粝的生活的彼端，人们哑然失笑："当年，我是真的相信。"

　　韩松落的《雷米杨的黄金时代》，主人公雷米杨，杨是他生母的姓，米是他生父的姓，雷是他后父的姓。生来，他就处于不言自明的难堪、前路未明的辗转之中，他发现人生充斥着脏、乱、挤，以及谁都饶不过谁的相互折磨。所谓黄金时代，说的是雷米杨为摆脱宿命而做的诸般努力，以及这些努力在黑暗深渊的衬托下闪现出的虚幻的美丽。

　　小说中有两处极精彩的隐喻。一是艾丽娅的强奸和杀人案，一是雷米杨在黑石镇上撞见的锅庄舞。

艾丽娅留给雷米杨的第一印象充满玄幻色彩。她整个人看起来轻飘飘的，仿佛肉体和灵魂的密度都比别人低，坐在椅子上，像是一根淡金色的羽毛，款款搭在那里，什么地方有些绒羽扑簌簌地在颤抖。她不看人，不说话，举着一本《犯罪心理学》自顾自阅读。甫一出场，就带着罪案的阴影。

艾丽娅的强奸案从一开始就是一则传言。张家的儿子张广虎说，他和几个人把艾丽娅害了。这则传言，每一个字、每一个细节都子虚乌有。但正因为子虚乌有，所以不可能去报警，不可能反驳，也不可能宣称没有这事儿。这样的谣言只要落地，就等于发生了，因为报复是最大的证实。不能报复，当事人就若无其事，自称"逍遥法外"。人心慕强，只要能够逍遥法外，一个偶像就诞生了。

这就是把假做成真的方法。这种幻真和真实无虚一样，占据着一定的位置。谁也说不清世间万物究竟有几分是真，几分是幻。因为最大的虚妄和最大的真实原本就是同一的，那就是心里的真实。心里认了真，几乎不可能更改。要改，除非天崩地裂，再世为人。

心里装了幻真的人，就像是装上了一个过滤器，会从世间找来更多的幻真，而排挤其他的内容，最终只能在虚妄的路上狂奔，并发现，人世间已经没有其他性质的真实了。那个子虚乌有的强奸案就是如此。强奸是假的，但人们对强奸案做出的反应却真实无虚。艾丽娅的愤懑是真的，艾家人想报复是真的，甚至连报复不成意味着的失败都是真的。最终艾家人只能选择背井离乡，逃亡。

这世间有多少人像他们一样，走在途中，忘了自己的开端，积重难返，前方不是向往之地，回首却没有退路，每走一步，便有一个虚幻的理由应运而生，就这样走着走着，脚下的路成了那些理由最有力的佐证。十他们而言，理由就是真相。

艾丽娅的杀人案是艾丽娅本人说的。她告诉雷米杨，她和阴嘉珍一起把张广虎杀了，弃尸于"一号坑"里。"一号坑"原属张家，即使张家知道了，也不能去告发，这就是以其人之道还治其人之身。她向雷米杨细细描绘"一号坑"的模样："和想象中不一样，坑不是圆形的，更像半截裂谷。坑边绿草萋萋，没有腥风从深坑里升起来，也没有呼喊，萋萋绿草中还有蓝色野菊花。"那天，她从黄昏待到天黑，对那个坑产生了一种恋慕，一种亲切感，她甚至想象过，如果纵身跳下去，要多久才能碰到坑底。

后来，雷米杨到黑石镇去探查，关于这一事件，听到了很多版本，它们都有一个共同的起点，艾家不行了，也有一个共同的终点，张广虎活着。

杀人兴许是心理代偿，坑却是真的，一如生命中潜藏的各种阴暗。换言之，这一回艾家人的反应是假的，杀人是假的，但是引发一系列念想的理由，他们心头时至今日仍挥之不去的阴影，那个坑，却是真的。坑不是圆的，没有人为的痕迹，更像半截裂谷，令人恍惚，也许由来已久，天然如此。把裂谷变成坑的，是人，是人们肆意妄为又讳莫如深，才生生把地狱放入人间，把自己变成游魂。且"一号坑"的称谓也和强奸案的流言一样，一经落地，就成了真，其效用会日益蔓延，日益积累，自会有后来者为之续力。那就是艾家人的来处，是他们一心逃离，又一心想回归的地方。可叹坑边还有绿草萋萋，景象寻常到令人产生恋慕，原来能将人吞噬于无形的阴暗世界，竟是这般模样。

第二个隐喻，锅庄舞，展现的是阴暗世界的另一种模样。

人们围着篝火转了一圈又一圈，越转越快，几乎转出离心力来，每个人都心醉神迷，脸色酡红，就靠这股力量，飘浮，旋转，有个人一个踉跄，被这股离心力甩了出来，差点被紧跟在后面的人踩到，他用手撑着地，几乎翻滚地脱离人圈，在空地上站了起来，理了理衣服，望着那个人圈，试图再度加入，却根本没有机会，他断开的地方，已经被补上了，他只有等下一支曲子，但也许这支曲子一完，舞蹈就会结束，他站在那里，特别恓惶。

这完全是艾家人在黑石镇生活的写照，也是更多人一生的写照。如果说子虚乌有的强奸案里生出的真实，可以称为幻真，则锅庄舞里生出的欢乐，不妨称为幻阳。那转出来的欢乐究竟是什么，没有人探究，更没有人质疑，同样没有人探究和质疑的，还有故土难离的情愫。雷米杨曾向艾丽娅的父亲艾德冶提议，既然害怕何不出国，艾德冶却断然拒绝："我家在这里呢，出国去干啥？现在这种情况，我们说不定还能回去。要是出去了，就等于彻底认输，再也回不去了。"他只问出国去干啥，却不问不认输又如何，回去又如何，因为那些于他毋庸置疑，是人生全部意义所在。思维板结，凡事诉诸蛮力，只有锅庄舞里滋生的快乐可以慰藉人生的一切苦痛。

艾德冶、艾丽娅以至雷米杨的生活中都只有这一种欢乐，这就是艾德冶与雷米杨相得的地方，也是艾丽娅与雷米杨携手的理由。用阴嘉珍的话来说："我们外面混的，把你们读书的看得清楚得很，你想啥我都知道，就是说破与不说破。"雷米杨则觉得，他们这类人他见多了，他从前见的只能叫混混，眼前这些人算得上"风尘中人"，艾德冶跛扈倨傲，眼睛精光四射，还让他产生近乎景仰的感觉。看似两下对立，其实，却是一个世界的人。所以，这一段交往并非雷米杨独有，也是艾家人的黄金时代。笼罩着艾家人的阴影也并非艾家人独有，更是雷米杨在劫难逃的命数——雷米杨从出生，就未曾见过没被细细煤灰浸染的花朵，希斯克利夫以外的荒野，或比塑料模特美的人。这就是他的世界，这就是世界的真相。

幻真和幻阳组成的世界，是真实世界的镜像，也是延伸，有的人生来就在那里，不知道还有其他的世界，其他的人生；有的人知道那里阴暗，想逃，找不到通向光明的出路。有的人不辨真伪，说世界只有一个；也有人知道真伪，所以明白世界只有一个，于个人而言，就是心里认的那一个，心有多大，世界就有多大。

雷米杨的可贵之处，在于他知道自己是一个假人，他是个从黑白的全家福照片上逃出来的影子，通过修炼，使自己有了血，有了肉，有了生人气。这让他成了一个悲剧人物。如果他时刻记得自己是一个假人，就只能属于那个幻真的世界。如果有一天，他忘了自己虚假，不仅依然无法离开幻真的世界，他之前所有的努力还会像被戳破的肥皂泡一样消失无迹，同时，他的黄金时代也就结束了。

他为了保全好不容易修炼成形的假自我，为了不再回到那个没有希望、垃圾场一样的世界中去而努力，他要让那个世界彻底断了念，再找不到他头上来。给自己一点空间，与那个糟心的世界隔离，是他由来已久的执念。他不知道，放不下这执念，他就永远不可能逃开被世界吞噬的命运。

小时候，他曾拖来一个木头箱子，放在院子角落里，拿了各种书在里面读。那暗黑的空间，使他有一种禁闭与隔离的快感。因为他可以把外面打闹不休的一大家子人，当成另外一个世界的事。但是，从这样的家庭出发，他的整个求学生涯，还是不得不在相似的垃圾场一样的环境中度过——因为能力有限，他走不远。

待硕士毕业，他特意选了外省一所位于城市边缘的大学去工作。然而上班没多久，他后父的儿子，论岁数该他叫哥哥的雷学明就带着水果找了来。就像一种提醒，无论他身在何方，那个垃圾场一样的世界都会如影随形。雷学明走后，他联想起《聊斋志异》里的故事，夜叉鬼把死人的枯骨变成金锭送给别人，到了夜间，那骨头会刺进人的脚心，把鲜血全部抽出来。这世界的通行规则，是你若把人看作鬼，那鬼就一定会来抽你的血。却不知雷米杨若明白这一点，与家人的关系会不会有所改变。

到了最后，他果然再次趋向人堆，他本就是人堆里生，人堆里长的，他身上那些以为已经摆脱，却始终隐藏在某处的积习让他离不了人。大梦难醒，他觉得人海里才能藏得下他，抹平他，才能稀释他的秘密、他的哀痛，让他巧妙地度过一生——好像他还能拥有别的什么世界，或别的什么人生的可能，只是他并未选择。艾丽娅当年曾说，我爸说女孩子不忙着找工作，先玩两年，结果一玩玩了七八年了，早知道这样，还不如去读个书。以为自己还有机会的人，会说自己蹉跎，知道已经底牌尽出的，又会转向自欺。就像"还不如去读个书"，是不会读书的人特有的表达，雷米杨走的也是他唯一能走的路，那既是他泣血开辟的，也是世界专为他而留的活路——如果那也算活着的话。好想问问，在雷米杨离边界最近的时候，他知道吗，迎着阳光持续向前，世界会变得不同？

雷米杨不爱艾丽娅。确切地说，作为一个堪堪修炼成肉身的影子，雷米杨，不会爱。他的全副心神只够用在锻造一个假自我上，努力，上进，处处占先，唯有这样，才能覆盖旧日生活留下的羞耻感，摆脱原生家庭的限制。这个假自我唯在陌生人面前才能成立，好在艾丽娅是假世故，已对偶尔投影到波心的云生出情愫。于是，他们才有了一次又一次荒野中的漫步，一封又一封寒假时的情书。

艾丽娅热衷讨论那些阴暗的事，渐渐地，雷米杨也习惯了在报纸上发现阴暗的事，进而发现，这些事一直在那里，只是从没被看见，像一个阴郁朦胧的影子世界，藏在那个光明健康的日常世界背后。但只要轻轻点一下，那个世界就会浮现出来。艾丽娅就是提点他的那个人，她是他的贝阿特里采——相遇相恋若还不能让天堂降临，则他们所在的地方，不是地狱，就是炼狱，即使二人不约而同，以各自的理由佯装不知。

不会爱，却还是渐渐彼此亲近，最根本的原因在于他们与阴暗的关系极为相似。艾丽娅的阴暗在她的身后，一路掩杀逼近。雷米扬的阴暗在他的心底，时时悄然泛起。他们都是逃亡者，也都沉浸在逃出生天的幻象中。

寒假后二人重逢，见了面，浅浅拥抱，这次他们抱得格外久，久到必须要发生什么，作为一个高潮。他把她抱起来，举起来，他没想到她竟然是有重量的，但她重量又很轻，像抱了几卷宣纸，反而有一种力量要把他抽上去，他须和这股力量较量。

抽上去，因为艾丽娅想要的是升华。雷米扬要与之较量，因为他熟悉的力量只有下坠。这就是为什么在之后的交往中，雷米扬要以肉体为武器，以肉体为工具，搭建一个临时避难所。在那里，可以不计过往，不问未来，只活一个当下。许许多多人也都有这间肉体避难所，雷米扬和他们成了同盟。艾莉娅却不理会他的避难所，总是试图摧毁他和他们的同盟。落日熔金，艾丽娅的脸庞像个镀了金的神像。雷米扬在一旁看着，满怀恐惧，成了石像。他能觉出艾丽娅身上那种蛮横的、热情的、非现实的气息，也能发现那不可理喻的热情，他要么摧毁她的金身，绝了她的香火，要么成为她在凡间偶尔的眷顾。他知道自己承担不了这样的爱，他觉得自己的心在缩小，慢慢缩小。

两个各自悲苦的人，并非总能从对方那里获得安慰。艾丽娅看不懂雷米扬的虚假，却清楚自己身负的阴暗何等深重，雷米扬在她眼中已经是光明的化身。她搜索讲述他人的阴暗故事，是为了体会当下自己身在静好之处；她走近雷米扬，是下意识地走近光明。如果可以，她还想和雷米扬一起走向更光明的前方。雷米杨却知道自己拥有的只是一张画皮，不可能真的与人亲近，还知道他们都有替身，艾丽娅丢入"一号坑"的假发是她的替身，他特意做的西装是自己的替身，一个替身都不够，他们得有一千个、一万个、十万个替身，才能替得了他们在人间所有的罪过。

雷米杨没明白，他终归逃不了他一直在躲的东西，躲避、逃离、隔绝，修饰自己的画皮，是他仰赖的生存之道。他想不到艾丽娅经历过那样的事，虽然为她心痛，却庆幸在事发当时，在必须拿出解决方案的时候，他不在她身边，不必承担结果。他更想不到，艾丽娅从来不曾想过要他承担。他没有能力分辨，艾丽娅是和他不一样的真人。

于是，看似偶然实则必然地，艾丽娅从雷米杨的生活中消失了，就在他计划着当面说出一些狠话，通过转嫁袒露自己之后就被抛弃的命运，治疗自己的前夕。雷米杨不会哀痛，也不难过，他的十万分传奇、十万分激荡，全部寂灭，就像经历了一场大梦。雷米杨重新回到自己的生活中去，授课之余还增添了在律师事务所的工作。直到那一天，他接到电话，一个男人低低的苍老的哭泣声，那声音令他毛骨悚然："他们还是把我姑娘找到了，我们躲得这么远，他们还是找到了。"

一瞬间，雷米杨忘了自己是一个假人，忘了勉力保护自己那张画皮，忽然明白了艾丽娅一家，为什么甘冒被暴露、被谋杀的风险，以及身不由己地混在几个版本的真相中，不被理解的风险，来袒露自己，来完成自己的赤诚。他们不要回报，不要帮助，就是要来完成这种赤诚，只想在他这里赢得一点点空荡的回声。他们以为他懂得。

艾家人由衷的期许，和他装模作样靠隐藏自己的羞耻，从别人那儿骗来的肯定，对心灵的冲击太不一样，他忽然想要去找她，不顾一切地去找到她。然而，以前只在艾家人的讲述中听说过的那种黑暗，艾丽娅说起过的那种黑色的狂欢，以意想不到的方式出现，现实世界里的阴暗险恶，像漫无边际的铁幕，像密不透风的浓雾，阻拦他，驱赶他，追逐他。

雷米扬逃也似的返回学校。他踉踉跄跄地走着，经过一条梧桐大道，一棵棵梧桐树披着阳光，像是一尊尊千手千眼的巨大金佛。如果世界由无数平行宇宙组成，一定有一个地方，佛的千手能满足所有的需求，佛的千眼能关照所有的苦难。只是我们不在那里。或者，我们成为自己的佛——树叶间漏下的阳光里，微尘翻动，那是佛前的青烟缭绕。可惜雷米扬心里没有——佛陀是含笑的，青烟是淡漠的，与他的悲愁疾痛毫不相干。他从那金佛的行列间木然走过，像是在膝行着。这就是他的选择，也是他的命运。一大片金叶子坠在他面前，喜滋滋地叩了个头似的就伏地不动了。

有一扇门开过，如今已关上。

只因动了心，才将五劳七伤的魂魄勉力拧到一起，奋起一口气，装出人的模样。像钱塘江畔修习千年的白蛇，大荒山无稽崖青埂峰下的顽石，想到人世中寻一点荒野里没有的善。无奈，交到他们手上的人间指南，却是一本结束于小雷音寺的西游故事。要神有神，要佛有佛，一应名目齐全，却是化城。人其实很像林中树，根生于家庭与乡土，自己向着阳光生长，中途难免会遇到旁的枝叶遮挡，所以得找到属于自己的缝隙。一旦选择断了根脉，斩落枝叶，活成一根棍儿，能存身的地方就只剩下荒野。若耐不住荒野的恓惶要离开，则所有的路都通向化城。很公平啊，一个假人走进一个虚妄的世界，蜷着一颗空心，除了经历一场场假面舞会，还能做什么，得到什么呢？随着舞蹈的队伍旋转就好了，转着转着就笑了，转着转着就忘了。

徐皓峰的小说特别适合在手机上读。句子短，段落也短。笔下的人物，短兵相接，以快打快。看客还没有醒过神来，对决的双方却宣告故事结束，一拱手，退场了。于是，看客不得不低下眉，回想刚才所见的一切。这回想，竟比初读更有滋味。

《北方秘诀》分四个章节，每个章节都有一次翻转。直到最后，用一句"北方人到了香港，也不爱吃炸酱面了"，竟把之前的一切全推翻。妙，是所谓豹尾。

和以往一样，徐皓峰又讲了一个武侠故事。最以强健自夸的武人，一路从沈阳，流落到香港，有的人还要出国门，继续向南。这样的背景下，说"炸酱面，讲究起来，配四十几道菜，不讲究，加一根黄瓜、一头蒜，便可吃"，听得人心下凄惶。

本想用炸酱面来说明北方人的讲究，这讲究到了香港人眼里，却成了啰唆。究竟是讲究，还是啰唆，是《北方秘诀》中张力最大的一组矛盾。

故事说的是香港青年高今粥，寻北方武师赵师傅踢馆时遭遇的几番变故。

第一章，高今粥想比武没比成，赵师傅给讲了个故事：武馆对面，开炸酱面馆的那对夫妇不是原配。老妇的先夫是上代豪杰，曾出任沈阳国术馆馆长，准备将本门历代口诀整理成教材，发给学员，可大批出人才。教材刚定稿，未及印刷，人病逝。这教材现在老妇手中。赵师傅守着炸酱面馆，是想要师娘把口诀传授给他。所以当下的赵师傅没有一点儿争胜心，压根儿不想和高今粥比武。提议二人先拜兄弟，再约定，用一句"承让承让"一句"领教领教"，让徒弟们听不出输赢。赵师傅把高今粥送出门，这事儿就算了了。

第二章故事翻转。他人眼里，说"承让承让"的是胜方，表示谦虚，说"领教领教"的是输家，表示赞美。而且这输赢还见了报，高今粥上当了。高今粥打上门去，赵师傅不在，他只和几个助教动了手，寡不敌众，逃进炸酱面馆。炸酱面馆的老夫妇给出了个主意：要逼赵师傅真打一场，除非，按老规矩。北方武行有大身份的人，今年来港的特别多，花点儿钱，请上几位当公证人，赵师傅没法儿不应战。

终于见到赵师傅，出了相反的主意：要恢复名誉，就递帖子正式挑战，商定比武日期，摆宴招待公证、裁判、监场，到时候请一位武行前辈到场，把比武的事儿给劝开，宣布上次没有输赢，不必再比。但又说，老妇手里有教材的事，却是编的故事。还说自从武馆对面开了面馆，他拿这故事劝退过六七位挑战者。"一个故事不能讲太久，讲成尽人皆知的传闻，会露馅，这故事讲到你为止，我得再想新的了。"

至此，那北方秘诀从无而有，从有又归了无。

第三章讲的是平地起波澜。摆宴当天，平事的前辈来了，该办的事也办了，说完那句"你俩上次既没有胜负，平局就是结果。已有结果，不需要再打"，原该众人鼓掌，然后散场。包厢门打开，炸酱面馆的老妇走进来，又把历代口诀整理成教材的故事讲一遍。指认赵师傅是接班大徒弟，说教材被赵师傅扣下。提出，要么将教材向全武行公开，要么武馆不能再用师傅的名号。

赵师傅不想应，武人的对错就只能由拳头决定。于是，高今粥以老妇干儿的身份，终于和赵师傅有了一次对决。高今粥左肋受拳，赵馆长给打出鼻血。北方的规矩是见血即收。赵师傅说："我打他那拳是擦个衣边，没打着。让他赢吧。"

香港青年高今粥，目的简单，就想通过一次次对战，提升功夫。从高今粥的立场来看，第一章，未交手，是平局。第二章，方知赵馆长使阴招，自己输得很难看。第三章，他总算赢了。不想第四章还有翻转。

赵师傅那拳将他打透，当下不觉得，之后四天尿血，高今粥躺了半月才缓过劲来。在路上，遇到正要离开香港的赵师傅，问为何赢局认输，答："毕竟是师娘，直接管我要，我给，算计我，也给。"判断，那对老夫妇是起了自己开武馆的心。

高今粥回武馆一看，果然。

问老妇，会把教材印刷公开给学员，进而公开给全武行吗？

语气果断，说不会。

至此，北方秘诀全身而退，又归于虚无。

虽然从未现世，这来自北方的武林秘诀却颇办成了几件事。第一，赵师傅不想对阵的比武，最终还是比了。第二，赵师傅的武馆易了主。第三，炸酱面馆，将来要改卖烧鹅。其中尤以第二件事，为整件事的核心。而内中的关窍，在平事前辈说的那几句大家听不懂的话："炸酱面的配菜，分明码、暗码，暗码是跟酱、面和在一起，明码是不和在一起。首要问题，大家身在香港，是当暗码还是当明码？"

赵师傅说："我来了一年，发现没人自称香港人，生在这儿，也说自己是福建人、山东人、潮州人、佛山人。香港没有暗码，大家都是明码。"

平事前辈挑眉："浅见，不出三年，你们会称自己是香港人。"

以炸酱面来论武林诸事，虽新奇，倒也妥帖。炸酱面在北方美食中，委实不算重要角色。论奢华，应该吃席。北方的席面多以肉食为主，炸酱面里也有肉，却只是肉末、肉丁。论殷实，应该吃饺子，饺子蕴含诸多祝福，做起来也比面条繁复。论俭薄，有口腌咸菜，来几个馒头、面饼子，就口稀粥就能当饱。其中，炸酱面算是小康生活的写照，至于一碗面配四十几道菜，再多也不过面浇头，再大也还是一碗面。历朝历代，曾出过多少武林豪侠咱不知道，日子过到眼下，整个武林在社会生活中，也就是这样的一碗面而已。

日剧《四重奏》里有句台词："三流的艺术家，如果还讲理想，就是四流的了。"举办全国武术对抗赛的时候，说自己是为国为民，大局为重，无私奉献也就罢了。如今，各自到香港讨生活，再要讲究，怎么都显得名实难副。

但诸多讲究都是武林的传统。再小的门派也有传承，也会留下本门口诀，也要提防旁人觊觎。那些提防，也是传统，也有传承，有没有强敌觊觎，武师们都是同样的一套做派。香港青年高今粥不知缘由，看不懂其中的门道，只能觉出啰唆。

也难怪高今粥觉得啰唆。这些或挂一漏万，或抱残守缺的讲究，本就经不起推敲。比如晚餐时间定在晚上九点。在赵师傅，是因为沈阳不夜城，请贵客的大餐定在晚上九点至凌晨一点，他习惯了。在香港的劳工们，就是为了不耽误第二天早起干活儿，不吃晚餐，而在九点下课后补夜宵。我不说自己懂经济会算账，你又何必夸耀那明日黄花的大餐呢？

再比如，关门论手的时候，要先拜兄弟。赵师傅的说法是："以保障双方不下死手，否则等于杀兄弟，背叛人伦，天诛地灭。"听来合理。但是没香火，电灯泡就可代替。两人对着电灯泡盟誓，怎么看都觉得儿戏。盟誓之后，兄弟间说兄弟的话，说的却是故事，而且真假莫辨，扑朔迷离。得亏灯老爷不显灵，否则定当降下电流，教训这些不把盟誓当回事的不肖子孙。

同样是北方武馆，上环永利街新开的那家，行事做派和赵师傅不大相同。不拜兄弟，也不讲故事，但是高今粥前去踢馆，也是两次都没打成。第一次，当助教的老徒弟拿出了报纸，说前天晚上你给赵师傅打败，想比武，接着找他呀，找我们这儿干吗？所以不应战。第二次，躺了半个月的高今粥再次登门，又被拒绝。说隔壁印刷厂摘除屋檐上的马蜂窝，外出马蜂归来找不到窝，飞进武馆，蜇了师傅，脸上惨，见不了人。高今粥问，怎么没蜇你？没忍住，两人都笑了——还是不应战。

左肋受了那一拳，高今粥已然知道，赵师傅并非没有真本事。但赵师傅也好，永利街那家也好，都是能不打就不打。难道北方的炸酱面，就是这么个吃法？

若说炸酱面是习武这回事，暗码就是武林一体，若要习武，大家就守一样的规矩，同患难，共进退。这规矩，公开透明，既然到了香港，就得兼顾当地的习俗，做到融会贯通。明码就是将习武的种种相关事宜拆分成若干部分，各人自扫门前雪，凭一己之力，在香港，能撑多大场面撑多大场面。前辈问，如今大家身在香港，是当暗码还是当明码。问的是，大家是顾念大局，还是各自为政？赵师傅答，天涯沦落，已没有大局可顾。

话虽如此，有些念想根深蒂固，已经成了无法清醒的迷梦。

摆宴那天，赵师傅还说过一句话。那天，高今粥问，是否请了记者，好明日见报更正。赵师傅笑："你的名誉，这桌人说了算。报纸？没我们的话重。"

虽说是各自为政，但真遇到事儿，流落香港的北方武人，个个都希望赵师傅说的这句话是事实。在别人的地方，自己的权威犹在，还有什么能比这更让人安心？然而，最强的招式，也可能有破绽，欲克敌制胜，只需找到那个破绽。炸酱面馆的老妇成为最后的赢家，就是因为她找到了赵师傅——也可以说是所有北方武师——的命门。

现如今，门派中，最要紧的事物，是本门的招牌。武林中人，最要紧的宝贝，是自己的面子。看准了这一点，老妇夺营拔寨，用的全是巧劲儿。

第一步，顺水推舟。找有大身份的前辈平事，是武林中人常用的手法，所以老妇给高今粥出的主意，和赵师傅的想法如出一辙。既然是大家都见惯的场面，老妇自然知道如何挪为己用。赵师傅借着面馆讲故事，作为故事中人，老妇对故事也早已熟稔。同样的故事，对着一个又一个上门挑战的武师讲讲，和在武行前辈面前诉告，不可同日而语。这个故事，无论是不是赵师傅瞎编的借口，老妇在众人面前一说，赵师傅都只能认下。老妇本来已经改嫁，不算同门中人。赵师傅认下了故事，也就把老妇认回了本门。

第二步，偷梁换柱。炸酱面馆和武馆，对门开店，谁守着谁都算合理。赵师傅能说秘诀在师娘那儿，老妇就能指认，秘诀在赵师傅手中。赵师傅在南方武师面前说嘴时，那秘诀尚是门中至宝；在前辈面前认下，那秘诀就是他担待不起的雷。老妇血口翻张，赵师傅已经失了招牌，不能再失面子，若还纠缠，本门就成了笑话，权衡之下只能哑口无言。

最妙的是时过境迁，高今粥再问赵师傅，赵师傅依然回答："毕竟是师娘，直接管我要，我给，算计我，也给。"把个莫须有的本门历代口诀，说得越发瓷实。北人初来南方，所有南方人疑惑的地方，大家都默契地一律用"北方特有的讲究"解释得煞有介事。如此防备，几乎已成为习惯。香港青年高今粥，大概永远没法明白，为什么他遇到的北地武师都宁肯啰唆，就是不肯爽快地跟他比试。北方人，嘴上爱说"能动手，咱就别吵吵"，行事中却讲究"动动嘴皮能成的事，咱不动拳头"。这才是北人密不南传的秘诀。且北人属鸭子，最硬的就是嘴，谁都能提供几个故事。

第三步，翻云覆雨。老妇借武行前辈的势，将赵师傅逼出香港，自己作为同门前辈，接下武馆的招牌顺理成章。她当众答应，会将本门口诀向学员，向全武行公开。待高今粥问起，又断然拒绝。自始至终，炸酱面馆这对夫妇，对整个局势都稳稳拿捏，用借力打力的进攻，为自己布下最好的防守。

那老妇态度坦荡，一番话悠悠说来，最让人感慨：二三十年前，习武人每日谈的都是为国为民，等到了香港，各自讨生活，他们那天支持我，是好久没谈"大局为重、无私奉献"的话了。但过了那天，现实什么样，大家都有数。"他们会原谅我。"

形势比人强。当年，大家为国为民是真的，有本事也是真的，两者交融，就是一碗暗码的炸酱面。世间最好的规矩，是不落文字的约定俗成，各人心里一杆秤，称出来的分量一般重。唯如此，大家才能坐下来商讨，如何大局为重，谁人无私奉献。如今，暗码成了明码，再没有什么，比各自的利益更值得维护。原本可以见自己，见天地，见众生的真本事，已经成了换饭吃的营生，成了唯一需要重重防范，秘不示人的宝贝。所以，"本门口诀"这种东西，外人总有些讪讪然避之唯恐不及。不出三年，北人纷纷自称香港人时，与北方那座城市一同隐去的，还有炸酱面的讲究，甚至炸酱面本身。

此番变化，当地人懵然不知，新香港人佯装无事——"北方人到了香港，也不爱吃炸酱面了"。如今不落文字约定俗成的规矩，不知其名，却已地无分南北，人人都默然恪守。

短途旅行归来，归途中，师友们的谈话言犹在耳："旅行中时间是不一样的，密度更大，短短时日，好像可以发生很多事。所以，出门旅行是让时间暂停的方法。"回家，看到卡森·麦卡勒斯的《旅居者》不禁哑然失笑。正常生活的人偶尔出门旅行，会觉得生命被旅途中的时光照亮了似的，如果整个人生一直处于旅行状态，却会对时间产生错觉，偶尔的居停反而显得不真实，寻常的生活场景也会犹如橱窗摆设般不可信。

外国文学中好像经常出现所谓旅居者的形象，印象中有毛姆的《吞食魔果的人》，讲的是三十五岁的主人公因为爱上了风景如画的度假胜地卡普里岛，就辞去工作，变卖房屋，计划用遣散费和全部积蓄购买一份二十五年的年金，在岛上悠闲生活到六十岁，之后自行结束生命。但六十岁之后，他的计划却出了纰漏。还有列支敦士登作家帕特里克·伯尔茨豪泽的短篇小说《明天是代根多夫》，说的是起初弟弟跟着哥哥亦步亦趋做叛逆少年，最终哥哥成了忙碌的商务人士，结婚生子买豪宅，弟弟成了巡回剧院的演员四处游走，却都高看对方的生活胜于自己的，都觉得自己错失了生命中什么更重要的东西。

生活中，我也认识这么一个人。他没有像大多数人一样给自己买房，而是从很多年前开始，每到周末就住酒店。退休以后，他更时常去国外旅行。如果仅仅看他朋友圈发的照片，他似乎过着一种很多人梦想的生活。但是从另一个角度看，他又似乎根本没有自己的生活，所以才永远眷恋着远方。当下他自然什么都不缺，但如果像那位吞食魔果的人一样，有朝一日，他发现那种只属意当下的生活无以为继了，人生的难题就会显露无遗。

我在这一次旅行途中，见到一处有趣的古迹。据说之前，那方小小的平台上，建有一座房子，竟是一个求梦的地方。最多的时候，会有一两百人挤在弹丸之地求梦，却没有一个人做的梦相同。同行者就有人问，为什么要求梦呢？当时无人作答。我猜是因为生活与梦境有某种微妙的联系吧，若能得个好梦，梦中的光芒就会照入生活。反之，真是颠顿度日的人，也想不到来求梦。

《旅居者》中的旅居者约翰·费里斯的梦似乎并不坏，只是空间上、时间上都错乱不堪。这天，费里斯从梦中醒来时有一种预感，不愉快的事情正在等着他，但他不知道那会是什么。他并没有到自己的梦中去寻找答案，也没有想过自己时常做的那些时空杂乱的梦，究竟在提醒他什么。而整部小说的主旨，就在于揭示等着费里斯的不愉快究竟是什么。

这一天，费里斯还在街上见到了他八年未见的前妻伊丽莎白。费里斯似乎身体比头脑更灵光，遇事，他通常会有相当灵敏的身体反应。但是不管当时还是事后，他的头脑都无法解读自己的反应。发现伊丽莎白刚好路过的时候，他不由分说地追了上去。但追到中途，他就感到已经没有赶上她的意图。他不能理解自己在看到伊丽莎白的时候身体上的不适反应，他手心冒汗，心跳得厉害。就像一个糟糕的学生，期末考试前赫然发现，除了开学第一课留下过些许笔记，剩下的课本新得触目惊心，而整整一个学期竟然已经到了尾声。费里斯没有意识到，他和前妻之间不仅隔着几十米的物理距离，还隔着整整八年的时间。这突然出现在眼前的八年，把他吓着了。

他还没想明白自己为什么体态错乱心神不宁，身体又一次做出反应，让他迈开大步匆匆返回了旅馆。他给前妻打电话的决定纯属一时冲动，毕竟并没有什么令他羞愧到无法面对的事情，所以没有理由不打这个电话。等待对方接听的时候，不安困扰着他。伊丽莎白的声音终于传来时，又给他带来新的震动。似乎他的下意识伸出了尖利的爪子，想撕开他强自镇定的表象，将一直以来讳莫如深的事实和盘托出。而这个事实，正是那件他预感到要发生的不愉快的事情。

费里斯的日常生活就是从一个约会赶赴另一个约会。这一天，见到前妻之前，有一种感觉一直困扰他，他总觉得忘了什么必要的事情。尽管必要与否只是相对概念，你觉得重要的事，在他人眼中却未必，自己把自己认为必要的事情忘了，还是颇具讽刺意味。后来，谜底揭晓，费里斯忘记的似乎只是自己的生日，鉴于成年人过不过生日没那么重要，费里斯对费心为他准备蛋糕和生日晚宴的伊丽莎白也就没那么感激。

还没有见到伊丽莎白，费里斯已经开始想象，第二天晚上他见到巴黎的情人让尼娜，会如何描述。他想他会轻描淡写地说："我碰巧撞见了我的前妻……很奇怪，过了这么多年，又见到了她。"然而，实际上的相见却并不如他设想的这般云淡风轻。

从敲开伊丽莎白家门的第一瞬间，事实就和他的假设有天壤之别。开门的是一个满脸雀斑的红发男孩儿，费里斯虽然对伊丽莎白现在有丈夫已经做了心理准备，也知道他们有孩子，见到这个男孩儿还是大感惊讶。他的心里不能接受他们，见到孩子时是如此，见到丈夫时同样如此。最后他终于见到了伊丽莎白。伊丽莎白非常漂亮，也许比他曾经意识到的还要漂亮，但见面寒暄之后，伊丽莎白对他说的第一句话就让他难以承受。伊丽莎白问："约翰，不久的一天你就会待在家里了，是吧？你不会再当一个流放者了，对吧？"

"流放者，"费里斯重复道，"我不喜欢这个词。"思考片刻，他提议："旅居者也许可以。"

流放者，是丧失了人生的根基，缺失了生活的根本的人。而旅居者的生活表象和普通人一样，至少他们是在相仿的生活场景中滑行。他们可以坦然地说，你拥有的，我也都拥有了。至于那些别的，既然它们如此抽象，有或者没有，又有什么关系呢？费里斯非得强调自己是旅居者而非流放者，却透露了他下意识里对真相的拒绝。

更让人尴尬的是，当那个叫比利的男孩得知费里斯曾经是妈妈的前夫，竟一改之前声称要像费里斯先生那样当记者的热情，盯着不放的眼神，困惑中还夹杂了一丝敌意。即使不快，费里斯也只能承受。一个异类，如果只是偶尔经过，本地的居民的确可以表露些许热情，但热情的前提是彼此间保持足够的安全距离。原先费里斯只是一个空中飞人，他甚至可以成为令人向往的偶像。但妈妈前夫的身份却突破了安全距离，很难责怪那孩子改变态度。

作品中最精彩的一段，是关于伊丽莎白演奏巴赫的赋格曲的描写——赋格曲的第一声部是纯粹的孤独的宣言，它与第二声部混合着重复了一遍，然后又以一种更为精美的架构重复了一遍，多元的乐曲，平稳安宁，以不紧不慢的威严流淌出来。主旋律与另外两种声音交织，被无数灵巧的手法美化，此时是明示的，彼时又是潜在的，其具有单一事物不害怕屈从于整体的那种威严。接近尾声，各种素材的密集展现进一步强调了第一主旨的主导性，赋格曲以和弦的展现方式结束——完全是人生应有的景象的写照。第一声部，暗示的是一个独立的人。它与第二声部混合，意味着所谓独立并非斩断所有联系，而是所有联系的存在并不妨碍这个人的独立。精美的架构，如同柏拉图的名言，未经审视的人生是不值得过的，而审视的结果，就是赋予原本杂乱无章的生活以结构。多元，是生活的特质。平稳安宁，是结构合理的标志。威严，是平稳安宁的气象。主旋律与另外两种声音交织，说的是人生不同的阶段，或许有不同的生活重心，却不会破坏人生的整体构架，也就是单一事物不害怕屈从于整体的那种威严。尾声，是对整个人生的总结和回望。

至于伊丽莎白之后演奏的那一首让费里斯觉得很熟悉的曲子，则是伊丽莎白生活的写照。那样的生活费里斯也曾拥有过，只是拥有的时候他没有意识到，和美的氛围有多可贵。憧憬、冲突、矛盾的欲望的骚乱——当我们沉浸其中时，怎么可能明白自己正在亲手毁掉什么呢？音乐被女仆的出现打断，深受触动的费里斯仍意犹未尽，在餐桌上感慨："有什么东西会像一首未完成的曲子那样让你明白何为人的即兴创作，或者是一本地址簿。"一个人的心灵过于贫瘠，有时是不易察觉的。一句"地址簿"，却显露了端倪。

为了避免陷入尴尬，费里斯开始谈论让尼娜和她六岁的男孩儿。他谎称自己将和让尼娜结婚，又谎称自己经常带那男孩儿去杜伊勒里花园玩儿。费里斯没有意识到，他正在尽力描绘一种和伊丽莎白相似的生活。第二天，当他从空中俯瞰这座城市，回想那首让他如此动情的未完成的曲子时，曲子却避开了他。曾经拥有，似乎就意味着再度拥有的可能，那首曲子就像是开启它所代表的生活的钥匙。费里斯懊恼地发现自己又一次搞砸了，来到脑海中的，只有以小调形式出现的颠倒过来的赋格曲。旅居者，一个无法拥有家园的人，心中怎么可能响起家庭生活的旋律呢？

午夜时分，费里斯终于抵达巴黎。他匆匆回顾自己混乱的人生，一个接一个的城市，瞬间变换的情人，还有犹如滑音般倏忽而逝的时间，一切都让他心怀恐惧，他急切地敲着让尼娜的家门。这回开门的，是让尼娜的孩子瓦伦丁。让尼娜还需一个小时才能回家，费里斯就像一个即将灭顶的溺水者，将小瓦伦丁拉进怀里。突然，伊丽莎白那首没有演奏完的曲子，出现在他的脑海中，为他消除紧张，带来喜悦。他一迭声地向瓦伦丁许诺，他们将再去杜伊勒里花园，去骑小马，到木偶剧场看表演，再也不急着回家了。然而岁月流逝和死亡带来的恐惧再次袭来，费里斯拼命压紧怀里的孩子，仿佛他那瞬息万变的爱情能够支配时间的脉搏似的。

至此，全篇最重要的答案，究竟是什么不愉快的事情在等着费里斯，公布完毕。以时间顺序，一早出现的提醒，是父亲的葬礼，提醒费里斯，死亡不像他以为的那么遥远。然后是又一个错乱的梦，提醒费里斯，出现在他梦境中的事物，和出现在他生活中的事物一样无分亲疏主次，说明他在人世间无可归依。接着出场的前妻，为八年的光阴赋予形状和重量，提醒费里斯，时光流逝的效应，比他在镜子里看到后退的发际线，和裸露的太阳穴上血管的搏动凌厉得多。之后是赋格曲和即兴曲，提醒费里斯人生应有的样子，人生可能拥有的和美，以及这一切对他而言皆付阙如。还有两个男孩，比利显露的敌意，与瓦伦丁贴在他脸上的柔软的脸颊和扑动的睫毛，就像一扇关闭和一扇打开的门，门的背后都藏有一个家。

费里斯像个梦中人一样度日已经太久，丧失了对时间的感知能力，就像伊索寓言《蚂蚁与蝉》中的蝉，冬季，饥饿的蝉向蚂蚁乞讨食物，蚂蚁问："你为什么夏天不去收集食物呢？"蝉回答："那时我一直忙着唱歌呢。"于是蚂蚁笑道："那么冬天，你就去跳舞吧。"那件等着费里斯，等着所有吞食魔果的人的不愉快的事，就是冬天终会来临。而冬天降临的标识，就是内心对岁月流逝、对未来感到深深的恐惧——那些必须在夏天之前就完成的人生构架，早已错过时机，再也没有完成的可能。

边缘

阅读安德烈·普拉东诺夫的小说《美好而狂暴的世界》感觉很奇特，似乎既浪漫又现代，既遥远又切近。浪漫，因为作者讲述的是一件只可能发生于小说中的事。现代，因为没有任何现成的经验，可以帮助我们预测未来的走势，直至小说完结，紧张仍未消除。遥远，既是因为作品中天才司机涉及的专业领域，离我们当下的城市生活很远，更因为作品中透露的年代感。切近的是观念，作品中某些人物秉持的观念本身，及其秉持的方式，至今依然随处可见。

作者分三个步骤，帮助我们检测自己的固有观念，是否允许世界上有天才这样一种现象存在。第一步，他讲述一个雷击事件，问我们对这个事件本身如何理解，是当成传奇故事看待，还是认为这样的事在生活中确有可能发生。当然，在此之前，他为我们介绍了一下主要的人物。

作品的主人公亚历山大·瓦西里耶维奇·马尔采夫，是大家一致公认的某机务段最优秀的司机。只是这份一致公认，还有一个平安无事的隐形前提，大家看到了他的高速、平稳和安全抵达，客观评价中掺杂了人们乐见其成的善意。毕竟通常，一个人一旦拥有了普通人无法企及的优秀，并非天然地就意味着受到爱戴和尊重，更多情况下，天才被动地特立独行，不仅无法获得赞赏，还可能因为无法被理解而引发反感。

但是作品中的另一位主人公科斯佳不是普通的旁观者，之前，他在一辆小功率机车上当副司机，现在换到单看外表就让他感到振奋的大功率机车上，给马尔采夫当助手。他本人对这样的调动感到满意，他热爱工作，看着机车就会浑身充满一种特别的欣喜，就像小时候第一次读普希金的诗歌一样。他渴望自我提升，向往马尔采夫驾驶重型快车的艺术。即使如此，当他像往常一样检查过机车的各个部件之后，自始至终仔细观察他的所作所为的马尔采夫，竟然亲手重新检查一遍车况，他看在眼里仍然痛感自己不被信任。

普通人做事，成败由事物本身的规律决定，只能通过学习，一点一点提高对事物规律的认知，尽可能按规律办事，尽可能不犯错。优秀的人却能与事物形成竞争关系，就像马尔采夫，究竟是机车的大功率为他的形象添彩，还是他高超的驾驶技术，让机车的大功率显现出了威力？也许马尔采夫本人能体会他与机车的相互成就，旁观的人却会因为对专业的认知程度不同，只能看明白其中的一半。

科斯佳作为专业人士，尽管不能理解马尔采夫的做法，但看到马尔采夫开车的时候，表现出大师般的果敢和信心，演员般的投入和专注，把整个外部世界融进自己的内心体验，因此能够统帅外部世界，还是感到钦佩不已。基于钦佩，有一次在他检查之后，马尔采夫又重新检查部件时，他对他说："这根曲轴我已经检查过了。"马尔采夫回答："我想亲自检查一遍。"脸上露出一丝笑容，这笑容里有一种令人惊讶的忧愁。后来，科斯佳才明白马尔采夫忧愁的含义，以及他始终态度冷漠的原因："他感到自己比我们高明，因为他比我们更加确切地理解机器，他不相信我或者别的什么人能够学会他天才的秘密，那种同时能够看到路边的麻雀和前方的信号，一下子感受路况、车厢的重量和机车力量的秘密。马尔采夫认为，在对待工作的认真和努力程度上，我们可以超越他，但是他无法想象我们会比他更爱火车而且比他驾驶得更好——他认为我们不可能超越他。因此，跟我们在一起时，他会犯愁，他因为自己的才能而犯愁，就像因为孤独而犯愁一样，他不知道怎么解释才能让我们理解他。而我们也确实无法理解他的能力。"

这份忧愁有两种可能的意味。如果马尔采夫不是天才，他的忧愁就是一种可笑的自恋。但科斯佳试过了，有一次，他请求独立驾驶，开了二十公里后，就晚点了四分钟。即使无法真正理解，科斯佳还是可以相信马尔采夫忧愁的理由成立，这位天才，能直观地看到科斯佳做的机车检查和对机车的操控都疏漏百出，而且在相当长的一段时间内他没有能力弥补。就像瑞士顶级的钟表师，无法教导一个小城镇的钟表师应该怎么做一样，马尔采夫无法让科斯佳变成他，或明白他，他的孤独，无法破解。

马尔采夫作为快车司机最后一次出车，在七月五日。他们接了一辆已经晚点四小时的客车，调度员特别关照，希望尽量减少晚点时间。但是途中，他们遭遇了雷暴天气，又与沙尘暴迎头相撞。一道蓝色的光在科斯佳眼睫毛旁一闪，闪电击中了马尔采夫。专注于工作的他竟浑然不觉，甚至没有意识到自己失明了。科斯佳因为调节涡轮发电机没有朝外看，他们错过了黄灯，接着又过了红灯，也许还过了巡道工打出的不止一个警告信号，在他们前方的轨道上，停着一列煤水车。

终于得知情况的马尔采夫猛地启动急刹车，科斯佳提醒他："必须打开气缸阀门，不然机器要毁了。"马尔采夫说："别打丌，毁就毁吧。"由于马尔采夫的果断，最终，他们的机车停在了煤水车前大约十米的地方。第二天，列车返程交班，科斯佳送马尔采夫回家。还没有到家，马尔采夫说，现在他能看见了。

这就是雷击事件。问每一位读者，一个眼盲的机车司机对情势的判断，对机车的操控，比明眼的副驾驶更准确且明智，能做到化险为夷，这可信吗？

第二步，作者展现了雷击事件调查中，对于事件真实性的认定，马尔采夫和侦查员发生的巨大分歧。问我们对情况做出判断时内心依据的标准，更接近于侦查员，还是马尔采夫。当然，马尔采夫是天才人物，我们大概无法拥有他的种种体验，所以作者还细心地为我们提供了科斯佳的视角。

马尔采夫要送交法庭审判，于是开始调查。调查的过程中，侦查员无论如何不能相信，事故发生时，马尔采夫丧失了视力，他问科斯佳："为什么他没有让您开车，或者至少吩咐您停车？""我不知道。"科斯佳如实回答。侦查员的逻辑非常简单，如果马尔采夫没有丧失视力，那天发生的就是马尔采夫操作失误引发的严重事故。如果马尔采夫丧失了视力，他就应该无法操控设备，只能让科斯佳开车。既然科斯佳并没有掌控机车，就应该可以证明马尔采夫没有丧失视力。逻辑闭环合拢，侦查员不允许任何其他情况存在。

但科斯佳回答的"我不知道"，却是一个开放式的答案。凭他自身的工作经验，和他对马尔采夫的观察了解，科斯佳还在心里努力搜索更多的可能性，以便从中找到更多的人——也包括侦查员在内——可以接受的合理解释，侦查员已经对他不感兴趣，开始厌烦他这个傻瓜："您什么都知道，就是不知道要害。"

侦查员和科斯佳的谈话不欢而散，不过他们之间还算建立起了有限的交流。马尔采夫和侦查员，完全无法沟通。采信一份证词的前提是理解，马尔采夫告诉侦查员，他眼睛瞎了之后，在自己的想象中还是看到了这个世界，并相信这是真实情况，科斯佳无须进一步解释就相信了，侦查员完全无法接受。依侦查员的逻辑判断，那只是马尔采夫的一面之词，差一点造成车毁人亡的事故却是他的行动，所以，马尔采夫的说辞不成立。

那么我们呢，能理解马尔采夫所说的那种专注吗，长期的专注甚至使马尔采夫在失明之后，在想象中还以为自己仍看得见，这可信吗？

作者第三次询问我们内心的答案，在临近结尾处。为了帮助马尔采夫洗脱罪名，科斯佳建议做一次电击试验，结果造成马尔采夫再度失明。这一次问题写得很直白："哪一种情况更好，是自由的瞎子，还是无罪关押的亮眼？"

哪一种情况更好呢？侦查员对再度失明的结果感到沮丧而自责，科斯佳却用那个问题安慰对方。好死不如赖活，是庸人哲学。中人以上，当有所为，有所不为。更有君子，虽千万人吾往矣。生而为人，不仅应有血勇，更需要尊严。古今中外，人生的刻度已足够丰富，尽管只有极少数人会主动测量，时时警醒。更多的人会待事到临头，发现无众可从，才勉为其难地做出决断，既不明白那其实就是专属于自己的答案，也不敢测评那答案意味着什么。

科斯佳的回答是："我不是马尔采夫的朋友，他对我从来不在意，也不关心，但是我想使他免遭悲惨的命运。我憎恨那种偶然冷漠地毁灭人的不祥的力量；我感觉到了这股力量既神秘又难以捉摸的算计——他要加害的恰恰是马尔采夫，而不是我。我明白，自然界里不存在我们人类数学意义上的那种算计，但是我目睹了这样一些事实，它们证明存在着一些敌对的、危及人生命的情况，这些致命的力量毁灭的是那些出类拔萃的高尚的人物。我决定不投降。"他对自己如此作答的评价，朴实却又高不可攀："我感到了自己身上有人的特点。"

偏见的风刀霜剑，扼杀、扭曲人的思想，如狂风过境，优秀者在人数上处于极端劣势，往往独木难支。所谓多数人的暴政，对手是看不见的敌人，一种神秘而毁灭性的力量，科斯佳也许不是天才，也不是英雄，却可以成为一个很好的基准，他警惕那些致命的算计而不屈服，认为这才是人应有的样子。

最后，作品迎来了高潮。

第二年夏天，通过了司机职称考试，开始独立驾驶机车的科斯佳把马尔采夫带上了机车。刚开始，科斯佳让马尔采夫坐上自己的驾驶座，手放在操纵杆上，又把自己的双手，覆盖在他的手上，按规程操作。不一会儿，马尔采夫全神贯注地工作，忘掉了失明的痛苦，瘦削的脸上洋溢出兴奋。对他来说，感受机器就是幸福。

返程途中，为了能够工作并证明自己的生命力，这位从前技艺高超的司机尽量克服视力的缺陷，用另外的方式感受世界。在几个平稳的路段，科斯佳完全放开了马尔采夫，看着自己的师傅，内心怀着神秘的期待。而马尔采夫呼应了科斯佳的期待，当前方出现黄灯，马尔采夫说着"我看到了黄灯"，同时拉动了刹车杆。

作为结尾，作者又一次提出质疑："说不定这又是你的想象，以为看到了世界。"科斯佳对马尔采夫说。然后，作者给出了他自己的回答：马尔采夫不用科斯佳帮忙，独自把车开到了托鲁别也夫。

短暂失明又恢复视力，并不是只有在小说中才能发生的事情，技艺高超，能在眼盲的情况下操控机车，或极度专注，以至似乎不用眼睛也能感知世界，都不是。小说最大的浪漫，在它的题目，让美好和狂暴在世界上并存。我们的世界，最终是人的世界，最大的美好和狂暴都缘于人。有些力量显得神秘，只是因为我们看不清它的来源，即使亲身参与，亲手缔造也没有用。我们生活在各自的逻辑闭环中，怀着守望相助的美好愿望，盲目而固执，成了世界狂暴的一部分还茫然不知。我们能意识到自己参与的，往往只有其中的一半。普通人无法欣赏天才的美好，天才只能习惯这个世界的狂暴，逆来顺受。小说中的科斯佳，简直就是美好的化身，天才的领域不属于他，但是他热爱而向往，也许一辈子都无法进入那个神奇的天才之境，但仅仅想象就能让他激动快慰，他天生一副侠义心肠，如古时的贤人，承担下保全天才的责任，他有愿望有能力，不计后果地行动。他衬托了马尔采夫的光芒，又隐身于人群中，像什么都不曾发生。同时，他还如此快乐，为天才，也为自己。作者高明地将读者的眼光引向马尔采夫，让科斯佳免遭阅读的磨损，以完成小说对人物的保护，可说是小说中另一个小浪漫。

最后一个问题，像电影里常见的彩蛋，问读者，只是回到熟悉的岗位，又从事了热爱的工作，马尔采夫竟复明了，这可信吗？

说到艺术家，有一种八卦是艺术家们和大众都喜闻乐见的。比如，据说八十九岁高龄的多丽丝·莱辛发现自家门前拥满了记者，才知道自己得了诺贝尔文学奖。"哦，天啊！"她惊呼起来，并谦虚地说，让她获奖可能是因为评委估计她马上要"挂了"。比如，唐·德里罗的《白噪音》获得了美国全国图书奖，据说他在颁奖典礼上站起来跟大家说："很不好意思我今天不能到场，但我谢谢你们都能来。"然后就坐下了。在这些可爱的小故事里，艺术是世界的瑰宝，总会被发现、受赞誉，艺术家们即使性格有些古怪大家也都乐意善待。

然而，有可爱的故事，就有悲伤的故事，赫胥黎的《蒂洛森晚宴》如此令人悲伤，不仅因为老画家蒂洛森晚景凄凉，更因为他没有足够的艺术造诣好让欺凌他的人羞愧。作品中出现的其他人，即使无心作恶，也都并不善良，面对如此世界，让人心下生不出希望。

斯波德是个刚刚步入社会的年轻人，对人生没什么经验，他所受的教育、有限的见识都告诉他，欲征服伦敦，须先征服那位巴杰瑞男爵。至于为什么步入社会的方式只有征战这一种，为什么成为巴杰瑞男爵，以及更多类似的社会名流的座上宾，就算成功，甚至那位《世界评论》的编辑西蒙·高洛弥为什么会赏识他，斯波德就算想知道，也是无处寻找答案的。如果征服只是一个文学词语，大家自可一哂了之，念及征服中包含的践踏，却让人笑不出来。以斯波德那套似是而非的理论，人在上小学、中学和大学时的感觉会很像中年人，反倒在走上社会之后，才知道自己年轻。人在学校所学，和社会上的真实状况脱节，从小学到大学，关于世界的表述众口一词，踏上社会才知道，征伐、欺压、谄媚、自欺，这些学校里讳莫如深的丑恶竟然也是日常，不得不重新学习，尽快适应。

斯波德太年轻，简直不知道怎么跟巴杰瑞男爵相处。这位男爵会在谈论一个主题两分钟之后，突然改换话题，无论斯波德是不是正在发表高论。这让年轻人非常困窘，忍不住怀疑问话人是在有意侮辱他。可事实显然不是如此，看看巴杰瑞脸上完美的诚信，和绝无恶意的绿眼睛，就不难明白，若说侮辱，只是因为巴杰瑞男爵不曾学过尊重他人，何况二人交换真诚的时候，都会陷进自我吹嘘的泥潭。最后胜出的是权势。那就是社交生活的通行准则，男爵行使起来得心应手，斯波德固然稍嫌青涩，却能看出他很努力。斯波德须极尽谄媚之能事，社会才认可他聪慧善思，为人正派，绝非势利之徒。

巴杰瑞男爵，是曾跟随"征服者"威廉一世踏上英国土地的埃德蒙·勒布莱罗的嫡传后代，已至第四十七世。这个家族历经诸多变故和磨难而不衰的秘诀，是既不参战，也不参政，努力繁衍后代，努力顺应时代。这种充满市侩气的处世之道，实在配不上他们贵族世家的身份，但也正因为他们从来就是市侩的，他们在十八世纪时迈入文明社会，由乡绅摇身一变成为大巨头，随着工业化的发展聚敛更多财富，到巴杰瑞这一代，又成为文人、艺术家的朋友和赞助人，成为举足轻重的名流，都是顺理成章的。尤其现下，当好一个贵族的最佳方法，恰是遵照暴发户的做派，像个斤斤计较的商人一样贪婪又吝啬即可。

巴杰瑞骨子里对艺术态度冷漠、唯利是图，既然蒂洛森老了，就相当于死了，用巴杰瑞的话说，"如果不能继续绘画了，蒂洛森还有什么权利继续存在"，原本不可能有什么蒂洛森晚宴，但是年轻的斯波德有心改善老艺术家的悲惨境遇，即使仅仅出于"你总不希望哪只老鸟趁你打盹时突然飞走"的小小心思。说来可笑，当年新闻从业人员对待过气名士的态度，今天资本对待IP的态度，世人对待艺术的态度，好像从来没有变过。艺术和艺术家在这世间的处境，从二人关于晚宴的讨价还价中可见一斑。

斯波德说，"可以在艺术爱好者中发起认捐"，想的是，即使世界冷酷，爱好艺术的人总该对创造艺术的人有些温情。艺术家毕竟曾经为世界创造过奇迹，即使垂暮昏昧，也总值得些许供养。

然而，巴杰瑞回答："没有这样的艺术爱好者。"说出了真相。

斯波德转而建议道："出于势利的考虑，想要认捐的人大有人在。"说的是另一个真相。我们都曾天真地以为人一旦受过艺术的照耀浸染，就会不愿再做势利小人。实际上，艺术只是人们借来遮羞或标榜的名义，趋炎附势才是所谓的艺术爱好者形成群体的缘由。

但是，想要人趋炎附势，就必须先造出一些声势。如何造势呢？经验丰富的巴杰瑞说，"除非由他们出钱，你回赠一些好处"。换言之，让出钱的人自己造势，再将他们的钱置换成好处回馈他们，才是世界运行的机制，人人皆知艺术、学问是世间珍宝，但在置换成钱财之前，世间无人识得，更无人关心。

成为一场欢宴的名目，年迈的画家蒂洛森何其幸运，何其不幸。说幸运，是因为老人足够清醒，能享用久违的美食，又足够糊涂，不知道人们待他，不过是喜出望外的恩赐态度，和谈论早已逝去的岁月中的伟人时的鄙夷。说不幸，是因为他还盼着这个晚宴把他带回他在世界上应有的地位，就好像这个世界上真的有过那样的席位。把未来看作一片玫瑰色的蒂洛森，甚至盼着晚宴过后，他失去已久的视力都能变得完好如初。

看着蒂洛森，斯波德深感惭愧，自问："人可能改变自己的生活吗，冒险去改变信仰是否有点儿荒诞？"如果一个人拥有改变自己生活的力量，大概就能帮到他人。可惜能改变自己的人从来凤毛麟角，多的只是自以为能改变世界的人。至于信仰，蒂洛森曾说过一句极具哲理的话："在诚实的怀疑中会有更多的信仰。"怀疑常见，诚实却难。世界在变，对世界的认知也随之改变，信仰怎么可能不起变化？世人只担心改变信仰是一种冒险，却不知道失去真诚于人生是一种什么样的腐蚀。作者阿道司·赫胥黎的祖父，托马斯·亨利·赫胥黎和作品中的蒂洛森一样，支持达尔文进化论，可能是最早的支持者之一，主张诚实的怀疑，是作者对老画家蒂洛森最大的褒奖。

斯波德见眼前这个人如此虚弱，如此衰老，肉体的部分都已死去，但精神上还充满生命力，充满希望和耐心，不由深感惭愧。他知道，自己又在徒劳地挥动双臂，想要赶走那些总是试图在他脑子里安家的小鸟。这些小鸟，这些平静的想法、信仰和情感，只会造访那些谦恭而又平静的头脑，而他竟然竭尽全力要赶走这些优美的来访者——眼前的这位老人，正因为心里装着诚实的怀疑和其他念头，他的脑子像一片田野，一片由于成群的白翅银翼的生灵们的自由飞翔和它们无所畏惧的降落而变得美不胜收的田野。然而头脑中的田野和现世的尊荣不能兼容，若不想冒险在自己年老的时候变成第二个蒂洛森，就必须选择舍弃脑子里优美的田野，拥抱这个荒诞的世界。人都希望与世界和谐相处，即使被世界遗忘那么久的蒂洛森先生，在参加晚宴之前也戴上了他心爱的勋章。勋章本是得到世界认可的意思，但是时移世易，昔日的荣耀早已成了荣耀的标本，可怜蒂洛森还在眷恋世界对他的表彰。

晚宴现场，巴杰瑞男爵迎上前来，对蒂洛森说道："我以英国艺术的名义欢迎你。"蒂洛森低着头，没能回答。他太激动，想不到，名义就是为了让人利用才存在的，利用者也正是因为不具备使用资格，才不肯错失任何一个利用的机会。蒂洛森当了真，他成了这场晚宴，唯一不能使用这个名义的人。

晚宴开始了，每个参与者都忙于各取所需。前辈们发现，坐在自己身边的年轻立体派艺术家不仅没有疯，而且对老一辈艺术大师有着惊人的了解。这些年轻人也意识到，年长于他们的大师们并非恶毒，只是非常愚蠢而可悲。代际间的纷争历来如此，建立世界很难，不得不因陋就简叠床架屋，实在算不上高明。但要拆除也难，让人难免心生鄙薄怨恨，有限的创造力还要为争名夺利虚耗——即使后辈小子更年轻气盛，双方通常还是只能打成平手，正好勉强相安无事——世界的荒诞从来没有变过。

一番高谈阔论之后，巴杰瑞男爵交给蒂洛森一个丝袋，里面装着当晚认捐款的总额五十八镑十先令，只比他们这一餐晚宴的费用多了一个先令。作为答谢，蒂洛森说出了一番宏论："艺术家的生活是艰苦的。它不同于其他人的工作。艺术家既不能像其他行业的人那样机械性地工作，也不能靠死记硬背，或者边睡边工作。艺术家的工作需要他不停地消耗自己的精神，他不停地奉献自己生命的精华，从中得到莫大的欢乐。也许这欢乐中包含让自己的名声大增，但他在物质上的收获寥寥无几。我献身艺术整整八十年，在这八十年中，几乎每一年都能向我提供新鲜而又痛苦的证明：正如我刚才所说，艺术家的生活是艰苦的。"蒂洛森多么希望世人能改变对艺术家的轻慢。他还是考虑不周，只想到了自己之前度过的整整八十年的时光，竟没有把眼下这一场晚宴也计算在内。他想不到，人们没有预料到他会突然转入这样有理智的话题，对他们必须把他当作人类的一分子看待毫无思想准备，他在人们的眼中一直是个穿着一套可笑晚礼服的木乃伊，听了他的话，人们甚至开始希望他们认捐的数额要更大一些才好，现在他们很是难堪。

幸好蒂洛森又开始说起他念念不忘的恩师海登："他是我自豪地称作老师的人。我很欢欣鼓舞地看到他还活在你们的记忆之中，受到大家的尊重。那个伟大的人，他是英国所产生的最伟大的人之一，他曾经过着悲惨的日子……"作品中借用的这位老师，本杰明·罗伯特·海登不仅是一位画家，也是作家，除了画作，他还留下了大量自传体作品和剧作，但是无论生前还是后世，都寂寂无名。和海登一样，蒂洛森的人生中有一半的时间去了巴勒斯坦、土耳其等地，创建传教团，教授当地人基础英语、拉丁语、透视画法等，当然他也作画，但是他的绘画作品始终名不见经传。纵观海登的一生，因欠债遭遇的监禁，与英国皇家学院的战斗，为新议会大楼做装饰设计而被拒绝，无一不证明蒂洛森宏论的正确，艺术家的生活，即使身为被蒂洛森崇拜的老师，依然不免艰苦。蒂洛森深知他的老师是因为不堪忍受世人的鄙薄才自杀的，这也是他本人最深的痛，所以只能一次又一次说着他的老师多么伟大，多么深受人们尊重，自我催眠。

蒂洛森的言论，在中国可以言简意赅地表达为没有功劳也有苦劳，在艺术领域，生活艰苦与否和才华无关，无论怎样大声疾呼，世人都不会在意艺术家的悲惨。在世俗的领域，权势也许能在一段时间内帮助某些人窃据艺术的宝座，但是权势永远不会青睐一个无法制造出新潮流、置换到新好处的人，也不会为艺术家处境之悲苦所动。

　　艺术，作为一种名义，最是洁白无瑕，一旦落到实处，经过不同心智的误会、多方势力的掺杂，却会变成一场蒂洛森晚宴式的闹剧。这个世界，从来只膜拜征服者，膜拜那些不容置疑的巨力，所以只配得到征服者的践踏。这样的世界还能有艺术存在，本身就是一种奇迹，蒂洛森一直期待世界还给他的位置这世间没有，那个艺术家应得的座席，大概只存在于约翰·马丁的《天国平原》，或八卦逸闻之中。

　　我们被困在由无法穷尽的琐碎组建而成的单调中，最基本的需求——做人做事不要太难看，或不要丧失善良——一旦宣之于口，诉之于行动，立刻化为相互矛盾、彼此争夺的碎片，遮天蔽日，如沙尘暴来袭，阻挡我们的去路。社会飞速变化，观念更新稍有迟滞就被远远甩开；想努力适应变化，却发现在起心动念的瞬间，世界已经改变。如此困境，会有化解的方法吗？顾文艳的小说《恩托托阿巴巴》，讲述的正是这个生活中越来越司空见惯的困境，主人公们努力着，幻想着，挣扎着，战栗着，在混沌中找不到方向。

　　小说让人不知所云的题目，是作品中的主人公 Duke，用于智能声控的召唤词。奇异的是，Duke 家所有的声控电器都使用同一个召唤词，而且 Duke 发出的每一道指令都没有具体的任务，却总能让他需要的电器应声而动。女主人公从未问过他是如何做到的，于是，寻常的召唤词就变成了一种魔咒，将我们无法厘清又各自为战的心愿化繁为简，让世界回应我们最迫切的需求。

　　小说由第一人称讲述，女主人公将我们引入她的日常，又引领我们认识她生活中的各色人等，Duke 是作品的重心所在，他经受的试炼，是女主人公的升级版，同样的身处边缘，他面对的是黑洞，女主人公面对的是噪声。

开篇伊始，女主人公就已濒临崩溃。不仅因为噪声造成压力，更因为相互矛盾的处事原则，将挫败和委屈同时压在了她的身上。上一次读到类似的情况，是钱锺书《围城》中的方鸿渐：老实人吃的亏，骗子被揭破的耻辱，这两种相反的痛苦，自己居然一箭双雕地兼备了。

楼上的邻居有三个小孩儿，三个娃时时一起短程赛跑，女主人公心中的厌恶几近沸腾的时候，疫情来临，楼上突然安静了。一日，楼上在群里向邻居求助，希望有人帮忙打印小孩作业。丈夫程柯立刻揽下这活儿，理由是他们这段时间不吵，可能有意表示友好。困难时期，我们也应该提供帮助，以资鼓励。万一以后他们又开始跑跳，我们再去说理，对方可能会觉得不好意思。

短兵相接之前，是非分明，我方有偌大余地，排兵布阵进攻退守。一旦相见才知全是纸上谈兵。现实状况是，忍无可忍的夫妇二人上楼理论，对方男主人非但没有任何不好意思，反而破口大骂。这一招直接挑战是非底线，打得楼下两位措手不及，程柯差点动手打人，彻底黑化成非正义方。女主人哭，似乎正在经受莫大冒犯，是非对错一望可知。连大女儿都上了阵，冷冷盯着他们，眼神又凶又怯，像鬣狗。这些无言的攻势，比谩骂更其凌厉，记得有部电影《虎入羊口》，说的就是全副武装的士兵，对战同样全副武装的平民和儿童。如此情势之下，主动示好时的种种假设，全都变成如意算盘居心叵测，是非逆转，好像女主人公夫妇才是失了道义的人。方鸿渐只承受了两种相反的痛苦，此间的苦楚已不知翻了多少倍，最后还演变成了迫害与被迫害的两难，真不知该哭还是该笑。

噪声日复一日，受限于短板效应，女主人公发现可行的解决办法，只有亲自制造噪声予以报复。她给这座城市所有认识的人遍发英雄帖，少说也有三十多个，最终出席的只有三位。看来想达到目的，任何一个招数，如果不是加倍、加十倍使用的话，是无法奏效的了。

来宾中，乔良是高中同学，目前多半时间在香港工作，结婚不久，正准备买房。他用3D看房模式向女主人公展示了他的新家，三房二厅二卫，卫生间里还有浴缸。这个五脏俱全的家总面积是六十平方米，看得女主人公连连惊叹，这也可以。乔良说，妻子是重庆人，疫情几年，他们把香港每座山都爬了好几遍。不知为什么，女主人公的眼前出现了《鲁滨孙漂流记》的画面，乔良和他的妻子，无论谁是鲁滨孙，谁是星期五，都建立起了驯服合作的关系。驯服与合作，也定义着和他们逐渐成为一体的世界，那封闭的孤岛。他们也在和孤岛合作，他们也在驯服现实，他们攀升，沉落。

读到此处，我痛感自己已与时代脱节。看到新婚夫妇，难道不应该联想到相亲相爱吗，怎么变成了驯服与合作？这年头，说到爱，只会招来异样的眼光，就像看一个旧时空里掉下来的古董。让我欣慰的是，作者似乎也是一个古董。因为根据下文来看，驯服与合作取代相亲相爱，有可能造成生命危险——乔良在一次爬山途中摔了，送去了最近的医院抢救，但最好是送到上海华山医院的神外动手术。他的妻子向女主人公求助。挂断电话，女主人公就联络已经离婚的前夫程柯。程柯马上呼应，能帮忙安排，又收了情况简讯。配合之默契让我有些恍惚，如此驯服又合作的双方，原来不仅可以结婚，也是会离婚的。想来是我错了，驯服与合作并非婚姻的专属，而是当下的生存法则，一旦违背，就可能偏离生活轨道，甚至变得支离破碎，无法复原。

女主人公曾问过乔良一个问题："要先看到才能知道呢，还是要先知道才能看到？"乔良回答："先知道。"理由是，"这年头看到的有可能是假的"，意思是人应该理性地生活。然而，有限的经验和认知，能抵挡得住狂暴的感官冲击吗？接着，作品为我们介绍了一个在冲击中受到重创的人，发明了"恩托托阿巴巴"咒语的Duke。

　　Duke也是女主人公的同学，但十多年前，他就像是从地球上消失了。消失的原因，他没有告诉过任何人。女主人公和他重新建立联系之后，问起当年的往事，Duke说了两件事。一个是他在欧洲文化旅行的时候，无意中读到化学家阿尔伯特·霍夫曼的蘑菇通信。从他不多的引用中不难看出，写信的两个人，有对世界的渴慕，对未来的温柔怀想，对自我的期许，对纯粹色彩与形式的世界的赞美。Duke觉得这些信点燃了他的生命。第二天，他坐飞机回国，把自己关起来，花了好长时间转录这段蘑菇通信，保存到手机里，随身携带。

　　另一件事，是他父亲为他联系了一个市政府的单位去实习。他到的时候，父亲的熟人站在新盖的经信局大楼门口殷勤守候，自我介绍说他是父亲的学徒。那个人一见到Duke就欢快地歌唱，之后，Duke跟着那人走进大楼，被带到工位，介绍给屋里其他人，安排上象征性的活。坐下不久，父亲来电话，让他再去隔壁经济运营综合处的办公室打个招呼，做个自我介绍。他去了，门关着。他不知在门前站了多久。走廊里不断有人经过，他知道，但看不到，他的体内没有能量供他抬手敲门。门开了，他走进房间。所有人抬起头来看他。有个声音，想从喉咙里钻出去，还没触碰到空气，就被眼前所有重叠的目光光谱拦截了。他站在原地，意识不可遏制地从脚底向下生长繁殖，无数个小数点在细胞内核分裂，无数个神经元同口一声大合唱。Duke失语了。

　　其实，还有一件更严重的事情，Duke没有说。那是在亚的斯亚贝巴，他在当地最好的朋友叶库诺，邀他一起去城郊的恩托托山顶看日出。叶库诺带上了自己的女友，Duke不喜欢爬山，开皮卡上去跟他们会合。未到山顶，树林里忽然传来生物的嘶吼尖叫，远远地就看到叶库诺和女友被一群鬣狗追咬。鬣狗的眼像鬼火，凶，怯，狠。Duke踩下油门往前开，车熄火了。几只鬣狗包围了他的皮卡，兜兜转转。他坐在车里打电话求救。救援及时赶到，叶库诺只有轻伤，女友也活了下来。Duke一直坐在皮卡车里，坐在那顶始终罩在他身体和灵魂外面的玻璃罩里。他的保护伞，他的蘑菇，四壁和蛋壳。

那天日出很美，像大爆炸的余晖。这三件事，让Duke的人生脱离了轨道。

以往的生命中，Duke一直受到保护，一直秉持关于美好的怀想，看到蘑菇通信的时候，他如获至宝，从此随身携带。在他的心里，无论外面的世界，还是未来，都无限美好，只待他去拥有。但亚的斯亚贝巴的经历却让他直观地看到，生命有其贪婪与残暴的一面，看到物种的生与灭，亘古的危与苦。车外的叶库诺像个勇士在抗争，用高贵的身躯保护他的爱人，Duke却动弹不得，没有勇气面对危险，也没有能力施以援手，以往所有的经验或信念，意志和禀赋，统统无用。在生存竞争的面前，蘑菇通信就像一个笑话。

父亲发现了他自闭的倾向，想帮助他走出来，于是安排他去实习。但父亲不了解，蘑菇通信和恩托托山对他内心的撕扯。一端是人之为人应该具备的美好，一端是无处不在的生存竞争之严酷。在那座办公楼里，Duke发现，人还可以像机器一样无感，有一种外力以令他眩晕的速度，将他格式化为机器中的一员。什么才是真实的世界，蘑菇通信，经信局大楼，恩托托山……他失去了判断的依据，有口难言。

这个世界，失去通用的判断依据久矣。然而，就像香港那套六十平方米的房间，固然可以使用客厅、卧室的称谓，但是适配与否，毕竟不在名目，而取决于日常生活的实际需求。人生，也不是循着实习、结婚之类的步骤，驯服地与世界合作即可，而是用肉身跨越锋刃，参与旷古的竞争。人类胜出了吗？Duke不知道。十多年了，只要他不忍放弃蘑菇通信，就无法面对恩托托山上的自己，不能像什么也没有发生，走进办公大楼，承受窗外的日光，顶上的白色灯光，和人的目光。

Duke曾经说过，时间是一个错觉。依然深陷于自己的困境中的女主人公，最后却选择相信时间。楼上的噪声又一次吓退了原本说好要买她房子的人，这对散伙的夫妻只好彼此安慰，慢慢来。时间的远方就有解决的方案吗，那会是什么呢，是一种魔咒吗，一种适用而奏效的方法，让我们参与无可避免的竞争而不迷失、不异化？

倒是不难想象认为时间是错觉的理由，世界上，人世间，真的有一些东西亘古不变。那些存在看似卑微，却似乎没有力量可以将其磨灭。什么斗转星移，什么沧海桑田，在那些顽劣却坚韧的存在面前，时间只是一个错觉。

Duke还说过，人类的情感是一种无效的能量。我相信这两句话，是全篇的题眼。感情无用，理性不够用，我们该如何渡过人生的河？如果真有好方法，我相信那应该和恩托托阿巴巴一样，就在眼前，已在手边，但不在语言的碎屑中，不会空有其名却被抽离了内核，不会因功利主义的进击就削弱了效用，不会随世事变迁而遭到篡改，甚至湮灭，那个最好的方法，我们只能独自探寻，也许就在我们的记忆的深处——一旦知道，就能看见。

读王咸《人语驿边桥》：在人生的残局中遥望自己

　　王咸的《人语驿桥边》，描绘一场或大或小的梦，大而言，这场梦囊括了主人公和他的少年伙伴们的三十年人生，小而言，这场梦里，有主人公自己都不敢相认的真实的自己。如果实现心愿的梦可以被称为美梦，《人语驿桥边》就是一场让主人公既不敢面对，又不敢醒来的噩梦。如果表达欲望的梦只是迷梦，则《人语驿桥边》是一场良心发现，是下意识对人生的反省，是主人公倾听自己心声的过程。

　　小说中，只有开篇"我"家周围已经拆成了一片废墟，和结尾，"我"和前妻通电话，她说，李常已经在精神病院住了三年，是现实情况，其余的所有内容都是梦回来时路。梦境开始于看见秃鹫，其特点就是"无细不睹"，和专食腐尸，而人对自己最下不了狠心的，就是暴露深藏起来的丑恶，和承认自己已是行尸走肉——十多年前，我的朋友曾对我说过："你不知道，有的人，他们如果看见自己，魂都会吓掉。"我直到超过了他说这话时的年龄，才明白，他说的是真的。

　　因为是梦，所以看见秃鹫之后，"我"经历的一切，都是"我"的下意识压抑的记忆。漫长的三十年，已是一世为人，无论生活变成什么样，都已经没有了推诿的借口，和修正的余地。这场大梦里，还有不止一次算命，和不止一处不了了之的事件，这些根植于日常生活却又始终语焉不详的神秘，是应对虚假与真实的自我之间日益增强的张力，唯一的逃遁之地。像古老的故事里，生活崩溃的人，倒在寺院门前，总能得以续命。

虽然是"我"的梦，却多从李常的视角观察世界。李常的感知，是"我"为了维持三十年来选择的生活刻意压抑的良知。三十年光阴，早已把刻意变成习惯，把明白变成视而不见，李常的常并不兼容于"我"生活的日常，就像另一位朋友周理的理，也无法合乎他所在生活的理，林文的文，甚至在他的生活中无法拥有一席之地，所以这个人才会离奇失踪。然而，"我"选择并拥抱的生活，一如"我"家所在的地方，正在变为一个废墟。"我"的朋友们，也早已从"我"的生活中消失。这个关于李常的梦，用李常的说法，是源于"我"灵光一现的"聪明"，而非"我"惯常的"机灵"。

所谓机灵，很多时候表现为习惯性地自我美化，比如，初见李常，"我"留给他的印象是，"你真没有变，还是那么潇洒"。而他留给"我"的印象却是，"我也没变，除了瘸了一条腿"。这是"我"日常的自然反应，如果没有李常，"我"的自欺自恋会隐藏得很好。但是李常来了，对少年时的友谊充满热情，"我"却须特意打起精神，仅仅因为应该而努力展现对他热情的呼应，相形之下，"我"的猥琐展露无遗。

出现在"我"梦中的朋友都是同学，大家受过一样的影响，学过一样的道理，但对人生选择的天壤之别在那时就已经初露端倪。"我"和李常都记得那位爱用"声色狗马"形容统治阶级生活的历史老师，李常觉得那是一个很有正义感的老师，但是反对他讲所有的历史都是为了某一道可能的高考题目。"我"却觉得这很管用，100分的历史考题，"我"因此考了95分。由此，

"我"和李常展开了关于聪明的探讨。

周作人说："昔者巴库宁有言，历史唯一的用处是警诫人不要再那么样。我则反其曰，历史的唯一用处是告诉人又要这么样了。"李常觉得，关键是人做重复的事情的时候，仍然会像第一次经历一样没有经验，他学历史，是因为深信培根所说"学史使人明智"。他甚至在课堂上直接向老师指出，学历史是让人明智的，不是永远为了高考分数，你的教学方法有问题。然而，他似乎没有看懂周作人的话，历史总是一再重复，不是因为人们无法预先知道将会发生什么，而是因为人们无法阻止自己重蹈覆辙。李常追求的明智，在生活中并不常常显现其卓越的力量。

那位有正义感的老师，一定觉得自己站在正义一边，却因为缺乏思想的经验，无法判断作为教师的正义，究竟是教导学生明白历史如何使人明智，还是让学生更方便获得高考的考分。小芸对父亲李常的评价是："爸爸就是爱死理。"有一点她说着了，道理之争，的确是生死之争。当明智变成了死理，那个理，就死了，像李常这样仍能辨识出那些道理的人，也会被社会辨识并驱逐。

而"我"一直是机灵的，并不知道自己的不聪明。"我"我的成绩好是因为作弊，不过，不是为了把自己从及格线下拉上来，而是为了锦上添花，从而将平庸装点为优秀。这种能让人在世界上通行无阻的优秀，李常从来不曾具备。李常曾说，他最大的愿望，是"我想跟你一样聪明"，但淳朴如李常想象不出"我"的聪明只是机灵假扮的，自欺到熟能生巧的境地，就可以欺人。

那种优秀，林文也同样不具备。林文有数学天赋，浙大毕业，如果留在大城市发展，他应该能成为科学家。结果他竟然回一中教书，后来竟然还回到乡里教书。据说他从上小学到上大学都是他媳妇家资助的，媳妇家势力大，怕他翅膀硬了变心，先是不准他留在大城市，后来又个准他留在县城。一中实在舍不得他，把他一家都从乡下调到了县城，给他媳妇安排了工作，才算安顿下来。浙大的老师惜才，曾来找他，劝他说，你一个深入数学王国的人，不要说日常生活的是是非非，就是国家的是是非非，又价值几何？林文回答："你不是跟我一样幼稚吗？"

红尘束缚就是如此，若不肯泯灭自己的心，无异于戴着镣铐舞蹈，其间的消磨耗损只能独自承受。若要奋起反抗，无异于投入战争，人生的轨迹也会被篡改得面目全非。那些真正优秀的人，无一不是一退再退，直至失踪。林文过的那种缺乏"声色狗马"的生活，只有李常才赞叹，才痛惋。李常从未追求过机灵，他更在意的是捕捉自己福至心灵的瞬间。时隔三十年，李常依然记得他在二哥家门上看到的春联，写着"为人做盐和邻里，行事如光照乡亲"。这一直是李常的心愿，三十年前他心里就有这样的人生愿景，但也许表达不清，所以当相称于心愿的话语出现，他会看进心里。至于这话是谁说的，典出哪个教派，并不是什么要紧事。

认下的道理就得实践，李常会反省自己的言行，比如戒烟。女儿小芸笑问，"你怎么不戒酒呢"，是出于对他健康的考虑，而李常戒烟，却是因为吸烟的样子有点傲慢的感觉。与之相反，"我"却只会以一种局外人的口气评点世界，认定不管多么敏感于时代的哀痛，也总是浮泛的，即使觉得自己的敏感是孤独的，那也是从众的，不仅是当下的众，而且有历史的众，终归是有安慰的。认为唯有个人之间的恩怨才是真正的唯一，觉得时间只能将其淡化，却无法消解。李常说起当年彼此间纯真的情感，说"拥有一个小伙伴的友谊，就像拥有了全世界一样"。原本是极动人的表白，但听女儿小芸说，"我不知道什么是成熟，你那个年纪，我就觉得为一个女朋友留恋正常一点"，"我"就觉得表白好像变得虚假了。小芸不知道"我"与李常交往时的感受，但"我"不仅知道，而且正是因为"我"深知自己从来不曾珍惜，才选择了同感于小芸，以顺势化解当年的错过。如今回望李常的真挚，方知早在三十年前，"我"就已经辜负他了。

可惜不能交换人生。三十年前，"我"家境贫寒，但学习成绩很好，而李常家的生活在"我"眼里，已经实现了共产主义。李叔不喜欢李常在外面玩儿，但是希望李常也能变成一个成绩优秀的好学生，所以他到"我"家就可以。有时候周末，他到"我们"家来做作业，其实那时作业不多，大部分时间是干农活。"我"父母看李常干活，总是过意不去。李常却真心地说："我要是生在你们家就好了。"

父母对子女的那些愿望，或为了弥补自己无法实现的人生梦想，或为了加持自己勉力打造的生活，愿望中的梦想与现实，其实也是下一代人共有的。不肖子孙叛逆，往往并非对人生有什么创见，而仅仅是任性地轻忽了家人愿望中的美好。"我"和李常都没有成为父母期待的样子，但无论选择怎样的生活，是否我们都应该像《拯救大兵瑞恩》中的瑞恩，坐在墓碑前一遍一遍地问自己的良心，我活成现在这个样子，是否配得上你的付出、你的拯救呢？

这样的人生难题，越认真的人面对起来越沉重。李常的女儿说父亲爱认死理，殊不知正是这份认真，才让李常生活脱轨。脱轨，是大家对李常的看法，所以人们把他送去精神病院。他本人却一直知道自己要的是什么，又正在做什么，他唯一没有做的就是随波逐流。这也就是为什么在旁人看来，李常人生的觉醒是始于他哥哥的车祸，实则是因为以前有哥哥，他总觉得父母可以依靠哥哥生活，将来有哥哥照顾，他可以单独地过生活，即使单独地过生活是什么样他并不知道。而哥哥一死，这个感觉没有了，新的感觉变成从此将跟父母紧紧牵涉在一起。也就是说，他知道自己必须为父母提供一种他们能够适应的生活。觉醒前后，于他人而言，是从糊涂变为清醒，于他而言，却是曾经很有世界感，现在已经没有了。

李常的世界感，也就是对自己人生的在场感。这一点，梦境之外的"我"从来不具备，就像"我"也从来不具备方向感一样。李常说："我的方向感天生好，到哪里都不会迷路，但是有些事情就是怎么也想不清楚，而且越是想不清楚越是会想，我是有点儿认死理，这个也是天生的。"而"我"的感觉，却是"我"知道那边是南，但是脑子里觉得那边是东。

道理，在有些人心中是不能随意变通的，非如此就不是道理了，生而为人就得遵守并践行自己懂得的道理。在有些人，南辕北辙是常态，是天生的，没有必要也没有能力改变。对自己亲手锻造的人生没有明确的意识，也没有方向的把控，对于发生在自己身上的那些从肯定到否定的转向，有人痛苦，有人无感，原因即在于此。

至于为什么不愿面对真实的自我，即使失去在场感和方向感也在所不惜，那一则我在百度上查不到出典的"西方有句话"道破其中关键：正因为发生了大屠杀，所以德国人永远都不原谅犹太人。这是人类某种奇怪的逻辑，很多事情无法解释，用这个逻辑就容易解释了——倒果为因，是自我欺骗惯用的手法，若没有犹太人，德国人怎么可能发现他们的血液中竟然存在发起并参与大屠杀的基因，不发现，就等同于没有，现在被证明有，就是犹太人造成的，所以不可原谅。

"我"与梦境中的李常本为一人，李常能比照出"我"无法面对的真实自我，所以被下意识压抑。李常化身为"石头哥"对"我"作出的所有评论和提点，都让"我"无法应对，因为那都是一些"我"的确做了，却不想认真面对的事，每一件事看起来都很小，"春节回家吗"，"这样讲不全面"，"换个话题吧，真要命"……长期累积的结果，却是将李常逐出内心，不承认有些事"我"并没有想清楚，不承认"我"废墟般的生活，正是"我"既不愿意付出要想清楚必须付出的努力和认真，也不愿意放下没有想清楚时不该或不配拥有的一切，造成的后果。

成为李常，其命运将是"大鱼游曲江，蝉向柳中鸣，富无求口食，画角听三声"，被生活围追堵截，或如周理郁郁不得志，或如林文自我失踪；成为"我"，就能"喜赴琼林宴，金盘捧玉杯，多题龙凤榜，天下广传名"，即使在优秀中走向平庸，在从善如流中迷失方向，只要是从众的，就能得到安慰。二者重叠唯一的时刻，是"我"听到人语驿桥边："今天晚上，很好的月亮，我不见他，已经三十多年。"

向上

读玄幻文章最扫兴的，莫过于用写实替换神秘，因为读玄幻文章最开心的，恰在解开神秘的谜底。李宏伟擅写奇思妙想，读他的文章一大乐趣，在于总有谜题可以解，却总也不能穷尽玄幻特有的神秘。

《云彩剪辑师》里三个人物的名字就是谜题，云彩剪辑师叫阿懒，顾名思义，这个人并不汲汲于剪辑云彩，非不能也，而是常常没有意兴。卖酒人叫老T，虽然T字打头的字可以有很多，但作者既然选择使用字母T，其用意当在象形，T是向上的路走到了尽头。还有一位过生日的老伯叫胡伯，弥年寿考曰胡，所以胡伯就是老伯，所谓老，就是不再更新，人一老就会被落在后面，落在后面久了难免掉队，一旦掉队再要归队就难，既归不了队，就不算队列中的人，而成了畸零人。说起来这三位谁又不是畸零人呢。

小说里还有三个人，也不妨理解为一人三相，分别为女孩、女儿和女人。女孩是陌生人，阿懒剪辑云彩，顺带也剪辑了一下女孩的人生——"至于后果，总会有后果的，什么都不做也会有后果——只要适可而止就行"。这件事发生在女孩人生的早期，也就是一般被认为拥有无限可能性的那个时期，所以，有这个或那个后果，都还在适可而止的范围内。女儿是把胡伯落下的人，胡伯也许已经知道，女儿的离开是对他的人生的剪辑，但是否能意识到这个剪辑已经超出了适可而止的范围就不知道了，毕竟爱能使人盲目，也能使人麻木，以至于生不出幽怨或警醒。女人是教会阿懒剪辑并品尝云彩的人，教会了就让他离开，并且不允许他再登门。"当下"就这样变成了"后果"，免得人心存侥幸，以为后果只是一种莫须有的存在。三位女性也可以理解为一人而三相，她们都是使事情发生的人，而男人们则不得不承受后果——似乎只有阿懒剪辑云彩的时候除外。然而。

阿懒并不剪辑所有的云彩，除非哪一片云让他心里一动。因和果就在一懒之下变得模糊起来。无论是喜欢还是讨厌，他都注目其上，多看两眼，便能从中发现不足，剪辑，然后舍弃被他剪切的部分。不足和多余就在一剪之下变得模糊起来。女人说，阿懒应该去看看远方的云，品尝它们的滋味，更重要的是，领会一下，动一朵云彩对不相干的人会产生什么样的影响。女人还说，你不可能知道每一次剪辑的后果，但你必须事先知道，一定有后果。应答为云，宣称为言，论难为语，既然说了这么多前因和后果，不妨把阿懒剪辑的云看作人们与世界建立起的联系，世界先于人们存在，像一道又一道难题，要求人们作答，云就是人们给出的答案。细究起来，没有哪个答案是独创的，每个人都以自己特有的方式与这个世界相联，却又万变不离其宗。天晓得我们做的事会给旁人带来什么样的影响，也许永远无法知道，所以神秘无处不在，也许能知道一二，但那些影响通常短暂而轻浅，也许只是误以为知道，就像陷入一个漫无边际的梦境……但是，总有影响，总有后果。去远方，是为了多看一些不同的云彩，看得多，对剪辑才不会过于执着，像电影《第三度嫌疑人》里的台词：如果你觉得人不会改变，未免太过傲慢；如果你认为人会改变，还是太过傲慢。一定有后果这件事，知道与不知道，有天壤之别，知道与知道，不知道与不知道，也会差之毫厘谬以千里。

老T卖酒也喝酒。大家都喝酒，酒本身什么都不是，既不是云也不是雨，但是可以化云化雨化彩虹，大家喝的就是这个"化"字。大概因为人太容易变老，与世界的联系变得越来越含糊，记忆早已被遗忘篡改得面目全非，兴冲冲上了船却不记得自己向往的是哪一方的岸边，日子渐渐过得浮泛，不再记得脚踏实地的感觉，也就不再需要某个彼岸。不如喝酒，喝那种化入了云彩的酒。那天阿懒就在酒里重温了情窦初开的滋味，那是一团曾为女孩天开一线，如今已即将消失的白云的味道，它上面一层被阳光持续照晒的热已不强烈，但依旧隐秘而绵长。随着吞咽，一种旧日的带着灰尘的暖意，蔓延于体内，这样的酒，谁都乐意细细品尝。可惜小雷音寺不是西天，小无相功不是正宗，酒和酒有多相似，云和云就有多不同，老T问阿懒外面现在是什么样，阿懒就为他点燃一杯又一杯酒，为他化出大海，化出高原，化出离别，但那又有什么用呢？酒里滤掉了云彩，就是水的味道。人不在"外面"里，外面就成了滤掉云彩的酒，只肯在酒里淘摸的老T对自己说，我留在这儿没错。沉在酒里的人都这么说，说就是他们的岸，只需停靠一小会儿，就又可以荡开去了。

胡伯女儿小时候，跟他可亲了，他走到哪儿女儿跟到哪儿，胡伯也真疼女儿，从来不说个"不"字。但是不知道从什么时候起，女儿消失了。生活中，这是随处可见的寻常景象，就因为太寻常，没有人再觉得怪异，大家下意识地选择了逆来顺受。胡伯生日，老T试着给那位女儿打电话，拨打两次都没人接，便再没力气打了。所谓寻常景象实则是个黑洞，不知道已经吞噬了多少美好愿望、心底柔情和昨日恩义，像老T这样偶尔打个电话的人尚且受伤至此，不敢想胡伯又被伤成了什么样。

其实三位主角的遭遇都不算稀奇，阿懒失去了女人，老T失去了外面，胡伯失去了女儿，生活不就是会这样吗？稀奇的是胡伯，确切地说，是胡伯女儿提出的问题："你见过空心的雨吗？"让人想起村上春树的小说《奶油》，小说讲述一个年轻人受邀去听一场音乐会，赴约时却只找到一所被废弃的音乐厅，还遇到一个长者问了他一个同样稀奇的问题："有好几个圆心，不，有时是有无数个圆心，而且没有圆周的圆，你能想象吗？"村上春树像是唯恐读者重视不够，让那位长者问了又问，还说如果能找到答案，你找到的就是生活中的奶油，甚至是奶油中的奶油。李宏伟的空心雨，胡伯问了一次，在胡伯的记忆中，他女儿也问过一次，阿懒又自问了一次，都不得其门而入似乎就搁下了，好像有没有见过，能不能想象都可以，顶多像剪辑云彩一样，知道有后果就行。然而作品提出稀奇问题的理由只有一个，那就是问题重要，确切地说，是有这样的问题存在这件事比较重要。答不答得出都可以，想必是因为答案不重要，甚或暗示不必费心思考，没有这些想法才好。

　　雨是云的后果，空心雨是没有后果的后果，空心雨的重点不在雨，而在心。胡伯酒后的胡言，每一句说的都是心。那天也是雨。那天也是生日吗，谁的生日呢？女儿的、胡伯的都行，一起过的生日，雨就是凑趣的，不像今天，雨上的云让云彩剪辑师无从下手。那天的雨还开成了花，该是什么样的欢喜啊。空空的心里藏着雨，藏着花，当下的慈爱和欢喜来自无数昨日的堆积，谁能知道这一滴雨来自哪一片云，这一片花瓣来自哪一滴雨的滋养，只要知道藏着雨藏着花的心好欢喜就够了。你说再也……伤心的话总是说不完，也不必说完，说的时候以为可以免除伤心的痛，奈何人消失得比话音消散得更快。你的手，粉雕玉琢精巧得像珍珠一样的小手，一直牵在爸爸手里的，如今变成了何等模样？现在我，谁还认得镜子里苍老的那个人是谁？雨呀，开得出……听听……空的花，还有一些支离的痕迹，让那天的雨在今天的雨里显形，那天雨里的花呢，眼睛找不见，只好派耳朵去听。

人生所有大事都在雨里的女儿说，爸爸，你见过空心的雨吗？我想见见。是一个只关心结果的人在问，这世间，没有后果的事情有吗？这种问题，问了，就是想为自己造成的后果开脱。为达目的，他们找的都是同一个方法——把后果远远甩在身后，不听、不看、不想、假装不存在。

还是去看云吧，因果太多，连环繁复，用心于一朵尚未化雨的云彩，当一个能向远方之人致意的云彩剪辑师，喝一点酒又何妨。

读李亚《巴尔扎克的银子》：罗曼蒂克浴火重生

李亚话密。密，不在语言的量大，而在语言的浓度高。李亚的小说《巴尔扎克的银子》，短短七个字的题目，就有三重含义。第一重含义，银子，可以泛指金钱或收益，也可以指巴尔扎克痛失的银矿，说的是巴尔扎克一生不厌其烦谋求的收益。第二重含义，指来自巴尔扎克的收益。作品中的主人公方程先生是个研究巴尔扎克的有名专家，他的人生中，自然有很多来自巴尔扎克的启示或影响。第三重含义，说的是人生的财富中有那么一种，不妨称为巴尔扎克式的——写作的才华只配用于还债，一夜暴富才是毕生所求。

《巴尔扎克的银子》行文繁复，三重含义争相涌现，让人目不暇接，故事却简单，一言以蔽之，即方程先生的人生传奇。传奇大致由两部分组成，一曰闪婚，一曰离婚。因为最终并不曾离婚，所以，其结局不能称为复婚，只能算取消离婚。方程先生的这一段人生，他的外甥"我"全程参与，但"我"的存在感极低，还不如同样全程参与的巴尔扎克，始终与方程教授相映成趣。

成就传奇，不见得就是人生最好的安排。恰恰相反，若哪天，方程教授脾胃强健，能将巴尔扎克彻底消而化之，将人生的传奇性也一并化解，将野蛮生长杂草丛生的心灵花园，好生整饬成伏尔泰惊叹的英国园林（不添加任何大自然中没有的成分，但每一寸土地都经人精心打理），真正值得的人生才能开始。当然，那就是小说结束之后的事儿了。

《巴尔扎克的银子》，虽然写得奇诡，表达的内容却很平实。人生行至中途，原本就只有三个成员的小家庭，竟然四分五裂。这个家中的父亲，中文系教授方程，有外遇，但他自己都分不清，离婚和外遇究竟哪个是因，哪个是果。母亲，当地剧团的名旦，为演出、为竞选团长殚精竭虑，只能以倒买倒卖小型假古董自娱。儿子，是个典型的不肖子孙，和家人发生过两次冲突。第一次，不顾家人反对，非要更改自己的名字。第二次，更不顾家人的反对，执意要缔结自己的婚姻，终于和原生家庭彻底决裂。在我们曾经以大家族聚居一处，如今以小家庭四散各地为主要生活方式的广袤的疆域中，这样的家庭，因其各方面条件都极其寻常而最为多见。

认真检索的话，谁的人生中没有一点高光时刻，谁与命运抗争的时候不是怀着一腔浪漫情怀呢？方程教授也不例外。他当年闪婚，是缘于一见钟情。那一刻，教授见到的，是身姿曼妙沉浸在三毛和王洛宾的爱情传奇中的年轻演员；马小梅看到的，是相貌堂堂目光深邃，腋下夹着一本《幻灭》的青年教师。接下来二人所经历的，则可以用雨果《克伦威尔》中的那句台词来表达：高兴抑或悲伤，美或丑，黑头发或者金黄色头发，这一切我一概看不见。我只见到一个女人，而且自从见到她之后，大人，我的灵魂都疯狂了。

这样的两个人，如此罗曼蒂克的爱情，怎么就走到了离婚的边缘，李亚的描述非常简约。一个以研究巴尔扎克为终身职业的教授，妻子却经常当众评论："方大教授，请你自己掂量一下好不好？千万不要把巴尔扎克伟大的命运和你的狗屎命运混为一谈。"作为剧团优秀的演员，马小梅在演出类似《秦雪梅吊孝》

这种风格的悲情戏时，会在接下来的很长一段时间里，无法从戏里拔出身来——两个礼拜，甚至两个月或者两年也是有可能的。在充满各种挑战的日常生活中，爱情，就像巴尔扎克写的，只有一刹那是最甜蜜的时间，"仿佛在贫穷潦倒的荒凉的路边，或是在万丈深渊之下，忽然出现几朵象征爱情的玫瑰"。

如果不知不觉已经身陷绝境，仅有玫瑰显然起不了任何作用，更何况，通常绝境中，根本没有玫瑰。

罗曼蒂克，或者玫瑰，在日常生活中的处境和作用，就像这座小小城市里，由市宣传部门倡导市文化馆主办，以集中交流多读书读好书为前提，以帮助市民提高素质增进城市文明为目的的高档次的读书会。读书会的存在，是典型的巴尔扎克式的财富。其目的和作用，就是让人能够有所追求，且保证这种追求永远以目标的形式存在，让人以为自己正无限接近，却永远不能，也不必到达。

方程教授认为巴尔扎克写作风格和文学品质走向成熟的转型之作是《驴皮记》，那张满足你一个愿望就会缩小一圈的驴皮，几乎成了人类欲望有多大，对人类希望危害就有多大的坚实象征。然而方程教授的讲座，却始于《驴皮记》中出现的几个看似影子一样微不足道的小角色。这样的讲座内容如果出现在学校的课堂之上，定会座无虚席，人人凝神屏气聚精会神，出现在文化馆的读书活动现场，却几乎没有人不睡觉的。活动主持人，文化馆副馆长赶紧面授机宜：不妨调低一个档次，讲些通俗易懂的才好。于是，方程教授开始大谈巴尔扎克的乱搞对象、福楼拜的情书，以及莫泊桑的召妓。果然，台下的听众个个来了精神，令人联想起《围城》中方鸿渐在故乡的那一场关于梅毒的讲座。一百年过去了，台上人的知识储备，和台下人的兴趣所在，竟然一点儿都没变。

这一场景很好地解释了社会上流行的那句话：读了那么多书，为什么还是过不好这一生。如果校园里做学问，只是为注脚增加更多注脚，生活中的众望所归却是为八卦演绎更多八卦，你若还觉得读书和过好一生能建立起什么联系，那可真是想多了。

让人颇感讽刺的是，在一次狼狈负伤的家庭矛盾之后，方程教授连亲口对外甥说过不止一次的教诲都不复记忆：夫妻间的裂痕往往由某件微不足道的小事引起，如果不善于或不及时加以修复，裂痕就会越裂越大，平时无所谓的针尖大的小事也会具有超级破坏力，甚至导致两个人分道扬镳走向离婚的歧途。深陷困境的教授忘记了玫瑰花，忘记了裂痕和破坏力，更忘记了于洛男爵犯了错之后，站在妻子阿黛丽娜面前曾怎样赌咒发誓求她原谅。这个被巴尔扎克的灵魂迷了心窍的人，在现实中竟然和妻子开始了漫长的令双方都十分难受的冷战。

这种生活中常见的，旁观者一眼看到出口，局中人却久久无法突围的困境，不仅发生在方程教授的身上，也曾发生在巴尔扎克的身上。而且方程教授完全理解巴尔扎克身陷困境的缘由，他曾自鸣得意地向外甥解说过，纵观《人间喜剧》，我们可以看出，巴尔扎克精通世间各种事物，对各类人心也洞若观火，对人性的解剖能够宛如庖丁解牛般明察秋毫。但是一旦离开书桌，也就是说，他一旦离开他创造的那个世界，来到现实世界里，不管遇到什么样的事情，他都只有束手无策。

同样地，方程教授也非但没有主动停止冷战，用一枝玫瑰让行走在悬崖边缘的妻子缴械投降，反而转向了研究太平天国之《天朝田亩制度》的瓦莱丽，流连于这座小城大河南岸，那家古色古香、档次相当讲究的家庭客栈。转眼，夫妻分居就达三个半月或三年之久。

李亚描写时间，和他描绘生活场景同样传神。两个礼拜，甚全两个月或者两年，说的是一而再的再。三个半月或三年之久，说的是再而三的三。当家庭生活中的小矛盾经常出现，其作用于人生的数量级，是一再。到了为离婚而冷战的阶段，其作用于人生的数量级，就是再三。对于人生的困境，若想突围而出，战而胜之，需投入的精力和智力的量级，其实我们不难事先明了。

可惜方程教授和很多人一样，数学不好，对自己人生的探察，也总是后知后觉。直到祖宅高大威严的铜锁大门，被钉上了如花子皮膏药一般的蓝色破烂布鞋，和包装艳俗的避孕套，他都不曾意识到自己的人生即将进入黑暗的隧道之中。他的外遇事件，在如今这个传播方式和传播速度堪称超音速的时代，也是迫于外界压力方才告终。他本人，更是事后才发现，自己已处于微信被拉黑，电话也被拉黑的悲惨境地。

关于爱情，欲理解其内涵和魔力，除了投入热恋，其实每一位家长，一生中至少还拥有一次自我检测、自我提醒的机会。那就是当他们的孩子，带着恋人来见家长的时候。家长都对自己的孩子引以为自豪，并寄托无限希望，因此对外来者通常充满拒斥。唯有玫瑰的芬芳，甚或对玫瑰芬芳的记忆，才能缓解双方的针锋相对剑拔弩张。然而，无论教授还是教授夫人，都觉得，他们的儿子要和一个比他大了七八岁且有着短暂婚史的女人在一起，实在超出了他们的承受力和想象力。却双双不曾想见，浪漫情思在他们的心中已经消散得无影无踪，这个更其严重的问题。

李亚引用的巴尔扎克诸多奇闻逸事中，点题的是关于他在撒丁岛上发现银矿的故事。巴尔扎克漫游意大利，在热那亚，想起某本书上记载古罗马人在撒丁岛上发现银矿苗的事情，当时战事逼近，他们并没有对银矿进行挖掘。酒酣耳热之际，巴尔扎克将这一则记载告诉了他的朋友，当地商人别兹。待第二年，他抽出时间再次踏上撒丁岛，赫然发现银矿开采许可证已经早被商人别兹获得，巴尔扎克又一次失去了原以为唾手可得的巨额财富。这则逸事，乱入于土豪大佬方全老板，前来规劝深陷丑闻风波的兄弟方程教授之时，方程教授对着电话说得兴致盎然，把方大老板的规劝计划打得七零八落不知从何说起。

巴尔扎克一生追求金钱，从来没有成功过，着实算不上一位智慧人士。这则逸事还充分说明，不同的人对财富的敏感不可同日而语。当然，财富还并不单指金钱。所有财富都是植物，有种子，有耕耘，才可能有收获。人，通常只会在一个地方格外倾注精力，若有收获，也一定是在此处，这个收获，就是人生最大的财富。理想状态下，播种、耕耘、收获应该是一个整体，但通常情况下，人也会愚蠢地在不毛之地无尽耕耘，既不敏感于种子，也不敏感于收获——倾注了精力，总会有收获，哪怕那可怕的收获是虚度此生。不清楚自己的人生财富究竟是什么，巴尔扎克就是一个很好的例证。

另外，因为太多的人连什么是财富都不明白，也就更少有人知道，获取财富和运用财富是两回事。本地首富方全老板颇有生财的本事，但在他的兄弟方程面前，从来没有想过夸耀自己财大气粗，似乎金钱并不足以指代他的收益，就像很多有钱人认为自己肯定有能力访问一些高深的问题一样，他更希望通过畅谈《周易》，来纠正和根治方教授的生活作风问题。面对兄长，方程教授的反击相当有力，他尖锐地指出，即便是在年轻的时候，巴尔扎克也从来没有因为自己的身材短小而自卑过，土豪大佬方全老板却喜欢穿内增高的鞋子，且无论如何不愿当众换鞋。可见金钱也好，《周易》也罢，对于方大老板的身心健康都不敷使用。外甥"我"从来对这种地对空的交谈内容并无兴趣，却特别喜欢观看两位至亲长辈煞有介事地辩论，两位长辈都费劲地拿出自己的短板与对方对决，好像非如此就不算短兵相接，倒也的确是一场够瞧的热闹。

作品中除了逸事，还不乏巴尔扎克的金句。比如，"安逸的坐姿会有助于思考的广泛和深入"。常年浸泡在巴尔扎克特效药剂里，自诩大脑精密如瑞士手表的方程教授，真遇到节骨眼上，却并没有想起这句金句。当他发现妻子已经取走了所有自己的物品，并打电话提出离婚的时候，大教授一直站在客厅里，因内心极端的束手无策，显得表情特别执着而镇定。

再比如，在整部《人间喜剧》中总共出现过四次还是五次的那句话，"所有的错误推断，一开始都会被当事人错误地认为是合理的，是正确的"。这种推断当然不仅仅针对他人，更多时候针对的恰恰是自己。而且尤以后者，愈发不容易被发现。

李亚笔法奇异，极简单的事，喜欢用极繁复的方式来讲述。看似不合理，却是对生活的准确还原。因为真相，即使是近在眼前的人生真相，身为局内人，我们也往往无法看见，能够映入眼帘的，只有生活的鸡毛蒜皮、短时效应。在马小梅、马三毛、金妮——三个名字分别代表父辈的祝愿，自我的期许，和职业生涯的定位，同时也意味着主人公人生的自我觉醒之前，青春浪漫时代，和一切已经定型却并不自知的阶段——竞选剧团团长的时候，除了自身素质过硬之外，她的父亲马老团长功不可没。竞选激烈的日子里，老先生隔三差五就要请相关人物吃饭，每顿饭都要在酒桌上唱《收姜维》里那段长达一百二十多句的唱腔。一般听众三五年都不一定能够遇到他亲自演唱这一出，为了女儿，马老先生却像唱堂会一样，使出浑身解数，倾囊相赠般频频敬献独门绝唱。没有人知道，每次唱完回到家，他都会像长途奔袭的老马一样卧下来，就像死了一样，到天明都不会翻一下身。最后，马女士顺利接任了团长一职。她觉得自己有了底气，立即指挥部众，回家收拾细软，向丈夫提出离婚。换言之，一个人若想在获得某个职位的竞争中胜出，仅有过硬的自身素质是不够的，还需有极大的精力和体力的严重消耗作为配套。但真有偌大精力和体力，倾注于直到人生尽头的婚姻家庭，还是倾注于止于退休，并随即烟消云散的单位要职，哪一种做法对自己的人生更为有益，有谁拥有足够的智力，认真权衡过吗？

人间喜剧，无论在哪里上演，以何种唱腔，过去多少不同的时代，都是太阳底下无新事。方程教授判断准确，巴尔扎克的作品没有悲剧喜剧之分，只有恶人和善人，而恶人和善人的优劣，人性的善恶本质，基本上都能经由万恶之源的金钱展现。时至今日，痴迷于追名逐利，早已不被认为人品恶劣，恰恰相反，大家不仅喜闻乐见，更认为那是人生唯一正途。巴尔扎克笔下的驴皮，现在人人都有一件，今天的驴皮不叫贪婪，而假名忙碌，我们每为愚蠢的目的耗费一次心力，驴皮就会收紧一圈。而且，我们没有巴尔扎克的沙发，做不到安坐下来深入思考，进而认识自己人生的莫名悲惨。

所幸方程教授拥有浴缸。一个星期天的下午两点半左右，终于把巴尔扎克写死了的方程教授，躺进放满热水的浴缸，就像隔了整整一辈子，他隐隐体会到自己的神经和智慧就像温水泡豆芽一样缓慢地抬起，思维也逐渐苏醒，他再次回想起了和妻子一同在干净明亮的卫生间浴缸里的尽情嬉戏。有了这番思想准备，在文化馆副馆长邀约的用餐地点，当妻子出现在方程教授的眼前时，巴尔扎克及其幽灵被抛到九霄云外，他忽然觉得，他和妻子之间根本没有什么原则性的分歧，更谈不上仇恨和厌倦。世间多的是为虚妄原因分手的夫妻，但是方程教授与他的妻子，经历了漫长的分居或等待离婚，始终不曾彼此联系，却再一次一见钟情。

没有什么理性的分析，足以解释这种匪夷所思的不理智行为，只能将之视为玫瑰的胜利。罗曼蒂克被生活中的鸡毛蒜皮和冲天火气掩埋久矣，但作为一颗种子，只要春风再临，总能再度发芽。至于未来的耕耘和收获，终成眷属之后和娜拉出走之后的问题一样，目前尚无定论——也就没有任何限制，每个人都有可能写下自己的精彩答案。

读郭爽《新岛》：唯有活的，才是新的

《新岛》的主角是个哑巴。以普通人为参照，哑巴通常被认为残疾，但在《新岛》中，哑巴并不意味着残缺，相反，他似乎还拥有一般人无法企及的直感，能体会到自己是一个被深深祝福的人。无论从他的内心，还是从世人的观感判断，哑巴都是人群中一个特殊的存在，然而他的特殊并没有为他免除人世间的坎坷困顿。所谓人世，也许就是一座孤岛，而生活，是裹挟所有人的忙忙碌碌，寻找让自己安身立命的新岛，是我们每个人都不可推卸的责任。

身为哑巴，究竟是比人多了什么，还是少了什么，是一个有趣的问题。普通人如果承认哑巴比一般的人多了什么，大概会嫉恨得无法自处。身为哑巴，如果觉得比一般人少了什么，就不可能得到祝福。绝大多数作品中，眼盲、耳聋、声哑的都是匮乏者，像个空的容器，正好安放我们居高临下的同情。假设他们的世界黯淡，以为付出同情就算善良的我们，在《新岛》的哑巴面前，真是无地自容。这么一想，哑巴获得的祝福，更其值得玩味。

哑巴与众不同，源自他异于常人的直感。他不仅能体会猕猴的皮毛温热，还能体会静态的木麻黄树躯干内有汁液在奔腾汹涌。他熟悉木麻黄树，不是把它们当成一种孤立的个体，他还能体

会到树将婆娑枝叶伸向空气，与小岛互换能量，能体会到整座岛因为植物周而复始，喧腾热烈地歌唱，从来是快乐的，奔放的。而他本人，也会像那些木麻黄树朋友一样，要从脚底到头顶，活泼热切地完成他的歌唱与光合作用。

但那只是哑巴的内心世界，他身处的人世却充斥着司空见惯的混乱。

小说由两条主线交织而成。一条是哑巴依恋的妻子阿琼，要求他兑现求婚时的承诺，加入教会，哑巴却始终无法做到。一条是镇上接到通知，要把教堂原址上的村小学改建成博物馆，即使现在小学早已荒废，村民们对此还是无法接受。又用两段往事和两个梦，一一拆解，人世的善良温暖，和难以突破的局限，就在交织和拆解之间显现。

哑巴和阿琼这一对六十岁才喜结连理的恩爱夫妻，一个在父亲临终时，应承了要替父亲供养那根石柱；一个是所在的村落，几代人都守着曾是教堂的废墟，连小学生都知道那个院子不同寻常。所以这二人，谁都不想改变自己。岛子不大，岛上的村民，有人信妈祖，信佛，有的村信石柱，信祖宗，阿琼的村信教。无论信什么，都是为了安顿满是颠倒梦想的内心，但只要这个世界上有人信的和自己不一样，就会演变成纷争。连恩爱的哑巴和阿琼，都难免为了哑巴什么时候去受洗，哑巴的女儿们是否也得在阿琼的要求下皈依而僵持不下。

信仰是一门高深的学问。有人因为懂得而信服，更多的人则仅仅出于习惯，甚至不需要理解。后者，才是拥有信仰的人群中的大多数，哑巴和阿琼无疑也属于后者。

哑巴信石柱是传承自他的父亲。他的父亲之所以信奉，是因为哑巴的祖母曾告诉父亲，他小时候险些死了，是因为认石柱为契爷才活了下来。父亲说，人活着一口气，对神明说过的话要算话，不然命会被收回去。临终时，他最后的嘱托就是要儿子应承，继续供养石柱。哑巴一直希望能够知道石柱的来历，但即使不知道，如果太久不去致意，他心里也会不安。女儿曾问他既然厌恨那根石柱，为何有时还跑了去，他回答："习惯了。"

阿琼的渔村，世代讨海。村民们在意那个教堂，与其说因为他们虔信教义，不如说他们敬重那个被日本兵杀害的义人江能士。这位出生于苏格兰格拉斯哥的神父，三十四岁时来到中国，在这里办学、看病、收孤、传教，战争爆发后也没有撤离，而是与村民们一起经受日军的荼毒，直到他被杀害，他主理的圣母堂被焚毁。战后，在教堂旧址不远处，村民们在同一个院子里修起一座坐南朝北高两层的建筑，信众在此弥撒，后来做了小学。这个村子再穷再饿的时候，村里的女仔都是上学的。学校的名字就叫作佑华小学，大家为围墙和山门费了工夫与心力，形制虽算不上气派，材料和手工却扎扎实实。这建筑抵住了百年的风雨。

无论教堂，还是小学，对当地人而言，都似乎是一件事，因为创办者都因应了当地人的心愿，大家承了这份情，心里生出感激，又把这份感激传给自己的孩子们。如今，要拆了这个不同寻常的院子造博物馆，却是一件与当地人非但隔膜，还挑战他们几代人共有的习惯的事，难怪村里的耆英们说，这是给外人做门面，跟我们有什么关系？

习惯和信仰，哪一个都轻易变更不得，不知世间有多少人错把习惯当成信仰之后，又把顺应惯性当成了虔诚。凡事一旦上升为虔诚，就变成了不容置疑的律令，再温和的人都能因此生出些霸道。这就是普通人的善良，所谓进攻是最好的防守，他们霸道只是为了护卫自己心底的感念和恭敬，并非想要强人所难。这一点，从哑巴和阿琼的梦中即可得到印证——人世是个走不出的壁垒、重重的迷局，只有梦里能寻得心愿达成的安乐。

阿琼听了半天关于博物馆的争执，梦见了教堂被烧之前的样子，若教堂还在，那个地方自然不必再改建。她还梦到日本人渡海时航错方向，最后放弃了登陆，梦到哑巴的奶奶从来没有遇见过日本人，更没有被日本人杀死，于是哑巴的家人们心中，就不会有那时的愁苦，也不会长久以来一直亟须慰藉。她梦到哑巴的父亲没有认石柱做契爷，后来也没有入赘到梁家，梦见他很长命，活到现在，哑巴的弟弟被他管教，跟哑巴一样，只种地，不出海，所以也能活到现在。于是哑巴就不会信奉石柱，不必为一个吸毒的弟弟操心，这个弟弟也不会当海员，被外面的花花世界迷了眼。如果还能继续追溯，阿琼希望江神父后来回英国，他的后代也活在英国，希望所有人都还活着。如果所有人都还活着，每个人都能把自己的日子过好，教堂原址那一片草已经长得那么高的荒地，便是用来造博物馆又有何妨？如果大家的心里都没有不可触碰的伤，是否就无须纷争，人人都能自然而然变得慷慨而随和？

　　哑巴做梦，是因为结婚以后他一直拖延受洗，阿琼开始跟他闹了，他却始终放不下那"石头契爷"。他本就是哑巴，复杂的心事没有办法向阿琼说明。但在梦里，他看到石柱倒了。不是天公作威雷神劈倒的，不是哑巴发狠租了挖土机终于把它铲了，而是海水涨起来，一点点漫过石柱，石柱醒了，长长舒出口气，蛇一般滑进水里，头也不回地游走了。

　　这个梦里，不仅哑巴心里安怡，连石柱都是柔软而安怡的，非如此，那压在人心上的石头怎么可能放得下呢？

　　哑巴在自己老年的过渡期安稳生活，他有自己的土地，对自己劳作，妻子讨海的分工也很满意。但身边的人扰扰攘攘，总要将哑巴也一并绑架得去，钱作祟的时候，变幻，来去，钱如紧箍咒，让人日夜不得安宁，像讨海人的噩梦，漂流在太平洋深处，做人做鬼都不得归家。如今也有人，像那位来寻找古瓷上的外国字的吴老师，并非为了钱，但问他究竟为了什么，却又说不出个所以然来。好像是人人都上了某个轨道，只能身不由己地向前滑行。似乎这种不由分说的滑行，才是生活。

只有哑巴不同，他一直觉得在岛上，他不需要做任何事，只需细看自然的法则显形，就能像木麻黄树一样，怡然度日。他的前两次婚姻之所以失败，是因为她们对他是个什么样的人并没有了解的兴趣，还总有超出他本身的要求。他和阿琼相得，是因为阿琼他们村的人，一直恪守不远航的祖训，讨海只到唤作赤楠洲的小岛水域，即不再进探，就这样心平气和，守着一条不起眼的小船过日子，也都过得不比任何人差。

哑巴提不起劲跟着阿琼信教，是因为他深感自己什么都不缺，已无处安放陌生。但他一直感念阿琼，知道她拥有一个他所不知道的世界，那个世界和自己拥有的世界一样，可以让人安稳。哑巴放不下那个石柱，是因为对他的父亲而言，石柱代表着活命的恩义，而哑巴不想放下亲情，无论他喜不喜欢，石柱都寄托了他黄氏一门的血脉深情。

俗世如同迷障，将无数各自舒展的路径，幻化成纠缠的死结投影到人的心上，逼着人做非此即彼的选择，又幻化成各种绳索束缚人的思维，让人看不见全局也看不见核心。连习惯凭直感生活的哑巴都免不了心绪浮动，直到那天夜里，他独自来到空无一人的海滩，像是重新发现了岛，像是独自拥有了岛，他听着自己的心跳，听着岛的深处传来相同节拍的鼓声，终于在心里为石柱找到了新的位置。那是一个故事，比五百年前葡萄牙人带来了他们的皇室标记更古老，讲述着这里刚刚填海而成平地的时候，那时的人们对石柱并不在意。他还知道，这种故事，他可以不讲。

所有故事，都是时间揉搓而成，时间在山野迷宫里走失，山顶的黑色巨石提醒人不能知道的历史和力量，在哑巴的心里，已经消逝的时间重返眼前。在超自然的魔力中，他领会到一些从生下来就懂得，或者血液里遗传自先祖的事物，一些在他处徒劳无功寻找不到的东西，就像日头最灼人时，蒲公英的一头绒毛发出的耀眼白光。这光芒照入他的心底，他知道，各村之间相互诋毁，只是因为人们守着各自不同的故事，而故事，是被生活拖拽得离自己的心愿越来越远的人，留给自己的迷梦。

唯有静静站着，也能感受到岛正带着他飞翔的人，是有福的。唯有在一呼一吸间，能感受自己身体里的每一粒原子和构成岛的原子颗粒已进行过上亿次交换，自己与岛互为彼此的人，是有福的。亿万年前就已存在，亿万年后仍将存在的岛，唯有和一个与之互通的人交换心跳和呼吸时，才可能一次又一次焕新。

读须一瓜《去云那边》：出口在上方

一直喜欢须一瓜，之前看，她的作品中通常有一个罪案，《去云那边》里只有一组事件，带来的紧迫感倒也并不亚于罪案。也不奇怪，罪恶本来就先于案件而存在，人生在世，即使一辈子不惹官非，也免不了和各种罪与恶打交道，甚至可以说，人世就是一局罪恶布下的迷阵，《去云那边》道出了须一瓜的发现：这个迷局的出口，在上方。

《去云那边》由三个主要人物、三个拖尾漫长的事件交织而成。乍看之下，光头医生刘博遭遇的是恶，女人遭遇的是罪，只有爱看云的小男孩超然于一切之外，醉心于美。但是，恶是尚未命名的罪，罪是已有称谓的恶，本质相同，对生活的腐蚀不相上下，小孩子也难免受池鱼之灾。佛教中有一种说法，叫一天世界，《去云那边》讲述的事件也发生于一天之中。一天之内，从千头万绪一地鸡毛的生活中超脱出来，回望时就像再世为人，这可能吗？

作品中出现的第一个事件，是女人撞见一个无人的私通现场。唯其无人，一地狼藉更显得肆无忌惮。出轨，真是古老得让看客提不起精神，只有当事人亲历其事，才会呼吸困难、心跳如鼓、口干舌燥。看客提不起精神，是因为这样的事情，是非对错太过分明，无奈从古至今，这一宗罪在大地上从来没有消停过。攻防之际，常会有不知名的恶在暗中窥伺，当局者稍不留神就有可能变成恶意的奴隶，如何应对，考验的不是人的急智，而是人的慧根。

作品中出现的第二个事件，是一场医患矛盾。年轻护士为患儿打针，进针两次失败，小孩子哭叫，父母就不乐意了。这本是人之常情，但患儿父亲因为不乐意就飞起一腿踢向护士，这样的行为，却不可原谅。医生刘博情急之下，先一把推开了踢护士的混蛋，又提搀了趁机用巴掌扇护士的孩子母亲。这件事的是非曲直，原本不难辨别，但是紧接着却出现了吊诡的一幕。那位大家乱作一团时扑向患儿确保其安全的护士，擦干眼泪就表态说，她理解患儿家属的心情，她原谅患儿父母，弄得院领导比患儿家属还感动，要求那个叫刘博的男人也忍辱负重，向患儿家属道个歉。面对如此颠倒的要求，刘博转身就走，继续查房去了。查完房，年轻护士来道谢，却又低声说，我就是觉得大局为重比较好。刘博回答，之前你护着患儿很善良，但之后你装神弄鬼干什么？

对于装神弄鬼的指责，小护士泪光闪闪，不承认。可能年轻护士自我感觉是真的没有装，然而，她技艺不精，才是引发整场矛盾的根本原因，所有人中最应该道歉的就是她。一句大局为重，却把她这个始作俑者择在了外面，好像刘博才是患儿家属不依不饶的原因所在。这位护士若不是装的，其所作所为就是出于下意识，可见她骨子里是一个自私自利的人，所以才能在电光石火之间就为自己安排好最有利的局面，这样的人也许永远不能理解，所以也就不可能承认，她下意识地力求自保，就是刘博所说的装神弄鬼。明明从来不知大局为何物，却能张口即来，也是装神弄鬼。这一局，刘博要应对的敌人，不是歇斯底里的患儿家属，或漠视原则的院领导，恰是那些神神鬼鬼。

第三个事件是男女主人公的相遇，那是一场双方各有过错的交通事故。疲惫至极的刘博，还勉力参加了老同学的聚餐，他犯的错误是酒驾和超速。刚发现老公出轨的女人尚魂不守舍，犯的错误是转弯没有避让直行。车损事小，严重的是，有一颗开心果仁在那一撞之下，呛进了小男孩儿的气管。所幸刘博正是儿科大夫，及时处置，解除了孩子窒息的危险。但孩子是妈妈的命，要解除女人对刘博的信任危机，确信孩子安然无恙可不容易。男人不得不陪着女人，踏上漫长的儿童医院求证之旅。

这三个事件，表面看都不复杂，却都很难了断，更难善终，要求当事人不仅能明辨是非，还须敏于自省，更要抵御人心中幽微的千变万化的恶意，那几乎就是陷入战争。他们谁也没有想到，最后引领他们走出战场的，是那个爱看云的孩子。

行文未至一半，线索的展开，迷局的设置已完成，接下来的关键是什么样的突围、结束战斗的方式，才值得书写。

那一刻，女人满心谋划着如何捉奸，男人厌烦已极，完全不考虑他的那堆麻烦，一心只想补觉，小男孩却在这个节骨眼上要和男人展开关于云的讨论。这个看似旁逸而出的枝蔓，渐渐壮大，成为作品后半部分的重要内容，那才是作者最想带领看客去往的方向，在那些看似不经意的对话中，藏着突出重围、回归正轨、焕发新生的最佳方案——人生的答案是一本天书，去看云吧，看着看着，那答案就能看懂了。

男人为孩子介绍云的三大家族，描绘低云族、中云族、高云族在天上的高度和变种。女人为了表示领情，参与话题说："没想到成年人也会对虚妄的东西感兴趣啊。"虚妄和实在，的确需要辨别，女人真正需要考虑的，是她又想捉奸又想挽留的那个丈夫，对于她的人生而言，就不是虚妄的吗？男人对小男孩说："收集云彩，不是要抓住云，我们只要看它，爱它，记住它，这就够了，云知道的。"这样的话语，小男孩儿只要听过，记得，就自然可以在他未来的人生中受益。有一天，如果他领悟到这就是爱的真谛，即使依然不能避免遇见一个错误的人，甚或一场错误的婚姻，但是对于爱本身，却可以相信他一定不会错认，也不会遭受伤损。

在儿童医院候诊的时候，发生了一个突发情况，医生刘博及时发现并准确判断了病情，为一个过敏性急性喉头水肿的病儿做了环甲膜穿刺。女人看着这个过程，不再固执于对他的恶感，决定给车祸现场路见不平的那个人打个电话。电话里，当时又愿作证又愿提供法律援助的白领律师转变了态度，说认出刘博是个医生，劝说道："如果赔偿合理，你还是放他一马吧。总之，一个好医生，他也不知道会在哪里收获回报，甚至长得像他的人也跟着有福了，OK？"无意中又道出一个人生的真相：一个人的自我圆满，比任何战而胜之得来的斩获更珍贵。人生中不仅有一时一地的输赢，更有涵盖人生全部辽阔和深邃的善良。一个人的善良程度决定了他的能级，能级到了，受益的可能不仅仅是他本人；能级过低，被生活中成堆的麻烦掩埋，恐怕连探头看一看全局的机会都无法拥有。

劝服女人放弃了儿童医院没有尽头的等待，极度缺觉的刘博本想转身离去，女人百般威胁都不起作用，却被小男孩手舞足蹈的一声"爸爸，来"，和马蹄涡云的手势彻底软化，只觉胸口温热，几个沉重的深呼吸，都没有化解掉那个暖和感。除了善良，能提升人生能级的，还有孩童般天真烂漫的爱。小男孩有一个通常缺席的爸爸，所以他习惯把所有帮助他的人都叫爸爸，甚至还叫过一个十五岁的中学生爸爸，这是他的礼貌，其中蕴含的善意，足以直击人心。接下来的几个小时，刘博成了小男孩的临时监护人，女人才好去实施她的报复计划。

之后的行文中，那个虎头蛇尾的报复计划，很快沦为背景，另一个暗中紧锣密鼓进行的，将刘博定义为重婚男人的计划，几乎被忽略不计，因为天上，最盛大的云之盛宴已经开席。大地暮色渐起，天上的云彩却明丽如新日发轫。这一份与人类不般配的世外美丽，使天地都虚幻起来，而虹彩云是活体，它在呼吸，在舒展，它迤逦曼妙，令人呆怔，只有心事如铁的人，才不会被它点燃。人间的苦难，其根源在丑恶，正是不胜枚举的丑行恶行，将人拖入泥沼，埋进深渊。人们不自觉地注视着那些丑恶，希图找出其中的破绽，殊不知唯一的治愈之道并不在此，而在于美，与真与善同出一源，又高于真与善的美。真正的美，因其高贵的纯粹，和深刻的内涵，总让人觉得人间难以相容，只可能属于上天。其实，地上的人拥有美的方法，和拥有爱一样，"只要看它，爱它，记住它，这就够了"。在看、爱、记住的过程中，我们与上天的距离就会一点一点缩短，如铁的心事就会一点一点消融。这也就是我们常说的，自我提升。

　　　　天空蓝得有点发紫。在人们看不见的深空，一定有清泉水在一遍遍荡涤，只为那个时刻，那个丝缎般时刻的到来。也许它不是神祇过境、仙女西行，它只是让有的人，看到自己在天上的美的倒影；只是让有的人，看到自己真正的老家。

　　人与天，并非彻底隔绝，就像大地，也并不总是地狱的化身。但是天上的美不会向下飞翔，那个真正的老家，只有永远怀着上出之心的人，才可能到达。
　　当小男孩在自助餐厅外的平台上用力拥抱天上的各色云彩

时，大餐厅内的食客们，却无人发现玻璃窗外的旷世奇云。人世间，美食就是许多人最美的天。不习惯看天的人很多，一辈子不抬头看天的人也不少，人们低头在地面奔忙、饕餮、追逐、获得而心满意足。很少有人发现，那就是大家在烦恼和怨愤中泥沼深陷，不能自拔的原因。

向晚时分，美化身为云，像一种浩瀚的呼唤，普天而降。只有赶赴这个天人之约的人，才能够谛听云的呼唤。最后一刻，女人没有错过虹彩云的云约。这个信任有机食品的治愈力，知道怎么清洁土壤，并修复它们的女人，这个被家务琐事捆绑，双手粗糙，指缝发黑的女人，这个遭遇背叛，又被丈夫的无耻伤害的女人，终于在云天之下放声痛哭。但与此同时，男人发现，她看起来似乎正在滋长恢复自我、修复破绽的能力，正渐渐变得容光焕发。

小说通篇，几乎不提刘博将如何应付自己身上的那一大堆麻烦，而是在女人说，"我知道封闭体系里的熵增与死亡，我更知道，抓住了胃就抓住了男人是个愚蠢笑话。我也知道所有的爱情，都会被操持家务磨损……"时，让他给女人上课。"为了一个男人，把全世界关在门外，就等于把自己关在牢里。""地上的任何裙子，都没有天上的虹彩云美——你愿意让你儿子——看到哪一样？""所有的妈妈都是虹彩云，她下来给你种菜做饭，就变成雨水；她要做她自己，就又会飞上天变成虹彩云。"还有最重要的，"水云选择，不在婚姻，也不在男人，全由女人自己决定"。

不难想见，刘博也会以同样的思路，消解自己的困境。这个人，年近半百，又老又傲，十几个小时前还肝火旺盛地想着自己和这个世界越发难以相互妥协，经过一场虹彩云的洗礼，已经准备好，要去找一个该死的人道歉了——从云的视角俯瞰，院领导的敷衍塞责，小护士的装神弄鬼，离婚冷静期最后三小时被脑补的重婚罪，都不值得费心，与其以刚强与他们正面冲突，真不如道歉，如同一记降维打击，将所有意欲缠绕锁拿的枝蔓扫荡一净。因为刘博深谙一个道理，"只有最轻盈、最自由的云，才可能变成虹彩云"——地面上的难题，答案在天上。

时代

彭伦，出版人，文学编辑，国际版权经纪人。译作有《遗产》《凡人》《我与兰登书屋》《天才的编辑》《我信仰阅读——传奇出版人罗伯特·戈特利布回忆录》等。

叶沙，《相伴到黎明》节目主持人，1997年创办读书栏目《子夜书社》，至今仍在延续。出版作品有《相伴到黎明——叶沙谈话录》《细读红楼》等。

叶：《火车梦》被誉为微型史诗，果然言下无虚。微型，因为篇幅短小，只是中篇。史诗，像一幅写意画，寥寥数笔却画出了那个时代的特质。乍看之下，《火车梦》和奥地利作家罗伯特·泽塔勒的《大雪将至》很像，但《大雪将至》写的是主人公安德里亚斯·艾格尔的心灵史，那是一个背对世界的畸零人，默默忍受着世界强加于他的一切，仍能保持内心的质朴和完整。《火车梦》中固然有主人公罗伯特·格兰尼尔的个人成长史，更多的却是由格兰尼尔这样一个平常人折射历经变迁的一个时代，那是一个蒙昧与开化并存，传统与现代杂陈的时代。身在其中，人们听不到时代的咆哮之声，即使亲历沧海桑田的巨变，也意识不到变化是怎么开始的，自己又以什么样的方式参与或被裹挟。作为面目模糊的芸芸众生中的一员，格兰尼尔是主角却从无主角光环，他的故事只是作品中众多故事里的一个，因为作者意在描绘时代对人的拨弄刻画。普通人从不反思，并不明白发生在自己身上的一切从何而来，又意味着什么，但因为作者反思，我们才得以看明白人们诸多即时反应中的时代印迹。

彭： 我还没来得及读《大雪将至》，但看到不止一个人惊呼《大雪将至》与《火车梦》的神似。比如网友Posyparty在微博上说："看《火车梦》的时候我觉得我一定看过，确实看过，不止一次。快结束时我终于想起来《大雪将至》跟它是何其相似啊，从桥段和结构，都有一个寓言式的开场，一个回转式的结尾，至于细节的相似之处就更不必说了。前者最初问世是在2002年，后者2014年。前者不到一百页，后者不到二百页。丹尼斯·约翰逊总是那么颠颠倒倒，一会儿旁逸斜出一会儿叠床架屋，至于《大雪将至》，我看时总觉得太工整，难不成就是因为它借鉴太多所以少了几分探路过程必不可少的狂乱？虽说作家都各有师承吧，但这么明显的致敬还真是不多见。"

不过我读《火车梦》时，倒是想到了许多年前看美国电影《燃情岁月》（又名《秋日传奇》）的那种感觉。《燃情岁月》的故事发生在蒙大拿州，也就是《火车梦》故事中的爱达荷州的邻州，故事背景也是二十世纪初到六十年代。《燃情岁月》的故事虽然比《火车梦》复杂得多，但布拉德·皮特饰演的崔斯汀在山林中流浪的形象，却时常在我阅读《火车梦》时浮现在我眼前。

在英文中，"史诗"这个词"epic"有几重含义，既指颂扬传奇或者传统英雄冒险成就的长篇叙事诗，譬如《奥德赛》，或者讲述古代人和神故事的长诗，也指冒险、奋斗的一系列事件。仔细读《火车梦》这部只有一百页不到的小说，我发现它其实涵盖了"史诗"定义的多重含义。以格兰尼尔为代表的美国西部荒野工人和他们的生活早已远去。格兰尼尔这样一个极其不起眼的小人物，八十二年漫长的一生中却也有许多称得上惊心动魄的时刻。丹尼斯·约翰逊不动声色地讲述着这个沉默男人的故事，读者看不到他的内心世界，却常常被一个个根本料想不到的细节震动心弦。作者用简洁、优美的语言，把一个小说写成一篇叙事诗。

我认为格兰尼尔虽然没有主人公光环，但他仍然是整部小说的主人公，其他所有人、所有故事都与他有关。他是串起整本书的树干，而他人生中遭遇的各种人、狼、狗，乃至狼女，像是旁逸斜出的树枝，冷不丁让读者有意外的收获。有时这些树枝好像长得过于奇怪，跟树干没有什么关系——譬如一个铁路检测员被自己养的狗射伤；二十岁的年轻人汉克突然心脏病发去世；刚写到格兰尼尔花十美分观赏"世界上最胖的人"，又写道："他站在蒙大拿州特洛伊镇的第四大街上，在大桥往东二十六英里处，看着一节火车车厢载着一位古怪的年轻人，叫做埃尔维斯·普雷斯利的乡村音乐艺人。"但正是这些似乎杂乱的轶事，反而使故事更真实、更饱满、更有魔力。

不过我觉得这部小说还有一个主人公，那就是充满山川树木的大自然。在格兰尼尔痛失妻子和女儿时，在他中年时欲火焚身时，无声地复苏的自然，肃穆平静的自然，让他从伤痛和情欲中镇定下来。

格兰尼尔所生活的时代，其实发生了许多影响全世界的大事，但在小说中，瘟疫、战争、冷战……世界大事似乎都与这个深山老林中的"隐士"没有什么直接关系。时代的变化对他生活的影响以一种背景式的、无声无息的方式渐渐显现。小说第二章，格兰尼尔于1920年到华盛顿州西北部协助维修罗宾孙峡谷大桥后，又去山中伐木。那次伐木任务夺去了一个充满故事的同伴的生命。而他们砍这么多木材是因为欧洲的战争使得木材需求大增。虽然"一战"已经在十八个月前的1918年结束，但队长认为"停战协议只是战争重新开始前的间歇而已，而最终一方会把另一方杀得片甲不留"。战争就这样远远地，甚至是滞后地影响着格兰尼尔。如果不是这次伐木工作，那么当山林大火吞噬他的家园时，他就有可能拯救妻女的生命。我觉得作者没有特别大的兴趣去反思时代的变化，他只对写好故事感兴趣。从这个意义来说，《火车梦》不是一部历史小说，而是注重形式、语言和氛围的文学小说。丹尼斯·约翰逊想要做的，是让你在一两个小时的阅读时间里体会到穿插在格兰尼尔一生中的那些火车梦。

叶：哈，你要不提我净看人了。回想起来，大自然无声的变化和人世的沧桑一直是交织在一起的，有一个细节，我印象深刻。格兰尼尔有一个工友，叫阿恩·皮普尔斯，曾对格兰尼尔说，"只有当你不碰树的时候，树才会当你是朋友。只要刀刃咬住树木，你就卷入了一场战争"。他是负责爆破的，时常需要处理哑弹，大家都以为他最后一定会在某次爆炸中丧命。结果，却因为一根残枝脱落击中他的后脑，他被这种"寡妇枝"害死了，算是验证了他信奉一辈子的人生经验。不仅如此，这条重要经验，在格拉尼尔的一生中也同样有效，但在格兰尼尔之后的世代是否还能同样奏效，同样受到重视，就很难说了。

曾读到过一篇文章，说今天的年轻人几乎无法从父辈那里获得有用的人生经验，这个世界对于不同年龄的人而言都是全新的，我们同时被高科技裹挟，同时面临高速发展造成的眩晕感，也许年轻人的适应能力略胜一筹，但可能更其浮躁或焦虑。相比之下，格兰尼尔是幸运的，在他的时代人生经验还是一种财富，如今早已成了鸡肋。

摩耶河谷大火之后，满山的云杉不见了，取而代之的几乎全是短叶松，山谷再也不复原先的面貌。格兰尼尔发现耳畔的狼嚎声越来越远，郊狼增多，兔子变少，河里已不见鳟鱼。世界变了，跟不上这些变化的格兰尼尔才被视作"隐士"。

彭：的确，在小说中，时代的变化体现在许多细微之处。格兰尼尔年轻时跟随修建铁路的大军开拓西部，在崇山峻岭中修桥、伐木、挖隧道，都是为了修建铁路线。而到几十年后的六十年代，他看到修建钢架的年轻工人在高架桥上劳作，却是在修建高速公路。"望着这些人，他感觉自己好像已经活了快八十年，见证了这世间的沧海桑田，几番轮回。"在山中伐木时，工人们睡帐篷。作者不忘交代几句这些帐篷的来历："本来的帆布面最初是内战时期的步兵帐篷，来自北方联邦阵营。他甚至指出面料上有残留的血点。那些帐篷还有一部分留给了印第安战争中的美国骑兵使用，因此自然是比他们以往用过的任何遮蔽物都更经久耐用。"这些看似可以直接删去的闲笔，却一下子增加了历史的厚度和地理的广度——它们来自几十年前的历次战争，来自遥远的南方战场。

叶：小说开始于一个亚裔劳工的被抓和逃脱，那是格兰尼尔一生中第二次看到中国人，第一次是在他小时候，他目睹了一群亚裔劳工被驱逐到三十英里以外某处去集中居住。接下来的时代，以铁路、火车为其缩影，格兰尼尔的工作，是把已经存在的大桥改造成铁路桥。而他和他的工友们改造的，跨越高山峡谷的老桥，是亚裔劳工参与建造的。他小时候看到他们被驱逐，青年时代看到这个人被抓捕，其间大致相隔二十年，这二十年间发生的是"再没有人害怕他们了"。这就是亚裔劳工的退场，有人退场，舞台才能让给后来人。

彭：亚裔劳工在小说中的两次出现，对于中国读者来说可能有点意外。小说开始，格兰尼尔无意中参与了抓捕亚裔劳工的行动，并差点将他私刑处死。格兰尼尔觉得自己做了亏心事，后来遭遇家庭不幸，他便认为是受了这些人的诅咒，是一种报应。作者后来在讲述格兰尼尔幼年经历时，又写到一百多户亚裔家庭在他少年时生活的小镇被驱赶出去的场景。维基百科上说，历史上，华人在小说故事发生地爱达荷州，曾是占比第二高的族裔。1870年时，爱达荷领地人口中有四千多华人，占了总人口的30%。但由于一系列的排华暴乱和后来的排华法案，华人被排挤和驱逐后被迫前往其他国家或华人社区较大的城市。我觉得作者写到亚裔劳工受到的不公待遇，显示出他为小说写作做了扎实的研究工作，也是在提醒美国读者，亚裔劳工在美国西部开发中所做出的贡献和遭受的种族歧视。他们没有退场。他们更深地进入了美国历史和美国社会。

叶： 这倒是。但无论他们最终如何进入美国社会都始于被驱逐，比亚裔劳工更早遭到驱逐的是以库特奈人为代表的印第安人。曾经，世界由他们解释，那是一个有土狼人、熊人、狼女的世界，在众多"人"中，唯有他们是世界的主宰。现在，他们早已渐渐边缘化，并最终成为蒙昧的代名词。格兰尼尔登场之前，印第安人已经完成了从主宰，到敌人，到边缘人的蜕化，变得司空见惯又无足轻重。

彭： 和华人相似，爱达荷州本来就是许多印第安部落聚居的地方，爱达荷(Idaho)这个名称就来自印第安语。但我觉得在这部小说中，印第安人的边缘化也不是作者想要表达的。他想要捕捉那个时代中，格兰尼尔这样一个人物可能会遭遇到的各色人等和他们的故事。为此他得把爱达荷狭地这个地区的居民组成、历史变迁都交代清楚。他以库特内部落的印第安人鲍勃为横剖面，写到他之所以喝醉酒躺在铁轨上被火车辗轧，是因为他轻信了加拿大工友的话，大喝一种掺了柠檬汁的啤酒。"由于美国至今已有超过十年处于禁酒令的控制下，这些可以合法饮酒的加拿大人被视为酒精专家。"丹尼斯·约翰逊只用一句话就把造成这起意外惨案的历史背景交代得清清楚楚，让读者一下子感受到那种时代氛围。

叶： 现在格兰尼尔们登场了，我依然认为小说不是主人公的个人史，而是由一组小人物的小像连缀而成的变化中的时代画卷。第一个引起注意的是那个濒死的流动散工。一个小人物，开口的第一句话却有浓浓的戏剧意味："来看看一个被谋杀的人吧。"他最大的诉求不是控诉自己遭遇的不幸，而是忏悔自己背负的罪恶。忏悔，在《红字》的年代，和在《冷血》

的年代截然不同，此刻恰在两者之间。散工声称，谋害他的是一个叫"大耳朵阿尔"的人，这又是前一个时代留下的残影。那时候，一个凶徒会以某个特定的称谓行世，且十年里没有人赶超其恶名，不像后来，一个人作了再大的恶，也只能扬名一星期，更不像现在，无论什么事，都可能被另一件事瞬间覆盖、湮灭。散工的世界里，恶应该是一种遥远的存在，他的一生也许就只见识过两件罪恶：一件是他对别人做的，导致了一个少女的死亡；一件是别人对他做的，即将导致他本人的死亡。

见到散工时，格兰尼尔才十一二岁，已经辍学，接下来他将从生活中直接学习，以完成其基本教育，可以说撞见散工，是离开校园后格兰尼尔上的第一堂课，对他而言影响深远，他的青春都用体力劳动打发掉，而且从此"不喝酒，远离不良嗜好，一直是个老实人"。在格兰尼尔的时代，当一个老实人，就意味着远离所有的罪恶，无论外界的还是内心的。这就是为什么当他不假思索地加入那群企图杀害亚裔劳工的铁路员工的行动，而那个人逃脱之后，他会觉得"无论走到哪儿，中国佬都在他眼前晃"；当他意乱情迷，想去看佳丽的特别演出时，只能困在自家的小院狂躁不安地徘徊，却"没有勇气在这一天出现在城里——哪怕是去城里的路上被人瞧见也不行"。

彭：格兰尼尔十几岁在郊外钓鱼时遇到濒死散工这件事的确耐人寻味。一方面，这个散工威廉自称是正派人，但四年前干了坏事，性侵自己未成年的侄女而导致侄女被亲生父亲杀死。背负心理包袱的威廉也被歹徒"大耳朵阿尔"所害，打断了双腿，临死前向偶遇的少年格兰尼尔讲述了自己的罪恶，具

174

有忏悔的意味。另一方面，让威廉独自死去的格兰尼尔并没有把此事告诉任何人。"这是罗伯特·格兰尼尔早年犯下的诸多错误中最为怯懦自私的一个"。我们发现，这件事和参与私刑处死那个亚裔劳工之事，像两块巨石，一直压在格兰尼尔心头，悔恨之情"非但没有随着时光流逝而淡化，反而越发强烈"。这种悔恨也是格兰尼尔在失去妻女后，又在被焚毁的家园重建小屋，独自生活几十年直到去世的原因之一。

叶：普通人，老实人，是一种互为因果的关系。唯其普通，既没有特别的机遇，又没有过人的才干，别无选择只剩下了老实。唯其老实，想不到钻营，昧不了良心，做不成出格的事，别无选择只剩普通。所以老实人不会横空出世，总是像苔藓像浮萍，让人看不清单朵的样子，《火车梦》的可贵就在于格拉尼尔这朵浮萍不多也不少，就是单朵的模样，他努力却又无意识的样子让人心疼。

彭：格兰尼尔虽然是个身世孤苦的老实人，妻子遇难后甚至终身没有亲近女人，但在作者的笔下，他的人生并不乏有趣的"闪光点"，小说也不是像余华《活着》写的那样凄惨。《火车梦》中我很喜欢的一段是格兰尼尔在寻找妻女失败，回到火灾现场的河边，眼前开始出现幻觉时遇到一只红毛母狗。他收留了红狗，并去镇上买了一头山羊和四只母鸡。一人一狗靠吃这些肉食过冬。后来红狗带着一窝小狗回来，他始终认为最后留下的小狗是狼的后代，因而想要训练它，在远方的狼群嗥叫时教它嗥叫。然而小狗没有变成狼，格兰尼尔反而体会到与狼合唱的快感："从此以后，每逢听见黄昏的狼群在歌唱，格兰尼尔都会昂起头，用尽全身力气狂嗥，这样让他比较舒服。嗥叫驱散了他内心越积越多的沉重感，与不列颠哥伦比亚的狼群大合唱了一整晚，让他感觉通体温暖，周身轻快。"在那一刻，人、野兽与自然融为一体，你意识到这是丹尼斯·约翰逊用他的才情为你创造的美国遥远西部独一无二的意境。同时，格兰尼尔的嗥叫也为他后来能够遇到"狼女"埋下伏笔。

叶：几年以后，格拉迪斯的魂魄终于来拜访格兰尼尔，是作品中最动人的一幕。她在他的眼前重现了火灾中，她带着凯特奋力突围的情形。当整个摩耶河谷陷入火海，世界一片混乱，没有人说得清当时发生了一些什么。火灾刚过，格兰尼尔就回到了河谷，他盖起披屋，等待格拉迪斯入梦，却只等到一顶格拉迪斯的白色帽子，随风飘过。突然被剥夺了一切的格拉尼尔一颗心被揪紧，但攥紧的那只手却无影无形，无法摆脱。

时光，过往，看似抽象名词，实际上是一种物质性的存在。当死亡从我们身边把亲人夺走，消失的不仅是亲人的生命，同时被抽离的还有我们和亲人一起度过的所有时光中的物质，留下的真空如此巨大，没有东西足以填补，活着的人，必须忍受压差造成的痛苦，没有尽头。今天的人，逛美术馆需要戴耳机听介绍，出门游玩习惯先查资料做攻略然后按图索骥，恨不得出现在眼前的每一样东西都附上一个现成注脚，习惯性地把心分成两半，一半装欲念一半装现实，欲念占了上风现实就来泼冷水，现实占了上风欲念就来抹黑它，早已忘了纯粹和专注的滋味，也就很难体会格兰尼尔从妻子魂魄传来的信息中获得的安慰。对格兰尼尔而言，那不是梦，而是真真切切，妻子回来了，回来告诉他，他们的女儿凯特还活着。

普通人格兰尼尔，对出现在他眼前的一切照单全收，魂魄显灵是很自然的事，无须进一步解析。格拉迪斯回来了，像一次额外的重逢。更重要的是，凯特还活着，对于这一点，格兰尼尔同样没有丝毫怀疑，平凡如他，想不到追问也没有能力调查，重要的是凯特于他不再是悬念，而是一个答案。余生，格兰尼尔将仰仗这个答案过下去。所谓念念不忘必有回响，后来的狼女造访只有像格兰尼尔这样心思单纯又满心愿望的人才能遇见。

是遇见还是想见呢，是受伤的小狼还是变成狼女的凯特呢？发生在深夜又结束于将明未明之际的这场相见，读来令人唏嘘。我哭，是因为我既不相信狼女，也不相信来访者就是凯特，只读出了深重的思念和孤单。但是格兰尼尔并不难过，他一开始就对发生的事做好了判断——"她身上没有任何能证明这一点的迹象。他只是直觉如此。这就是他的女儿"。只有像格兰尼尔这样深恃笃信的人，才能从如此遭遇中获得安慰。狼女来，是因为父亲在这里，狼女离去，是回到狼女的世界，就像妻子得回归魂魄的世界，那些都不是普通人可以到达的，而格兰尼尔只能留在人世，对此，除了认命他别无他想。

彭：格兰尼尔对妻子格拉迪斯一往情深，因为他从小就缺少爱，渴望爱。自幼成为孤儿的他，虽在六岁那年乘坐火车投奔姑姑一家，感受到大家庭的温暖，但不幸的是他在十二岁时又失去了姑姑和姑父。在他八十二年的人生中，他最幸福的时光就是与格拉迪斯在一起的四年。所以他会相信格拉迪斯魂魄显灵，或者产生这种幻觉，得知女儿还活着，就给了他在草甸湾的河边独自生活下去的信念。因此在失去妻女的十年后，当他因为仰天长啸而引来狼群，遇到受伤的"狼女"，便认定那就是他失散的女儿凯特——至于她到底是不是凯特，便不重要了。从此，他发誓留在这个杳无人迹的地方，直到去世。作者并没有告诉我们，在他漫长的后半生是否再见过"狼女"。

《火车梦》好像有一种魔力，篇幅虽短，却能吸引人反复阅读。他总是用一个出乎意料的场景和故事让读者好奇，琢磨他的用意。这是一部精致、自然、充满诗意的完美小说。

叶：格兰尼尔的小传应该结束于他的辞世，然而那却不是全文的结束。格兰尼尔死于二十世纪六十年代，结尾处却又回到了1935 年，并明确指出一个时代在那年的某一刻终结了。因为个体的发展轨迹，和时代的更迭可能重叠更可能背离，人活着，也许可以见证不止一个时代的消亡。格兰尼尔去世前，那个地区，几乎所有人都认识他，十一月的某天夜里他走完人生的最后一程，直到第二年春天才被远来的背包客发现，认识他的人们早已将他遗忘。小人物的命运莫不如此，总是看着时代的坐骑呼啸而过，不知道自己成了散落路边的遗蜕，还继续浑浑噩噩地活着，再活上好久。

小说的结尾意味深长，可以说每一句话都是寓言，与之前的格兰尼尔小传形成镜像。结尾处，格兰尼尔要去买狗，在他生命的重要时刻陪在他身边的小红狗却是自己跑来的。他将要买的是雪橇狗，品种明确，之前的小红狗不知来处，诞下的小狗酷似小狼，却从来不叫，格兰尼尔曾对它说："你的天性被压抑了，别人嗥叫的时候你也该嗥叫。"说出的正是他这一代人不自知的境遇，他们能感受压抑，但想得到的解放方式只有做别人也做的事情，如果没有见过，他们就想不到尝试。他们的压抑不知有多少恰恰来自习惯性的模仿和被迫适应。

医生建议格兰尼尔去看汗血宝马的才艺展示，对这匹马，这位专业的兽医给了两个截然相反的介绍。一则，他让格兰尼尔不妨去"看个稀奇"，言下之意，这马难得一见。再则，是"不出半年，它不是被拿去喂狗，就是被熬成汤汁"。为什么会这样呢，医生没有解释。曾经，马在生活中是重要的，格兰尼尔的前半生一直在工地干活，马是他的工作伙伴；后来他转做短途运输，马车是他的劳动工具。他一辈子没有想过，一匹好马沦落到了马戏团意味着什么。谁又想过呢，各领风骚几十年，从桂冠宝座上跌落的一切，经历了怎样的辗转，最终去向了何方。

当天晚上，格兰尼尔坐在大剧院看马表演才艺，周围都是些和他一样在山区做苦工的人，"他们中的任何一个人都可以把一匹马训练到这种水平"。他们都和马打了一辈子交道，马是用来干活的，谁也不会让马训练才艺。他们坐在台下，与其说感到困惑，不如说打心眼里拒绝马的这种新用途，如果这也算一种用途的话。一匹好马可以做的事有很多，能展现驯马师本领的地方也很多，但绝不包括让马做加减法运算。但他们已经坐在台下，完成了对马，和对他们自己的双重背叛，他们不关心马的命运，也没有人关心他们的命运。大剧院里没有人知道，这一晚，他们听到的是一个时代关上大门的声音，没有人知道，走出剧院，他们已是再世为人。

一九三五年，茨威格已经被纳粹驱逐出了他在萨尔茨堡的家，昨日的世界着火了，敏感的人开始择路而逃，迟钝的人还在兀自幻想，普通人格兰尼尔们，坐在剧院里，委决不下对舞台上的演出该作何反应。

一九三五年的演出中，他们还看到了狼孩。以往，舞台上出现过"磁铁少年""胆小鬼男孩""愚蠢教授"，从名字到表演都不失小丑本色，看见小丑的时候格兰尼尔们知道应该，也的确想要"乐个没完"。但是"狼孩"，该怎么看呢？狼孩应该跟狼女是一国的，狼女意味着恐惧和魅惑，是一种能让人发疯的力量，所以得拿出全部的胆量倾尽全力小心应付。如果在旷野里遭遇狼孩，他们知道，打得过就拼，打不过就逃。但是现在，狼孩在灯光照耀下"在舞台上嬉戏打闹"，样子古怪，已超出了格兰尼尔们的经验范围。于是，"为了证明自己没被愚弄，大家还是准备大笑一场"。就像一种新用途的马代替了他们熟悉的马一样，这种新的笑在未来的岁月中也将取代他们熟悉的欢笑，格兰尼尔们努力着，没有人注意到这一刻是个开端。

变化并非一蹴而就，或者说，世界不是在一瞬间变坏的。"他们曾付钱给传教士们。"从神秘莫测的狼女到舞台上的狼孩的变化，在传教士们的身上也发生过。千里迢迢赶来升华人们心灵的传教士，怎么会醉得满地打滚，甚至和印第安女人通奸的，格兰尼尔们不记得了，但是见到狼孩的一瞬间，这是个"公开展出的冒牌怪物"，格兰尼尔们依稀知道。所以，"一时间，人们都不作声了"。但是这个瞬间很短，先是黑暗中有人发出了类似鹅叫的声音，然后"大家便放任自己对着狼孩捧腹大笑起来"。从准备好了要笑，到终于捧腹大笑，紧张消除，关于格兰尼尔的真实的故事到此结束，格兰尼尔们的时代也在这一刻完结。

然而假作真时真亦假，无为有处有还无，底下还有一段，把全文推向高潮——狼孩发出了一声长啸——"仿佛风从四面八方袭来，低沉不已，令人惊骇。它从地板下的陆地轰隆隆地逼近，然后凝聚为一声震耳欲聋的咆哮，穿过鼻腔，直抵每一位听者的心房。这声音越来越高亢嘹亮，越来越庄严优美，它是所有人造声最原初的完美理想——雾角声，船角声，火车头寂寞的汽笛声，歌剧咏叹声，长笛乐声，风笛缠绵不绝的悲吟声。"作者再一次，用写意的笔法描述时代，以及人与时代的关系。那啸声中不仅有席卷而过的轰鸣，更有速度。变化开始时我们茫然不觉，尘埃落定后才感慨白驹过隙，人生无常。自始至终，我们不知道岁月是如何流逝的，更何况那些湮没了芸芸众生的岁月。其实每分每秒的流逝都有声响，有耳能听的人怎会不悚然心惊，普通人却始终听而不闻。每一个时代更替都如此相似，身在其中，我们像格兰尼尔一样，做着一些什么，却不知道"这究竟算拯救了自己，还是一件憾事"。个人只看得见个体的孤立的局部的时空、事件，一切的背后，时代的印记却无处不在。当一个时代一去不复返，就像结尾处那一声长啸归于寂静，我们不禁自问，刚才是什么震撼了我们的心神？格兰尼尔们坐在剧院里的时候，汽车和飞机的时代已经拉开帷幕，火车不再神奇不再承载梦想，一代人连带他们或可叹或可笑的演出，结束了。

那个在狂风中奋力前行的人美得像一朵幽兰

因为一位别具慧眼的图书编辑彭伦的缘故，十多年前，中国的读者开始了解一个叫科尔姆·托宾的爱尔兰作家。也许直到今天，了解他的人还不够多。原因是科尔姆·托宾离一般意义的世界著名作家，仍稍有距离。在网上查科尔姆·托宾的简历，第一句话赫然写着，托宾是布克奖的常客。言下之意，他虽然三次入围，却一次都没有得奖。还有人说托宾是诺贝尔文学奖的热门人选，但是当然他也还没有得奖。我在读国内最早出版的科尔姆·托宾短篇小说集《母与子》和《空荡荡的家》的时候，就已确定自己对他的喜爱，但真正成为托宾作品的追随者，是始于他2004年的长篇《大师》，那是一部关于亨利·詹姆斯的传记。2023年，我读到了托宾的最新长篇小说《魔术师》。这部作品，甫一出版就获得了英国弗里欧文学奖，入选纽约时报2021年十大历史小说，并被评为《华盛顿邮报》《时尚华尔街日报》《彭博商业周刊》年度图书。但对我而言，这些介绍都不重要，我只需要知道《魔术师》能"为我们还原一个托马斯·曼"就足够了。

托宾的文字总是充满音乐性。可能因为托马斯·曼本人热爱音乐，他的作品与音乐也有很深的关联。阅读《魔术师》的时候我一直有一种感觉，整个阅读的过程，就像是在聆听作品中提到的贝多芬Op.132四重奏，其中有些段落，则像一曲大提琴独奏。回想起来，当初读《大师》的时候也能体会到文字的音乐性，但是，《大师》中的亨利·詹姆斯，其音质是长笛。

可以说《魔术师》就是音乐和文字所变幻的魔术。作品中的托马斯·曼希望自己可以这样写作：从超越自身之处寻找一种语调或一种文本，它扎根在光明辉耀之处，是可见的。但它盘旋在事实世界的上空，并进入一个精神与物质能够融合、分离，再融合的地方。托马斯·曼做到了。科尔姆·托宾也做到了。但《魔术师》最精彩的地方，不在音符、颤音，也不在词语、句子，而在一种贯穿全篇的蕴含力量的沉默，让一切变得不言而喻，那是托宾自己的魔术技法。

语言的王国和边界

1933年开始他的流亡生活之前，托马斯·曼觉得自己生活在三个德国。第一个是他的长子长女居住的新德国，它混乱无序，尊严扫地，只想打破和平。第二个德国也是新的。在这个国家里，有大量在冬夜读小说和诗歌的中年人，他们会拥入演讲厅和剧院，去听他的讲座，听他读作品。第三个德国是他母亲居住的波林村，那里一切都没有变，年轻人上过战场，许多人丧命、受伤。但战争一结束，生活就继续下去，仿佛没有发生什么大事。托马斯·曼离开他的孩子们来到波林村，就像从一个满地狼藉的混乱场所，来到一个安稳而永恒的德国。然而，并没有什么是安稳和永恒的。离开德国之前，那样的地方已不存在，离开德国之后，他在全世界范围内都没能找到。

托马斯·曼出生于吕贝克的巨贾之家，他的父亲没有让他继承家业。父亲去世之后，母亲携家人移居慕尼黑，还为托马斯安排了火灾保险公司的职位。但是，很快托马斯就根据自己的意愿，放弃工作，将精力投注于文学创作，并在不足三十岁的年纪，完成了他的第一部长篇小说《布登勃洛克一家》。小说出版获得巨大成功，不仅奠定了托马斯·曼在德国的文学地位，还开启了新的曼氏家族文学之家的辉煌。连更早表露自己的文学追求，更早成为作家的哥哥海因里希，也向弟弟表示赞许："你已经名扬天下，对此我不感到诧异。"

文学之路铺展，托马斯走入了他的理想王国。初到慕尼黑时，他曾羡慕地看着如同来自另一个世界的艺术家或作家在咖啡馆里深入交谈，现在，他发现自己已经是其中备受瞩目的一员。在歌剧院，他又一次见到了少年时期在杂志上见过照片的普林斯海姆一家，那是他希望自己也能成为的一种人。不久，他成了普林斯海姆家的座上宾，再不久，他还娶了卡提娅·普林斯海姆为妻。

他从未打算逃离自己的国家。他没有看到预兆，他误解了德国，这个本该刻在他灵魂上的地方。他没有想到，有朝一日，世道竟然会坏到只要他一踏进慕尼黑，就会被从家里拖走，带到一个再也出不去的地方。漫长的流亡生涯骤然开启，第一次他必须逃离自己的祖国，第二次是逃离欧洲。曾经畅通无阻的文学之路，突然变得举步维艰，语言艺术的魔术师，不得不应对一道又一道禁卫森严的壁垒。

1939年战争爆发前的几个星期，托马斯·曼正在荷兰和瑞典做讲座并接受采访。局势急转直下，为了逃离，他不得不先飞往伦敦，再设法辗转南安普顿，登上开往华盛顿的船。在伦敦海关，海关的官员们仔细检查他的笔记本和纸页上的笔记，尽管他声明他是一个作家，那是他正在写的一部小说，他们还是一再地盘问，你上一次离开德国是什么时间？你现在要去哪里？还指着托马斯所画歌德房子里的餐厅草图问，你怎么知道坐在他桌边的都有谁？他们疑虑重重，仅仅因为托马斯使用的是德语。

当官员们终于挥手让托马斯和家人离开时，笑着对他们说，你们这一路都是好天气。托宾的描写至此戛然而止，仿佛之前的百般盘查只是幻觉，让我不禁自问，莫非阅读时感受到的内心屈辱，是我的反应过度？

战争刚结束的时候，托马斯·曼的长子克劳斯重返故地，为部队报刊做采访和报道。他给父亲寄来他的文章剪报，上面写着："在昔日的祖国，我自觉是一个陌生客，一道鸿沟分开了我与那些曾是我同胞的人。无论我去到德国哪里，忧郁的调子和怀旧的主旋律始终伴随着我——你再也回不了家了。"在给父母的信中，他写道："德国人不明白，他们现在的苦难，正是他们作为一个共同体对全世界所作所为的不可避免的直接后果。"

克劳斯一直是一个敏于行动的人，中国的读者应该对他的小说《靡菲斯特升官记》，和由此改编的电影《靡菲斯特》并不陌生。虽然他的文学成就不如父亲，却也留下了十六部戏剧和小说。1934年，因为发表反纳粹言论，他失去了德国国籍，给他带来许多困扰。流亡美国后，早在珍珠港遇袭之前，他就有心加入美军，深入前线投身反法西斯战斗，最终他如愿以偿。毋庸置疑，在克劳斯的心中，始终存在着一个他深爱的德国，他也期待自己能用手中的笔，划开笼罩在德国人心头蒙昧的乌云，但是他的母亲卡提娅却为他悬心：这个世界上，没有人需要一个不停讲真话的德国人。

1949年，克劳斯在法国结束了自己年轻的生命。外界能看到的，只是他无以为继的混乱生活，和长期的吸毒，但卡提娅指出的才是问题的核心。

托马斯·曼的哥哥海因里希及其妻子内莉，和托马斯的儿子戈洛，几乎是整个家族中最后逃离欧洲抵达美国的人。托马斯和卡提娅到码头去接他们，海因里希对托马斯说的第一句话是，我想救米米和戈斯基。那是他的前妻和他们的女儿。戈洛则认为父亲应该敦促美国参战，他问父亲，是否已经表明了立场，看到父亲揶揄的表情，戈洛问："你又沉默了？"

又，指的是在托马斯获得诺贝尔文学奖的第二年，1930年，纳粹赢得了六百五十万选票。几个月后，托马斯去柏林的贝多芬音乐厅做一场题为《呼吁理性》的讲座，当他说到纳粹是泥足巨人时，遭到了观众席中一个男子要求发言的打断，然后他发现，大厅里到处都是反对者，他们来此就是为了不让他做讲座。出于种种考虑，自此以后，他再没有做任何触犯当局的事，流亡法国和瑞士期间，也谨慎地没有接受过任何采访。

托马斯·曼遭到德国政府的驱逐，因为他是当今世界最重要的反法西斯作家和发言人，美国当局愿意接纳他，也是因为同样的理由，但他加入美国国籍的事被一再拖延，却是因为在尚未对德宣战的美国，他这个当今世界最具影响力的德国人的想法，并不那么符合美国政府和总统的意愿。面对来自白宫的明确授意"可以谈任何你想谈的事，但希望你在美国参战这件事上保持沉默"，托马斯无言以对。人人都看得见的沉默为他招致谴责。一开始谴责他的，是那些对他寄予希望的陌生人。现在，谴责他的是他的子女和他的哥哥。托马斯沉默中的诸多隐忍，大概只有在托宾的笔下才得以显现。

面对儿子的问题，托马斯差一点儿回答，我不想因为批评美国政府而影响到你、海因里希和内莉的求生之路。何况他的口袋里还有一份作家名单，他们都还在欧洲，亟须救助。但他说出口的却是："我在等待时机。"

歌德无法到达的地方

书房一直是托马斯·曼最在意的地方，和卡提娅订婚之后，他的岳父没有问他们的意见就装修了他们的公寓，还亲自设计了他的书橱，让托马斯大吃了一惊。在他的心目中，书房属于私人领地。几年以后，他们在慕尼黑建造新居时，托马斯只对书房提出愿望，要有阳台，能有两间房更好，要吕贝克的书橱，若能有一扇从书房通向花园的门，方便他失踪就更好了。之后的许多年里，在萨纳瑞，在卢加诺，在屈斯纳赫特，在普林斯顿，在太平洋帕利塞德，在基尔希贝格，每到一处，总会有吕贝克时期的书和老物件被安放在托马斯的新书房中。书房不仅是托马斯工作的地方，更是一种象征，代表了一种博学之、审问之、慎思之、明辨之、笃行之的文化属性。坐在书房，他阅读，书写，在音乐中追寻德国之外的人也许永远无法理解的德国精神。

最早，他醉心于文学，不关心政治，凭着一腔天然的爱国热情，写下《非政治人物的反思》，认为德国好战是出于道德感，赢得胜利，德国将比以前更自由更进步，德国战败，欧洲将永无宁日，只有德国胜利才能确保欧洲和平。书尚未出版，战争失败了。半年前还弥漫着爱国主义民族热情的人们，现在只谈论伤亡。托马斯开始思考现在的德国是否还有骄傲的资本。慕尼黑革命期间，岳父的话引起他的警觉："宣传人人平等，这意味着他们讨厌所有和他们不一样的人。"很多人遭到逮捕，很多像他岳父家的房子遭到了抢劫。托马斯越来越相信人性的理念，想弄明白这一理念在德国战败后的真实世界中有何意义。

阿道夫·希特勒的新闻引起托马斯的注意时，他已将德国的战败视为某种终结。他曾津津乐道于德国灵魂的特殊性，如今，他觉得有义务把这些词句从他的词典和脑海中驱逐出去。他花在小说上的时间越多，就越加确定他应该讽刺和反讽自身的传统。1929年诺贝尔文学奖的颁发，使他进一步成为纳粹的目标。战后他所代表的文化——中产阶级式的海纳百川、不偏不倚、平和沉稳，正是他们最想摧毁的。他的文风——深思、持重、文雅，正是他们风格的对立面。随着国家工人党的进一步得势，他越发坚定了批判纳粹的理念。

客居美国的时候，理论上，只要把语言和思维带上，他就能在任何地方写作。但是他深深体会到，书房之外是一个外国，美国不属于他，也不属于卡提娅。他们已经年纪太大，无法顺应改变，无法接受新事物，也不能欣赏这个新国家的品格。他们生活在逝去的时间中。他感到自己的人生与歌德的人生融合了起来，这一想法必是早已潜入心底，他想象着他的作品能为读者带去慰藉。

战争结束，世界远没有变得更好。战后，托马斯·曼应邀回德国巡回演讲，时隔多年他终于重返慕尼黑。他一直想着他熟知的那个慕尼黑，那是年轻艺术家和作家的城市，咖啡馆中激烈的辩论通宵达旦。那是卡提娅父母的城市，他们是开明人士，对离经叛道和高雅文化全都接受。在那个旧世界中，不管是在小杂志上发表了诗歌的诗人，还是在街头被人认出的制作了木雕的艺术家，都能获得声名。然而现实中，托马斯看着宴会大厅里那些养尊处优、愉快而惬意的中年人，只能看到金钱在这个大厅里是坚挺的。猛然意识到自己身在何处时，他发现，这已不是那个有着纤敏的灵魂和高雅的社会肌理的慕尼黑，而是巴伐利亚乡村的粗俗进了城。宾客们是如此怡然自得，片刻后已无人再注意他这位贵宾。看着他们发出哄然大笑，举手投足间的倨傲，彼此间下里巴人的交流，他知道，他们和他们这样的人会成为主流。他是可以畅所欲言地谈论歌德，但眼前的才是德国的未来。

在拜洛伊特的巴伐利亚霍夫酒店，经理对他这个客人敬如上宾，低声下气。在他离开的时候，还请求他在黄金贵宾册上签名。然而，托马斯发现，虽然经理说，他们为他留了十六页空白，每一页代表他流亡的一年，但在空白之前，还有其他人的签名，每个人都占了一页，他看到了希姆莱的签名，然后是戈林，还有戈培尔。

德国已经变成了歌德无法到达的地方，魏玛，这座昔日的歌德之城，已经被布痕瓦尔德荼毒殆尽。那个迷人的昨日世界早已消隐，取而代之的是今天在这一片土地上生活的人们创造的新世界，那是一个让人无语的世界。如果有机会用一个词来总结人类精神，托马斯想，他会用喜剧的方式来表达，人类是不可信任的，只要风向一转，他们的故事就会跟着转。他们的人生是一种持续的，渐衰的，滑稽的，让自身看似可信的努力。他觉得人类纯粹的创造力就在其中，一切悲哀也在其中。而他的存在，就是为了改变这一切。

魔术的揭秘和无言的牵绊

小说之所以题为《魔术师》，一则因为那是孩子们为托马斯·曼起的绰号，身为小说家，他与子女的关系并不亲密，在餐桌上为孩子们变小魔术，是他们难得的欢乐时光。最初只是笑话或餐桌上的玩笑，但他们的女儿埃丽卡要求所有客人都用这个新名字称呼她的父亲，这个名号就流传开了。二则，是赞誉托马斯·曼是一位技艺高超的语言艺术家。小说为我们展现了托马斯·曼诸多重要作品的灵感来源，如《布登勃洛克一家》《死于威尼斯》《魔山》《浮士德博士》等等。生活中只是发生了些许经历，涌起了些许心绪，诉诸笔端，竟能幻化成我们所熟悉的那些著名的篇章，于托马斯而言，不啻魔术表演。于托宾而言，他所表演的则是揭秘的魔术。除了用词语和句子创造的魔术，作品还展现了许多生活中的缄默创造的魔术，更其高妙。

古斯塔夫·马勒去世后不久，托马斯·曼初到威尼斯，看见这个城市的剪影的一瞬间，他就知道这次他会写它。同一瞬间，他想到如果能在小说中让马勒复活，他将得到极大的安慰。在丽多岛上，托马斯见到了一个一头及肩金色卷发的男孩儿，让托马斯心动的不只他的美貌，还有他镇定自若的样子，安静时也不显得郁闷，和家人在一起又保持距离。托马斯始终没有跟这个孩子说过话，更不知其名，只是远远地看着他。有时会在沙滩上一边阅读一边等待，希望他会出现。

在托马斯的构思中，马勒将是一个孤身男子，而不是一个丈夫和父亲。刚开始，托马斯还没有把这个想法与他自身在海滩上、酒店餐厅里的经历联系起来。他想，他将要写的角色，无论是马勒、海因里希还是他自己，来到威尼斯，遇见了美，他腾起欲望，抖擞精神。他曾考虑把欲望的对象设为一个小女孩儿。但又立刻想到，这种写法太常见，没有戏剧性，特别是如果他写的是一个大姑娘。不，他想，那将是一个男孩儿。在小说中，这种欲望来自性欲，但当然，那也是遥不可及的。年长者的注视正因为一切都不会发生，而变得越发炽热，正因为这种相遇转瞬即逝，没有结果，它才会更有力地改变主人公的人生。它不能被社会接受，不能被家庭接受，也不能被世界接受。它会打开灵魂曾自以为坚不可摧的大门。

这天，托马斯在阅读中昏昏睡去，醒来又睡去。然后他听到卡提娅说："他回来了。"声音很轻，似乎不想让海因里希听到。然后托马斯看到，那男孩儿从水里出来，卷发滴着水，他越是看得仔细，看得长久，卡提娅就越是读书读得起劲。他心里明白，即使他俩独处，也不会讨论此事，因为没有什么可说的。这样的默契，伴随托马斯和卡提娅携手走过了一生，有时候，牵绊与束缚只在毫厘之间，曼氏夫妇悄无声息地做到了彼此信赖，彼此扶持。

当托马斯和卡提娅、海因里希准备离开时，他们得知威尼斯可能有霍乱，而托马斯的小说已经有了大纲。

1914年，战争迫在眉睫，连他们的建筑商都将在下周穿上军服，这天傍晚，托马斯早早进了书房，取下几本从吕贝克时就有的诗集，歌德、海涅、赫尔德林、普拉滕、诺瓦利斯。要毁灭这些并不难，他觉得，德国尽管拥有强大的军事力量，但却是脆弱的。它的存在是因为它的语言，也就是这些诗歌所使用的语言。在其音乐和诗歌中，蕴藏着精神的珍宝。它一直探索生活中的黑暗、艰难和痛苦，但如今，它被与它毫无共性的国家所包围、孤立，变得岌岌可危。

托马斯希望这场战争德国能够获胜，从而扫除欧洲的腐败。海因里希则因为反战立场而在文学界声名鹊起。随着战事的演进和伤亡的增加，兄弟二人在政治上公开对立，彼此间矛盾日益加剧。即使海因里希第一个女儿出生，托马斯都没有去联系他的哥哥。海因里希在年轻人和左翼活动家中的追随者越来越多，在家里，卡提娅政治上的见解也与他不同，托马斯开始变得沉默。

一天，卡提娅走进托马斯的书房，对他说道："现在我要你写一张便条，我可以告诉你怎么写，你也可以自己写，你要把便条和花束一起送给你住院的哥哥。他已经脱离危险，但他得了腹膜炎。他们本来以为他可能会死。米米现在还六神无主，花束和便条将会是一个很大的惊喜。"托马斯回答："我有笔，我会写便条的，但不是道歉信。"就这样，旷日持久的紧张消除于无形之中。

珍珠港事件之后，在托马斯·曼的帮助下，海因里希和他当时的妻子内莉终于顺利抵达美国。但过后不久，儿子戈洛告诉父亲，海因里希的处境很不好，已经两个月没付房租。托马斯和卡提娅都明白，解决海因里希的经济问题，唯一的方法是定期补贴他钱，那将是一笔很大的开支。为了达成这一目的，托马斯谎称，因为这段音乐对他和妻子都有特殊意义，要求儿子米夏埃尔尽快和他的朋友们在家里演奏贝多芬的Op.132四重奏。然后他们以此为由，邀请海因里希夫妇到家中做客。

海因里希果然来了，却似乎并不在意自己的贫困处境，一心只想着依然身陷捷克斯洛伐克的米米和戈斯基，甚至希望托马斯直接向总统提出要求："他们在布拉格，如果德国人动手，他们会被捕。我们在蓝天下修剪整齐的草坪上散步，我们建造新房，我们生活在富足之地，但我抛弃了她们。她们在夜里喊着我，我都无法把我的焦虑之情告诉内莉。"托马斯意识到这番话是针对他的。他心想，自己也许应该强调，他已经尽力去寻找她们的下落，也答应动用他的影响力把她们接到美国。但事实上，现在已经不可能把沦陷在中欧的任何人拯救出来，办好美国签证。这些话，托马斯没有说出口，只简单告诉哥哥，他办不到。海因里希也没有说话，但无声地表明，他认为这是一种背叛。兄弟之间的隔阂似乎无法消弭。

战后，托马斯·曼接受瑞典人的招待，到斯德哥尔摩举办歌德讲座。然而，讲座尚未开始，消息传来，儿子克劳斯在尼斯死于服药过量。卡提娅听到消息，几近崩溃。得到消息的孩子们从各地纷纷来电，卡提娅茫然以对。几天过去了，大家都不知道该怎么办。一天晚上，卡提娅来到托马斯的房间："有人把海因里希的电话接到了我的房间，他刚得到消息，打电话来，但他不知原因，所以我告诉了他。他告诉我，他觉得死亡是柔和的。他说，死去的人安息了。电话打了一会儿，但我们都没怎么说话。

我们不需要说话。然后我们说了再见。我听到他挂电话时哭了。"

曼氏兄弟，道不同，却并没有彻底不相为谋，尽管也很难共谋，唯有在无言中交换善意。人与人的不同往往鲜明，无论父子还是兄弟，都可能有不满、不解长时间横亘于彼此之间，有些矛盾深植于时代的局限，个人无法化解，但只要彼此之间还存在无言的呵护和安慰，家人之间就有着最深的牵绊。

音乐的魔术和失败的魔术

托马斯·曼曾不止一次表达："我在哪里，哪里就是德国。"但是，自从1933年他离开慕尼黑，无论是他之前就体会到的三个德国，还是纳粹崛起后点燃"二战"的那个他并不熟悉的新德国，他都无法融入。失去德国国籍后，他在捷克斯洛伐克只获得了临时国籍，他1938年迁居美国，直到1944年才获得美国国籍。五十年代，麦卡锡主义在美国肆虐，德国则在"二战"之后分裂成东西两个。就像当年克劳斯·曼说过的，托马斯也发现自己无枝可依。1952年，他返回瑞士，定居。

1941年，在太平洋帕利塞德的家中，米夏埃尔和他的音乐家朋友们共同演奏Op.132的时候，在音乐声中，托马斯·曼回到了德国那个他不曾亲历的时空。音乐响起时，托马斯就被抓住心弦。乐音大胆安静地释放某种痛苦，接着表达抗争的调子，暗示这种抗争将带来痛苦和快乐，极大的快乐。离愁也是这样，怀想逝去的时光，悲凉之余，也有封印在泛黄照片里的甜蜜，悄然苏醒。随着音乐继续，他发现第一小提琴手和大提琴手少了几分美国人的样子，友好而阳刚的坦率气质，这些之前显而易见的特点被脆弱和敏感所取代，他们仿佛是几十年前的德国人或匈牙利人。托马斯知道这只是他的想象，是被四把乐器合奏的力量制造出来的，但关于过去时代鬼魂的想法挥之不去，曾经走在欧洲城市街道上的鬼魂拿着乐器前来排练，出现在这栋面朝太平洋的南加利福尼亚的新房里。那是他随母亲度假时，在酒店里演奏，初遇卡提娅时，在歌剧院的舞台上演奏，在慕尼黑音乐厅观看彩排时，在古斯塔夫·马勒的率领下演奏的乐手们。

音乐开始上扬，每个音符里都埋藏着痛苦。但几分钟后，有了一种更强烈的感觉，一种不屈的美。它似乎对自身的力量感到惊异，它升腾起来，令托马斯停止思考，停止寻找其中的意义，只是倾听，让心灵吸纳此刻的演奏。他一直引以为豪的文化，却包含着毁灭自身的种子，音乐能令他获得灵感，也能帮助滋养原始的愚昧，激发残暴的情绪。而美，也许是唯一的拯救。

当四位演奏者即将把四重奏的调子从悲哀的幻想转得接近歌曲的时候，托马斯想，在他自己的书中，有那么几次，他超越了作品所扎根的普通世界。比如《布登勃洛克一家》中汉诺的死，或《死于威尼斯》中欲望的质量，或《魔山》中的招魂术。也许这些在其他的作品中也有，但他觉得没有——托宾通过托马斯之口对托马斯·曼作出极高的评价，又以这样的审思，让我们看到了一个自我怀疑和自我肯定并存的托马斯·曼。

他可以想象文雅，但在邪恶滋长的时代，这几乎不算美德。他可以想象人性，但在颂扬群体意志的时代，这毫无作用。他可以想象脆弱的智慧，但在遵从野蛮力量的时代，这了无意义。当缓慢的乐章沉重地结束时，他意识到，如果他能鼓起勇气，他就要在书中接纳邪恶，他就要敞开大门，面对外面他理解不了的黑暗。

此前盘桓在他心中，以浮士德为主题的长篇小说，渐渐变得清晰。有两个他没能成为的人，如果他能恰当地勾勒出他们的灵魂，也许能用他们来写一部书。一个没有他的才能、抱负，但有他的敏锐。这人在德国民主的氛围中如鱼得水，喜好室内乐、抒情诗、安宁的家居生活、缓慢的改革，具有良知，即便德国变得野蛮，也会留在德国，流放自己的心灵，过担惊受怕的生活。这将是塞雷努斯·蔡特布罗姆。德国将会被毁灭和重建，蔡特布罗姆害怕德国会战败，更害怕德国会胜利。他反对德国武器的胜利，因为让希特勒崛起的东西驱逐了他每一分的高贵精神。如果希特勒存活下来，他的作曲家朋友的作品就会被埋葬，错过属于自己的时代。另一个不知谨慎为何物，想象力如性欲一般狂野而不肯妥协。他毁灭了爱他的人，想要创造出藐视一切传统的严肃的艺术品，如同正在成形的世界一般危险。他与魔鬼擦肩而过，他的才能正是与魔鬼签约的结果。这将是作曲家阿德里安·莱维屈恩，他和蔡特布罗姆自幼就是朋友。假如这样两人相遇会如何？会产生什么能量？会成就什么书？会从中诞生什么音乐？

演奏结束的刹那，托马斯确定自己得到了灵感。他看到了那个场景，他的作曲家正在柏林的一幢房子里，那是他母亲去世的地方。

在托马斯·曼随后的写作中，他心里一直装着理想读者。他们是秘密的德国人、内心的流亡者，或者未来的德国人，生活在一个从灰烬中重生的国家。当他为生活在阴影中，或将出现在未来的阳光下的读者写作时，他要运用一种受伤的喑哑的语调，并创造出一种用烛光照亮一个穹顶空间的氛围。

正是音乐带来的精彩魔术，成就了《浮士德博士》。有成功的魔术，自然也会有失败的魔术，然而有时候，家人们难以接受的失败魔术，在外人眼中却又是最动人的。

米夏埃尔、格蕾夫妇带着他们的孩子到太平洋帕利塞德小住，托马斯很喜欢逗弄他的孙子弗雷多，尤其爱他夹杂着幼儿语言和成人语言的牙牙学语。不久之后的一个星期五，托马斯在家人面前朗读他未完成的小说。在第一章中，一个叫小艾肖的男孩儿来了，他孤独的作曲家叔叔的生活由此变得快乐起来。在第二章中，这个小男孩儿死了。男孩儿在痛苦中的哭喊"艾肖愿意乖乖的，艾肖愿意乖乖的"，令人不忍卒闻。当托马斯放下手稿，屋子里没有人说话。戈洛低低地咕哝了一声，克劳斯·普林斯海姆鼓掌，眼睛看着地板。他的儿子脸色苍白，坐在旁边，埃丽卡望着远处，卡提娅沉默。大家都认出了那个可爱的小艾肖，是米夏埃尔的儿子弗里多。托马斯站起来，假装还在研究刚刚读过的稿子。卡提娅来到他的身边："这就是你陪那孩子玩耍的原因吗？"托马斯回答："我爱弗里多。""爱到把他用到书里？"卡提娅问完，静静走向房间另一边的哥哥和侄子。

科尔姆·托宾的草蛇灰线

　　小说开始之前，科尔姆·托宾坦言，1996 年他曾为三部托马斯·曼的传记写过评论，那些他不曾评论过的传记相信更多。既然如此，为什么托宾还要再添上一部新的呢？很显然，因为他之前读到的所有作品，都未能勾勒出他心目中的那个托马斯·曼的形象。另外，还有一个更重要的理由，托宾写在了《魔术师》的结尾处。

　　小说结束于令托马斯大失所望的吕贝克之行。颁奖礼之后的那天是星期天，托马斯决定去吕贝克教堂参加第一场礼拜。他发现这家教堂已经修复了，也或许是因为那儿没有像马利亚教堂那样在轰炸中受损严重。在那里，他发现所有的音乐都是布克斯特胡德的。

　　马利亚教堂是小说伊始，托马斯·曼生活在吕贝克的少年时代，母亲带着他们去做礼拜的教堂。布克斯特胡德的音乐，是托马斯从小熟悉的音乐。小说过半，托马斯在纽约的唱片店寻找布克斯特胡德的唱片，被告知："只有无聊的管风琴音乐，没有声乐。"自从去了普林斯顿，他就没有播放过布克斯特胡德的唱片，也再没有听人提起过这位音乐家。在小说结尾处，八十岁高龄的托马斯·曼，想起了孩提时代母亲给他讲过的一个故事。

这个故事关于布克斯特胡德的女儿。故事中，每年都有年轻的管风琴手来到吕贝克——包括亨德尔——打探布克斯特胡德的秘密。布克斯特胡德向每个人保证，只要年轻人愿意娶他最小的女儿，他便会说出他的秘密，那足以令他们成为最伟大的作曲家。但因为他们都在老家已有了婚约，所以没有人听到那个秘密。后来，他的女儿终于有了一个追求者，但此人对音乐不感兴趣。布克斯特胡德担心自己死后，这个秘密将会消失于世。

他并不知道，在阿恩施塔特有一个非常年轻的作曲家听说了他的故事，决定徒步前往吕贝克探寻这个秘密。这名年轻的作曲家名叫约翰·塞巴斯蒂安·巴赫。布克斯特胡德几乎已经绝望，有时候他以为这个秘密将随他入土，有时候他在内心深处相信会有人来。他梦想着他会立刻认出此人，把他带到教堂，把秘密讲述给他听。

因为一路艰辛，可怜的巴赫，一个原本多么俊俏的人沦落成了流浪汉。他知道，布克斯特胡德绝不会接受一个像他这样衣衫褴褛的人。但他很走运，吕纳堡有个女子听说了巴赫的遭遇，便借给他衣服。因为，她看到了他身上的光。

于是，巴赫到了吕贝克，当他打听布克斯特胡德时，别人告诉他，他正在马利亚教堂中演奏管风琴。巴赫一踏进教堂，布克斯特胡德就感觉到自己不再孤独。他停下演奏，朝过道望去，他看到了巴赫，也看到了他身后的光。那是巴赫一直都有的光，来自他灵魂的光。他知道，这就是那个他要对之讲出秘密的人。它就是美，那个秘密是美。他告诉他，要大胆地把美谱进他的音乐。

巴赫在回家的路上归还他的衣服时，曾为那个女人演奏，而那个女人以为她听到的音乐来自天堂。

《魔术师》有一个三重嵌套式的结构，布克斯特胡德的音乐和故事，是穿梭于嵌套之间的线。小说的第一层是时代背景，一个旧的德意志帝国及其传统的衰微以致覆灭的过程，和战后依然风起云涌的政治斗争，贯穿托马斯·曼一生。第二层是托马斯·曼的生平，他从一个被认为天资平平的少年，成长为一代文豪，用他深邃的思想和丰富的作品建立起了令后世德国人为之自豪的精神王国。这些都是历史。托宾将他所读到的诸多资料——包括曼的日记和卡提娅写的回忆录——重新剪裁，巧妙安排，又用自己切实的回忆支撑加固，为我们塑造出托马斯·曼的全新形象，则是第三层。

岁月是一条水量丰沛的大河，时时刻刻都在修整河道，所谓历史的真实，本来就避免不了一个又一个当下时代的加持。这第三层的存在，打破了历史和虚构的界限，遵循故事中布克斯特胡德的传授，为我们带来——而非还原——了一个值得书写、探究、聆听、共鸣的托马斯·曼。托宾的托马斯·曼是否"真实"，已不再重要，重要的是只有以美为核心的，才是值得书写的。就人物形象而言，美就是发自灵魂的光，是否有光，比这个人能否创造出如同来自天堂的作品更可贵。

相应于全文三重嵌套的结构，结尾的故事也有三重含义。第一层，如果布克斯特胡德代表旧日德国特有的优秀传统，则巴赫就是作品中的托马斯·曼。第二层，如果布克斯特胡德是托马斯·曼，那么，谁会是巴赫？还有第三层，美为什么是秘密，为什么会有失传的危险？

对于热爱德国传统文化的人而言，最重要的问题是传承。太多的人描绘过他们热爱的昨日世界，但那个世界已经毁坏。在时代巨变之际，托马斯·曼找到了歌德的思想与当下世界的需求的联系。他认为，看待事物的方式应该从单一角度转变为多角度。作为歌德的传人，他用自己的写作，在满目疮痍的世界中奋力将美传递下去。

如果布克斯特胡德是托马斯·曼，我们是否可以欣喜地认为，以这本《魔术师》为证，托宾就是今天的巴赫。就像他写《大师》一样，他又一次把一位存在争议的文豪写成了一个始终受美的吸引，始终秉持善意，无数次修正自己的思想，有困惑，会脆弱，但瑕不掩瑜的美丽形象。《泰晤士报》的评论是，《魔术师》不是传记，而是一部艺术作品，是对一个变革世纪的精神反思，聚焦了一个努力站稳脚跟但被变革之风吹得摇摇晃晃的人。

至于那些对德国、德国文化，对那些作家、艺术家，无论巴赫、托马斯·曼还是托宾都不了解的人，在拥有足够的认识之前，第三层含义引发的思考尤为可贵。美，不容易辨识，因为美不是一成不变的，会褪色，也会消失。丧失了对美的品鉴能力的人，最终会沦落于野蛮的境地。《孔子家语》有言：与善人居，如入芝兰之室，久而不闻其香，即与之化矣。与不善人居，如入鲍鱼之肆，久而不闻其臭，亦与之化矣。那些亲手毁坏、葬送了美的人，那些沉迷于野蛮所锻造的新流行的人，是不自觉的。但那些努力创造、保存、传递美的人，在不同时代都曾留下他们的背影。希望你我都能成为发现者、追随者。

此岸的双生花

《红楼梦》中很多人都像谪仙一般，黛玉和宝钗更是公认的天上的双生花，只因在人间，才不得不分作二人，各美其美。除了大家熟悉的金陵十二钗正册中人，还有两位，原本都是贾母的丫头，一个给了宝玉，一个给了黛玉，也如双生花一般，彼此映照，看似霄壤，实则同根。那就是袭人和紫鹃。

袭人：忠仆之义在仆

贾母是整个贾府的灵魂，因为她，偌大贾府才勉强维持着应有的秩序，府中众人，即使不能清晰地意识到这一点，也都因此享受着相对的安稳。大家默认，不是最好的就不该往贾母面前送。物件是如此，人更是如此。贾母使用的丫鬟，都是精心挑选，各方面最拔尖的人。

紫鹃，原本是贾母身边的二等丫头，袭人亦是贾母之婢，本名珍珠。贾母因溺爱宝玉，生恐宝玉之婢无竭力尽忠之人，素喜袭人心地纯良，恪尽职守，遂与了宝玉。[1]陪侍贾母左右的孙辈多是女孩，只有宝玉一个是男孩，不溺爱也难。

---

[1] 引文采用作家出版社《脂砚斋重评石头记庚辰校本》八十回本，2006年6月第二版第二次印刷。

贴身服侍的丫鬟们，和宝玉在一起的时间比父母、祖母多得多，所以性格秉性最是要紧。心地纯良和恪尽职守是贾母眼里的袭人，但在贾母身边时，袭人还是珍珠，和鸳鸯、琥珀等人一样，遵循贾母的习惯行事，环境塑造人，珍珠并不是一个特殊的存在。何况当时她年龄尚小，究竟如何，只有在经历更多变动之后才能见分晓。

第一个变动立刻来了。宝玉因知她本姓花，又曾见旧人诗句上有"花气袭人"之句，遂回明贾母，更名袭人。自从有了这个名字，再也没有人想起以前，倒像是她生来就在宝玉屋里似的。因为这袭人亦有些痴处：服侍贾母时，心中眼中只有一个贾母；如今服侍宝玉，她心中眼中又只有一个宝玉。这就是陪侍贾母时，不曾显现的秉性。中国人对情势的考量一向细致，这同一种情形，就分见异思迁和随遇而安两种说法。有的人，个人意志明确，到哪儿都我行我素，有的人，集体意识更强，到哪儿都能与环境相融，都是秉性使然，与善良或高贵无关。以词解人本来就挂一漏万，相比一个鲜活的人，任何词语都嫌苍白。袭人的人品高下，单看这一点，还远不足以下任何结论。袭人的心思，只因宝玉性情乖僻，每每规谏宝玉，心中着实忧郁，恐怕会让大家看法的分歧愈加强烈。

无论我们这些旁观者如何看待袭人，宝玉与袭人却甚是相得。第六回《贾宝玉初试云雨情 刘姥姥一进荣国府》中，宝玉初通人事露了马脚，是袭人为他打的掩护，这份情义带来的亲近，非旁人可比。

却说秦氏，因听见宝玉从梦中唤她的乳名，心中自是纳闷，又不好细问。彼时，宝玉迷迷惑惑，若有所失。众人忙端上桂圆汤来，呷了两口，遂起身整衣。袭人伸手与他系裤带时，不觉伸手至大腿处，只觉冰凉一片黏湿，唬得忙退出手来，问是怎么了。宝玉红涨了脸，把她的手一捻。袭人本是个聪明女子，年纪本又比宝玉大两岁，近来也渐通人事，今见宝玉如此光景，心中便觉察一半了，不觉也羞得红涨了脸面，不敢再问。仍旧理好衣裳，遂至贾母处来，胡乱吃毕了晚饭，过这边来。

渐通人事，并不是真的明白，这一回，宝玉是第一次，袭人也是。对于似懂非懂的事，人们很容易大惊小怪，不是想清楚了才闹出大动静，而是下意识地通过虚张声势来掩盖自己的慌乱，和自己也深感莫名的好奇和滑稽感。但是真的闹到旁人知晓，又往往倍感羞臊，懊悔不已。袭人也吓了一跳，却只是悄声相询，可见大家族生活中的规矩已经深入她的骨髓，她早已不是一惊一乍的普通人。宝玉没有回答，只是红涨了脸，把她的手一捻，袭人就不再问下去了。这种默契，不仅要求双方投缘，彼此信任，更是修养的体现。

接下来还要到贾母处吃饭，宝玉穿着湿滑的裤子，定是很不舒服。但宝玉和袭人，仍默契地选择忍耐。所谓修养，就是从小做出过主动忍耐的选择之后，一点一点培养出的自制力。宝玉可以说得到了所有人的溺爱，袭人也是溺爱宝玉的群体中的一员，但以今天的眼光看，能这样隐忍似乎已经不能算作溺爱了吧。

好容易挨过晚饭，回到自己的屋中，袭人趁众奶娘丫鬟不在旁时，另取出一件中衣来，与宝玉换上。宝玉含羞央告道："好姐姐，千万别告诉人。"袭人亦含羞笑问道："你梦见什么故事了？是那里流出来的那些脏东西？"宝玉道："一言难尽。"说着，便把梦中之事，细说与袭人听了。然后说至警幻所授云雨之情，羞得袭人掩面伏身而笑。宝玉亦素喜袭人柔媚娇俏，遂强袭人同领警幻所训云雨之事。少年本就好奇，更何况此中还有如弱水般让人沉溺的力量，依当时的礼数，袭人素知贾母已将自己与了宝玉的，今便如此，亦不为越礼，遂和宝玉偷试一番，幸得无人撞见。

相比其他丫鬟，袭人是规谏宝玉最多的一个，那是因为职责所在，宝玉也明白。但如果她一味教条，而非知冷知热，恐怕宝玉也不会容她一直待在自己身边，更遑论成为贴心人。如今有了这般经历，宝玉视袭人更比别个不同，袭人待宝玉更为尽心。

袭人不见得真的理解那些规谏，在她的心中，所有必须遵守的规矩，都是为了让人好。至于什么才是好，却不是小小年纪的袭人能想明白的了。在人生的开端，心里有个抽象的好指引着，其实已尽够。人不可能从一开始就将人生理解透彻，若能慢慢摸索，时常修正，就是一等一的人物。若是用遵守定规代替理解，渐渐形成习惯，然后熟能生巧，看不到任何修正的余地，就会落于二流。当然，这是后话，现在的袭人还想不到这些。

但即使是现在的袭人，也已经显现出她并不是一个盲从的人。第十九回《情切切良宵花解语　意绵绵静日玉生香》中，袭人的母亲回过贾母，接了袭人家去吃年茶，晚间才得回来。虽然仍有很多人簇拥在左右，宝玉还是立刻感觉落了单。恰巧东府里珍大爷请宝玉去看戏，那戏繁华热闹到了不堪的地步，宝玉只略坐了坐，就走往各处去闲耍。那是元妃归省之后，荣宁二府中，因连日用尽心力，真是人人力倦，各各神疲，又将园中一应陈设动用之物收拾了两三天方完。东府里看戏的时候，跟着宝玉的小厮们，躲懒的躲懒，看热闹的看热闹，一时间宝玉身边竟一个人也没有。宝玉欲去小书房探望美人卷轴，不想却撞见茗烟正行苟且之事。茗烟见是宝玉，赶紧跪下哀求，又百般谋划着想为宝玉解闷，甚至想悄悄引宝玉往城外逛去，宝玉却更想去看看家去的袭人。

幸而袭人家不远，不过一半里路程，展眼已到门前。茗烟先进去叫袭人之兄花自芳。对于袭人的家人们而言，侯门深似海，一道院墙隔开两个世界，宝玉是像神仙一样的存在。神仙，当然不能长驱直入，否则屋里的人没有思想准备，不知道会唬得如何失措。正是年节中，彼时袭人之母接了袭人与几个外甥女儿、几个侄女儿来家，正吃果茶，听见外面有人叫"花大哥"，花自芳忙出去看时，见是他主仆二人，唬得惊疑不止，连忙抱下宝玉来，在院内嚷道："宝二爷来了！"俗话说，贵步临贱地，如果可以事先准备，袭人一家不知要如何洒扫归整之后，才敢接待宝玉。如今宝玉冷不丁就来了，花自芳只好先将宝玉抱下马来，一面向屋里高声示意，期盼着屋里人能镇静些。

能在贾府做到宝玉的贴身丫鬟，在家人们眼中已是难得的体面差事，袭人平时在家人面前自有她的矜持，说起府里的事，想必会不自觉地保持某种基调，虽然不算撒谎，却也多少增加了一些色彩。眼下，传说中的正主来到了众人面前，大家还不见得怎样，袭人却顾不上欣喜，反而心里有点发虚。所以，别人听见还可，袭人听了，也不知为何，忙跑出来迎着宝玉，一把拉着问："你怎么来了？"心说若有什么差使，就在院里说了，不必当着满屋子亲戚姐妹的面。宝玉笑道："我怪闷的，来瞧瞧你作什么呢。"袭人听了，知道既不是之前有什么疏漏，也不是有什么要紧事要她立刻赶回去处理，才放下心来，嗳了一声，笑道："你也忒胡闹了，可作什么来呢！"一面想着家里弹丸之地，能怎么招待宝玉，转念又想到，跟着来的人也须招呼着，又问茗烟："还有谁跟来？"茗烟笑道："别人都不知，就只有我们两个。"袭人听了，复又惊慌，说道："这还了得！倘或碰见了人，或是遇见了老爷，街上人挤车碰，马轿纷纷的，若有个闪失，也是顽得的？你们的胆子比斗还大。都是茗烟调唆的，回去我定告诉嬷嬷们打你。"若让陌生人碰见，会觉得府里没有规矩；若让老爷遇见，老爷定会觉得下人们不守规矩，且伺候得太不用心。宝玉是尊贵人，平时出门总有好些人前呼后拥，还生怕有什么闪失，这会儿竟这样骑着马就来了，出了任何纰漏，袭人想到的是自己一定逃不脱罪过，而且这罪过算得上大逆不道。茗烟可不像袭人那么在意规矩，想不到害怕，但也明白这事不能让人知道。见袭人说得严重，噘了嘴道："二爷骂着打着，叫我引了来，这会子推到我身上。我说别来罢——不然我们还去罢。"还是小孩子心性，以为这么说就能撇去自己的干系。但若真的就此回去，这一趟跑得就太无趣啦。花自芳忙劝："罢了，已是来了，也不用多说了。只是茅檐草舍，又窄又脏，爷怎么坐呢？"

院里的几位还分说个没完，屋里的人却等不及想看看宝玉，袭人之母也早迎了出来。再怎么也不可能到了门口不往里让的，最后还是袭人拉了宝玉进去。宝玉见房中三五个女孩儿，见他进来，都低了头，羞惭惭的。花自芳母子两个百般怕宝玉冷，又让他上炕，又忙另摆果桌，又忙倒好茶。好人家的女孩子，越是面对好奇的事物，尤其是好奇的人，越是往后躲，而非往前凑。向前还是向后，取决于人的自尊，而且是下意识的自尊。当然，也不能谁都一味往后躲，至少做主人的得热情招待，以示尊重。只有袭人，因为坦然而不用躲，也因为了解情况，知道家里怎么铺排也拿不出什么东西，何况一旦吃坏了，更是担待不起，因笑道："你们不用白忙，我自然知道。果子也不用摆，也不敢乱给东西吃。"人到了陌生地方，尤其是相对简陋的地方，都容易生出洁癖，袭人一面说，一面将自己的坐褥拿了，铺在一个机上宝玉坐了，用自己的脚炉垫了脚。又怕屋里人多，气味不好，向荷包内取出两个梅花香饼儿来，又将自己的手炉掀开焚上，仍盖好，放与宝玉怀内，然后将自己的茶杯斟了茶，送与宝玉。

家里来了尊贵的客人，总忍不住想多尽尽心，袭人的母兄已是忙齐齐整整另摆上一桌子果品来。袭人见总无可吃之物，因笑道："既来了，没有空去之理，好歹尝一点儿，也是来我家一趟。"说着，便拈了几个松子瓤，吹去细皮，用手帕托着送与宝玉。

宝玉本是闲闷不已才来找袭人，到了这里，却有一屋子人，且人人都想揣度着他的心思为他做点什么，他只好收住眼神，看向袭人，一看，却发现袭人两眼微红，粉光融滑，因悄问袭人："好好的哭什么？"袭人笑道："何尝哭，才迷了眼揉的。"实际上自然是哭过了，但哭的原因却不能当着众人的面说，见袭人如此应答，宝玉心中了然，不再追问。如此，算是在众人面前遮掩过去了。当下宝玉穿着大红金蟒狐腋箭袖，外罩石青貂裘排穗褂，袭人知道是全新的，因问道："你特为往这里来又换新服，他们就不问你往那去的？"宝玉笑道："珍大爷那里去看戏换的。"袭人点头，又道："坐一坐就回去罢，这个地方不是你来的。"宝玉笑道："你就家去才好呢，我还替你留着好东西呢。"这原是二人之间的寻常话，换了说话的地方，听来就会觉得不妥——主仆有别与彼此亲密，是贴身丫鬟这个身份的两面，一面可见人，另一面却得避着人，或只在特定情况下表现才可能是对的。现下宝玉如此说，在袭人的家人们听来，怎么想都有失轻重，袭人悄笑道："悄悄的。叫他们听着什么意思。"一面又伸手从宝玉项上将通灵玉摘了下来，向她姊妹们笑道："你们见识见识。时常说起来都当希罕，恨不能一见，今儿可尽力瞧了再瞧。什么希罕物儿，也不过是这么个东西。"通灵宝玉，即使在贾府也是稀罕的要紧物件，袭人故意说得轻巧，一则，既是愿意给众人过过手，自不该说得危言耸听吓唬人。再则，她知道无论自己说得多轻描淡写，大家也还是会觉得稀罕，倒不妨借此显显自己的分量，好教她们瞧瞧，她在宝玉面前的体面。说毕，递与她们传看了一遍，仍与宝玉挂好。

这件事做完，就真的没什么可做，没什么可说了，于是袭人命她哥哥去，或雇一乘小轿，或雇一辆小车，送宝玉回去。花自芳道："有我送去，骑马也不妨了。"花自芳只想到了安全，茗烟太小，怕不牢靠，有他扈从，定保无事。袭人道："不为不妨，为的是碰见人。"

花自芳忙去雇了一顶小轿来，众人也不敢相留，只得送宝玉出去。眼见得已安排妥帖，袭人又抓果子与茗烟，又把些钱与他买花炮放，教他"不可告诉人，连你也有不是"。正因为平安无事，难保茗烟不当作一个功劳来说嘴，事以密成言以泄败，只要这事成为谈资，就会立刻被世人的眼光涂成浓墨重彩，当事人怎么努力都不可能再还原真相。本来没有事，可不能因为一个不小心，被翻成事件。袭人一直送宝玉至门前，看着上轿，放下轿帘。花、茗二人牵马跟随，才略感心安。所幸茗烟也是机灵的，来至宁府街，茗烟命住轿，向花自芳道："须等我同二爷还到东府里混一混，才好过去的，不然人家就疑惑了。"花自芳听说有理，忙将宝玉抱出轿来，送上马去。宝玉笑说："倒难为你了。"于是仍进后门来。俱不在话下。

少时，宝玉回来，命人去接袭人。只见晴雯躺在床上不动，宝玉因问："敢是病了？再不然输了？"秋纹道："他倒是赢的，谁知李老太太来了，混输了，他气的睡去了。"宝玉笑道："你别和他一般见识，由他去就是了。"说着，袭人已来，彼此相见。袭人又问宝玉何处吃饭，多早晚回来，又代母妹问诸同伴姊妹好。一时换衣卸妆。宝玉命取酥酪来，丫鬟们回说："李奶奶吃了。"宝玉才要说话，袭人便忙笑道："原来是留的这个，多谢费心。前儿我吃的时候好吃，吃过了好肚子疼，足闹的吐了才好。他吃了倒好，搁在这里倒白糟塌了。我只想风干栗子吃，你替我剥栗子，我去铺床。"

袭人是想好了，有话要对宝玉说，不愿为无谓的小事分神。将可能的是非争执消弭于无形，绝不成为祸事的导火索，更是袭人的处世习惯。用今天的话来说，也算是一种管理才干。袭人懂得宝玉的心意，若不问他要个什么别的，他定然无法安心，于是举目四顾，正巧看到栗子，就现编了个借口。宝玉听了，信以为真，方把酥酪丢开，取栗子来，自向灯前检剥。一面见众人不在房中，乃笑问袭人道："今儿那个穿红的是你什么人？"袭人道："那是我两姨妹子。"宝玉听了，赞叹了两声。袭人道："叹什么？我知道你心里的缘故，想是说他那里配红的。"宝玉笑道："不是不是。那样的不配穿红的，谁还敢穿。我因为见他实在好的很，怎么也得他在咱们家就好了。"袭人冷笑道："我一个人是奴才命罢了，难道连我的亲戚都是奴才命不成？定还要拣实在好的丫头才往你家来。"平日里宝玉在闲事上用心，或对哪个姐姐妹妹特别上心，袭人都不会阻拦，即使心里有想法，也没有资格提出异议。但是今天，她有备而来，又事关她的家人，所以从一开始就不肯顺着宝玉的心意说话。袭人的心境很微妙，看上去，她正在和宝玉进行平等的对话，但是"奴才"二字却始终镌刻在心里。自己做奴才，她并不觉得委屈，那是一个将忍辱负重包含在内的职位，但是因为她，连带她的家人也被当成奴才看待，这份屈辱，宝玉无意施加于她，却真实存在。

　　身为富贵闲人，宝玉从来不想未来，眼前就有操不完的心，取不尽的乐。见了喜欢的，不拘是人是物，他总想拢到身边来，即使不过一两日会生厌，他也不会轻易丢弃，存着就是了，也许哪天又觉得有趣了呢。时间于他而言是无限的，永远岁月静好。但是人生，不仅有时光飞逝，更有许多关键的节点，很多事过时不候，再想续上，已是时移世易，曾经的门会关闭，曾经的路会消失。女孩子，比同龄的男孩成熟得早，何况袭人比宝玉还大上一两岁，她有一种不敢想明白缘由的紧迫感，未来岁月在她的眼里，简直风雨欲来，时不我待。宝玉听了，兀自笑道："你又多心了。我说往咱们家来，必定是奴才不成？说亲戚就使不得？"袭人道："那也攀配不上。"宝玉便不肯再说，只是剥栗子。袭人笑道："怎么不言语了？想是我才冒撞冲犯了你，明儿赌气花几两银子买他们进来就是了。"宝玉笑道："你说的话，怎么叫我答言呢？我不过是赞他好，正配生在这深堂大院里，没的我们这种浊物倒生在这里。"袭人道："他虽没这造化，倒也是娇生惯养的呢，我姨爹姨娘的宝贝。如今十七岁，各样的嫁妆都齐备了，明年就出嫁。"

出嫁是人生大事，宝玉再任性再得宠，也不能随意干涉，所以对宝玉来说，谁若出嫁了，就像是去了某个他不得前往的国度，从此与他不是一个世界的人了。宝玉听了"出嫁"二字，不禁又嗐了两声，正不自在，又听袭人叹道："只从我来这几年，姊妹们都不得在一处。如今我要回去了，他们又都去了。"回去虽不像出嫁那么严重，却也是宝玉从来不予考虑的离散。宝玉听这话内有文章，不觉吃一惊，忙丢下栗子，问道："怎么，你如今要回去了？"袭人道："我今儿听见我妈和哥哥商议，叫我再耐烦一年，明年他们上来，就赎我出去的呢。"宝玉听了这话，越发怔了，因问："为什么要赎你？"袭人道："这话奇了！我又比不得是你这里的家生子儿，一家子都在别处，独我一个人在这里，怎么是个了局？"宝玉道："我不叫你去，也难。"袭人道："从来没这道理。便是朝廷宫里，也有个定例，或几年一选，几年一入，也没有个长远留下人的理，别说你了！"

宝玉想一想，果然有理。又道："老太太不放你，也难。"袭人道："为什么不放？我果然是个最难得的，或者感动了老太太、太太，必不放我出去的，设或多给我们家几两银子，留下我，然或有之。其实，我也不过是个平常的人，比我强的多而且多。自我从小儿来了，跟着老太太，先伏侍了史大姑娘几年，如今又伏侍了你几年。如今我们家来赎，正是该叫去的，只怕连身价也不要，就开恩叫我去呢。若说为伏侍的你好，不叫我去，断然没有的事。那伏侍的好，是分内应当的，不是什么奇功。我去了，仍旧有好的来，不是没了我就不成事。"袭人知道，宝玉再无法无天，长幼尊卑还是认的，他明白自己和老太太自然没法比，老太太也许能留住的人，他却留不住，袭人并非为他而生，之前她服侍老太太和湘云，也一样是主仆尽欢，有了好的物件或好的人，就送到宝玉这儿来更是常态。宝玉听了这些话，竟是有去的理，无留的理，心内越发急了，因又道："虽然如此说，我只一心留下你，不怕老太太不和你母亲说，多多给你母亲些银子，他也不好意思接你了。"袭人道："我妈自然不敢强。且漫说和他好说，又多给银子；就便不好和他说，一个钱也不给，安心要强留下我，他也不敢不依。但只是咱们家从没干过这倚势仗贵霸道的事，这比不得别的东西，因为你喜欢，加十倍利弄了来给你，那卖的人不得吃亏，可以行得。如今无故平空留下我，于你又无益，反叫我们骨肉分离，这件事老太太、太太断不肯行的。"宝玉听了，思忖半晌，乃说道："依你说，你是去定了？"袭人道："去定了。"宝玉听了，自思道："谁知这样一个人这样薄情无义。"乃叹道："早知道都是要去的，我就不该弄了来，临了剩我一个孤鬼。"说着，便赌气上床睡去了。

俗话说置之死地而后生，宝玉想的是如何将原本的日子按原样开开心心过下去，只要日子不变，他宝玉自然也不必改变。袭人想劝宝玉改改毛病，就得狠心把话说得决绝，要的就是宝玉又气恼又无话可说。然而袭人讲的都是道理，用意却是以情试探。如果听她轻描淡写说要走，宝玉也不生气，可见是谁去了都没关系，仍旧有好的来。如若宝玉生气，才是自己在宝玉心中有点分量，底下的话才好分说。不过，家里想要赎她回去，却也不是空穴来风。

原来袭人在家，听见他母兄要赎她回去，她就说至死也不回去的。又说："当日原是你们没饭吃，就剩我还值几两银子，若不叫你们卖，没有个看着老子娘饿死的理。如今幸而卖到这个地方，吃穿和主子一样，也不朝打暮骂。况且如今爹虽没了，你们却又整理的家成业就，复了元气。若果然还艰难，把我赎出来，再多掏澄几个钱，也还罢了，其实又不难了，这会子又赎我作什么？权当我死了，再不必起赎我的念头！"因此哭闹了一阵。

拒绝生活发生变化的，又何止宝玉一人。他母兄见她这般坚执，自然必不出来的了。况且原是卖倒的死契，明仗着贾宅是慈善宽厚之家，不过求一求，只怕身价银一并赏了还是有的事呢。贾府固然宽仁，为奴为婢，毕竟身不由己，连出嫁，或跟随哪位主人之类的大事都不能自己决定，怎么都不如做个自由人自在。如今正因为家里已渡过难关，母兄才想着要为袭人赎身。不过，贾府中从来不曾作践下人，只有恩多威少的。且凡老少房中所有亲侍的女孩子们，更比待家下众人不同，平常寒薄人家的小姐，也不能那样尊重的。因此，他母子两个也就死心不赎了。此后忽然宝玉去了，他二人又是那般景况，他母子二人心下更明白了，越发石头落了地，而且是意外之想，彼此放心，再无赎念了。

袭人比家里人想得深。她知道宝玉待她亲厚，但亲厚与狎昵不同，家人以为只要宝玉待袭人好，袭人将来自然会一直跟着宝玉，那就是最好的结局。袭人却知道，如果宝玉举止轻浮，难免因此惹出不是，老太太、老爷、太太会认为是她这个贴身丫鬟平日里不知规劝造成的，说不定还会把她看成罪魁。宝玉已经长大，却仍一团天真，他的亲厚在旁人看来，分明就是狎昵。如今且说袭人自幼见宝玉性格异常，其淘气憨顽自是出于众小儿之外，更有几件千奇百怪口不能言的毛病儿。近来仗着祖母溺爱，父母亦不能十分严紧拘管，更觉放荡弛纵，任性恣情，最不喜务正。袭人哪里懂得，务正这件事犹如登山梯，一级有一级的风光，不到那一级不能得见，也就不能理解。又像亡羊的歧路，即使一起出发，也会在途中分道，从此渐行渐远，甚至背道而驰。她只想着，大家都是那样，便是正道了，人，怎么能不走正道呢？每欲劝时，料不能听，今日可巧有赎身之论，故先用骗词，以探其情，以压其气，然后好下箴规。这个"下"字绝妙，为正理代言，袭人颇有底气，要自上而下规谏宝玉。不太懂的人讲道理时往往如此，因其不太懂，即使有误，别人也无法为其指出，即使指出也无法令其明白，倒可能引动情绪，进而转为意气之争，那就更说不明白啦。这就是为什么，袭人屡次规劝，宝玉从无反驳，又从无修正的根本原因。今见他默默睡去了，知其情有不忍，气已馁堕。自己原不想栗子吃的，只因怕为酥酪又生事故，亦如茜雪之茶等事，是以假以栗子为由，混过宝玉不提就完了。茜雪之茶，说的是茜雪让李嬷嬷喝了宝玉心爱的枫露茶，适逢宝玉酒醉，竟闹将起来，直闹到老太太发了怒，最终撵走了茜雪。袭人最不愿意发生的就是一点小事却闹得人皆知，这会儿见宝玉的心思早已不在酥酪或栗子，就命小丫头们将栗子拿去吃了，自己来推宝玉。只见宝玉泪痕满面，袭人便笑道："这有什么伤心的，你果然留我，我自然不出去了。"宝玉见这话有文章，便说道："你倒说说，我还要怎么留你——我自己也难说了。"袭人笑道："咱们素日好处，再不用说。但今日你安心留我，不在这上头。我另说出两三件事来，你果然依了我，就是你真心留我了，刀搁在脖子上，我也是不出去的了。"

宝玉忙笑道："你说，那几件？我都依你。好姐姐，好亲姐姐，别说两三件，就是两三百件，我也依。只求你们同看着我，守着我，等我有一日化成了飞灰——飞灰还不好，灰还有形迹，还有知识——等我化成一股轻烟，风一吹便散了的时候，你们也管不得我，我也顾不得你们了。那时凭我去，我也凭你们爱那里去就去了。"宝玉并非一味顽劣，他喜欢《南华真经》，也涉猎佛学，对有无之辨已有自己的思考。只是这些思想，于仕途经济无益，用现在的话来说，他太缺乏实用主义精神。袭人虽不懂这些，但深受所谓正统教化的熏染，在她听来，这些尽是浑话。但她不关心，更无意限制宝玉怎么想，她想的是祸从口出，在家里说惯了，难免在不可与言的人面前失言，宝玉话未说完，急得袭人忙握他的嘴，说："好好的，正为劝你这些，更说的狠了。"宝玉忙说道："再不说这话了。"袭人道："这是头一件要改的。"宝玉道："改了，再要说你就拧嘴。还有什么？"

袭人道："第二件，你真喜读书也罢，假喜也罢，只是在老爷跟前或在别人跟前，你别只管批驳诮谤，只作出个喜读书的样子来，也教老爷少生些气，在人前也好说嘴。他心里想着，我家代代读书，只从有了你，不承望你不喜读书，已经他心里又气又愧了，而且背前背后乱说那些混帐话——凡读书上进的人，你就起个名字叫作'禄蠹'；又说只除'明明德'外无书，都是前人自己不能解圣人之书，便另出己意混编纂出来的。这些话，怎么怨得老爷不气，不时时打你？叫别人怎么想你？""读书"和"务正"一样，同一个词语掩盖着天差地别的内涵。自古至今，欲读书而出人头地的是绝大多数，但所有拥有这种想法的人在宝玉眼中就是禄蠹。《荀子·劝学》中有言：古之学者为己，今之学者为人——古时候的人读书是为了成为更好的自己，如今的人读书却是为了换取各种各样的利益。宝玉若真的不读书，也说不出这样的浑账话，只是他对读书做人的想法与众人不同，在他眼里，如果读书只为求官，做官只为求俸禄，如此这般度过一生，岂非完全没有价值。但是宝玉的父亲就是官场中人，贾府最怕的就是失去皇上的圣心，失去眼下的泼天富贵。宝玉身在福中，却说这样的话，在袭人看来，端的是离经叛道。袭人不懂经和道，那不是她一个没有读过书的人能明白的，她只知道经和道是一种至高的，不容置疑的权威，一旦触犯就会取祸。她虽不能理解宝玉，宝玉却不难理解袭人的想法，她若真是个卫道士，宝玉绝不会搭理，但现在，她只是个一心想保护他的女孩，这份情谊宝玉岂能不懂。宝玉笑道："再不说了。那原是那小时不知天高地厚信口胡说，如今再不敢说了。还有什么？"宝玉能体会自己的成长，袭人却感受不到任何变化，所以宝玉的话，她判断不出真假，总是选择相信。这样交流是他们的常态，袭人从来没有追求过加深对宝玉的理解，所以她不明白，在人生的课堂上，她和宝玉的关系，可以说是一个差生，一直催着赶着要一个优等生听她的，照她说的做。

袭人道："再不可毁僧谤道，调脂弄粉。还有更要紧的一件，再不许吃人嘴上擦的胭脂了，与那爱红的毛病儿。"那时女子多不识字，但佛道思想深入人心，唯有人人恭敬才能让女子心安。想来平日宝玉侃侃而谈时，袭人早已心惊肉跳多次。调脂弄粉挑战大家对男女之别的认知习惯，吃胭脂更事关男女大防。一个小孩子若愿意跟人亲密，大家会觉得可爱，长大了还不肯保持距离，就是不懂道理了。袭人知道宝玉的这些行为，只是幼年时养成了坏习惯，并无邪念，但正因为没有邪念，若无人提醒，恐怕宝玉一直都会觉得自己无错可改，只能由她来做这个恶人，唤醒仍在美梦中的宝玉。宝玉道："都改，都改。再有什么，快说。"袭人笑道："再也没有了。只是百事检点些，不任意任情的就是了。你若果都依了，便拿八人轿也抬不出我去了。"宝玉笑道："你在这里长远了，不怕没八人轿你坐。"袭人说八抬大轿，说的是会不会与宝玉离散；宝玉说八抬大轿，说的却是出嫁时的花轿。他当然是在开玩笑，但这时候一笑，之前谈话的严肃性就消解了，袭人怎肯功亏一篑，不禁冷笑道："这我可不希罕的。有那个福气，没有那个道理，纵坐了，也没甚趣。"

二人正说着，只见秋纹走进来，说："快着三更了，该睡了。方才老太太打发嬷嬷来问，我答应睡了。"宝玉命取表来，看时，果然针已指到亥正。方从新盥漱，宽衣安歇，不在话下。

这番以情探开始的谈话，希望能归于道理，最终却归于不了了之的玩笑。同样不了了之的，还有岁月深处，八人轿所喻的愿景。一屋子丫鬟，袭人与宝玉相处最是狎昵，但在袭人心里，道理一直醒着神，她没有读过书，却下意识地做到了思不出其位，行不出其位，觉得不该是她的，纵得了也没甚趣。宝玉拿那些话来打趣，于袭人而言非但无趣，更是对她真心劝谏的辜负。袭人的真心，也同样不出其位，宝玉那些跳脱不拘的真心实意，她一辈子都无法理解。

思想的落差，注定了宝玉必定不会遵循她的劝谏行事。在袭人的心里，道理比情谊重要，但她若想劝谏宝玉，却是情箴比说理有效。这一回是这样，在第二十一回《贤袭人娇嗔箴宝玉　俏平儿软语救贾琏》中也同样如此。

正月里，史湘云到贾府小住，在黛玉房中安歇。宝玉晚上送二人回房，二更多了，袭人再三催促，方肯回自己房中，次日天明时，便披衣靸鞋往黛玉房中来。彼时，黛玉和湘云还睡着呢，得他先出去，她们方能起来。紫鹃雪雁进来服侍梳洗，宝玉也挤在一边，一同梳洗，让湘云替他梳头，还想吃桌上的胭脂，丫鬟和湘云都忍不住数落他。

一语未了，只见袭人进来，看见这般光景，已是梳洗过了，只得回来自己梳洗。湘云是客，袭人不高兴，不好在外人面前发作，只得隐忍着退回自己房中。忽见宝钗走来，因问："宝兄弟那去了？"袭人含笑道："宝兄弟那里还有在家里的工夫！"袭人素来敬重宝钗，见了宝钗，不由得流露了心中的怨气。宝钗听说，心中明白。宝钗也是客居，对此不能说什么。又听袭人叹道："姊妹们和气，也有个分寸礼节，也没个黑家白日闹的！凭人怎么劝，都是耳旁风。"宝钗通晓人情，恪守礼数，最得袭人赞叹。袭人心里的这句话，不能禀告太太、老太太，家丑外扬，非她所愿；也不能向底下的丫鬟们抱怨，倒显得她没有手段，不会做事；偏又如鲠在喉，不吐不快，说给宝钗正合适。因为她心知，宝钗一定赞同她的想法。果然，宝钗听了，心中暗忖道："倒别看错了这个丫头，听说话，倒有些识见。"宝钗便在炕上坐了，慢慢的闲言中套问她年纪、家乡等语，留神窥察，其言语志量深可敬爱。宝钗与黛玉，是天上的双生花，宝钗入世，黛玉出世，袭人与宝钗相得。一个人的素养如何，不是课堂里一字一句教出来，而是生活中的潜移默化使然，过去常有不识字而明事理的人，如今见不到了，取而代之的是随处可见掌握些许知识点却不明事理的人，两相比照，怎不令人感慨。章回题目上所谓贤袭人，说的是袭人各方面都好，却不出挑，宝钗之前不曾留意过她，如今有意窥察，就不难发现，她寻到黛玉处找宝玉，是恪尽职守；见宝玉已经梳洗完毕，深觉不妥，却引而不发，是顾全体面；回到房中仍兀自生气，是真心在意规矩，故而她始终安守本分；见了宝钗，才发出感叹，更有识人之明。宝钗让袭人闲言年纪、家乡等语，从言谈中听出她的修养和见识，亦非难事。最终的结论，是言语志量深可敬爱，可敬，因为袭人小小年纪已经很懂礼数，可爱，因为她正值气恼无奈之时，仍能对宝钗以礼相待。

但是要收着心中的怒火，对人温言软语毕竟不易，一时宝玉来了，宝钗方出去。宝玉便问袭人道："怎么宝姐姐和你说的这么热闹，见我进来就跑了？"问一声不答，再问时，袭人方道："你问我么？我那里知道你们的原故。"宝玉听了这话，见她脸上气色非往日可比，便笑道："怎么动了真气？"袭人冷笑道："我那里敢动气！只是从今以后别进这屋子了。横竖有人伏侍你，再别来支使我。我仍旧还伏侍老太太去。"一面说，一面便在炕上合眼倒下。宝玉见了这般景况，深为骇异，禁不住赶来劝慰。那袭人只管合了眼不理。宝玉无了主意，因见麝月进来，便问道："你姐姐怎么了？"麝月道："我知道么？问你自己便明白了。"宝玉听说，呆了一回，自觉无趣，便起身叹道："不理我，罢！我也睡去。"说着，便起身下炕，到自己床上歪下。袭人听他半日无动静，微微地打鼾，料他睡着，便起身拿一领斗篷来，替他刚压上，只听"忽"的一声，宝玉便掀过去，也仍合目装睡。袭人明知其意，便点头冷笑道："你也不用生气，从此后我只当哑子，再不说你一声儿，如何？"宝玉禁不住起身问道："我又怎么了？你又劝我。你劝我也罢了，才刚又没见你劝我，一进来你就不理我，赌气睡了。我还摸不着是为什么，这会子你又说我恼了。我何尝听见你劝我什么话了。"袭人道："你心里还不明白？还等我说呢！"

袭人向来驯顺，这是她闹得最厉害的一次。最厉害的闹，就是冷战，也可见袭人为人之温厚。她这辈子都没有明白，在宝玉心中，她比规矩重要。即使知道了，她也不会认。她永远无法理解，在宝玉的心中，她即使闹脾气，仍怕他着凉，为他盖上斗篷的情义最是可贵，她小心恪守的规矩道理却只是空架子。在袭人的心中，守规矩才是第一要务，只要宝玉不再白天黑夜地胡闹，她做牛做马都是应当应分。按理，宝玉读过书，应该比她更懂道理才对，难道还要她来解说吗？就是这个执拗的想法，让袭人阻断了宝玉与之交流的努力。

正闹着，贾母遣人来叫他吃饭，方往前边来，胡乱吃了半碗，仍回自己房中。只见袭人睡在外头炕上，麝月在旁边抹骨牌。宝玉素知麝月与袭人亲厚，一并连麝月也不理，揭起软帘自往里间来。麝月只得跟进来。宝玉便推她出去，说："不敢惊动你们。"麝月只得笑着出来，唤了两个小丫头进来。宝玉拿一本书，歪着看了半天，因要茶，抬头只见两个小丫头在地下站着。一个大些儿的生得十分水秀，宝玉便问："你叫什么名字？"那丫头便说："叫蕙香。"宝玉便问："是谁起的？"蕙香道："我原叫芸香的，是花大姐姐改了蕙香。"宝玉道："正经该叫'晦气'罢了，什么蕙香呢！"又问："你姊妹几个？"蕙香道："四个。"宝玉道："你第几个的？"蕙香道："我第四个的。"宝玉道："明儿就叫'四儿'，不必什么'蕙香''兰气'的。那一个配比这些花，没的玷辱了好名好姓。"一面说，一面命她倒了茶来吃。袭人和麝月在外间听了，抿嘴而笑。

袭人看似仍与宝玉赌气，见他回来也不招呼伺候，但私下早就安排了麝月负责照料，屋里的一应事宜也都由她坐镇安排，即使麝月被赶走，也还有四儿顶上，如此，才能保证不管家里闹成什么样，都不会真出乱子。这就是袭人的管理能力，也是贾母当日能放心把宝玉交由袭人服侍的原因。袭人与宝玉，内心里都波涛汹涌，表面上都波澜不惊，但是想法大相径庭，各自都想着对方认为不必挂心的事，又都期待着对方来呼应自己认为最重要的心意，注定只能双双落空。

这一日，宝玉也不大出房，也不和姊妹、丫头等厮闹，自己闷闷的，只不过拿着书解闷，或弄笔墨，也不使唤众人，只叫四儿答应。谁知四儿是个聪敏乖巧不过的丫头，见宝玉用她，她变尽方法笼络宝玉。至晚饭后，宝玉因吃了两杯酒，眼饧耳热之际，若往日则有袭人等大家嬉笑有兴，今日却冷清清的一人对灯，好没兴趣。待要赶了她们去，又怕她们得了意，以后越发来劝，若拿出做上的规矩来镇唬，似乎无情太甚。说不得横心只当她们死了，横竖自然也要过的——便权当她们死了，毫无牵挂，反能怡然自悦。因命四儿剪灯烹茶，自己看了一回《南华经》。正看至《外篇·胠箧》一则，其文曰：

> 故绝圣弃知，大盗乃止，擿玉毁珠，小盗不起。焚符破玺，而民朴鄙；剖斗折衡，而民不争；殚残天下之圣法，而民始可与论议。擢乱六律，铄绝竽瑟，塞瞽旷之耳，而天下始人含其聪矣；灭文章，散五采，胶离朱之目，而天下始人含其明矣，毁绝钩绳而弃规矩，攦工倕之指，而天下始人有其巧矣。

看至此，意趣洋洋，趁着酒兴，不禁提笔续曰：

> 焚花散麝，而闺阁始人含其劝矣。戕宝钗之仙姿，灰黛玉之灵窍，丧减情意，而闺阁之美恶始相类矣。彼含其劝，则无参商之虞矣；戕其仙姿，无恋爱之心矣，灰其灵窍，无才思之情矣。彼钗、玉、花、麝者，皆张其罗而穴其隧，所以迷眩缠陷天下者也。

续毕，掷笔就寝。头刚着枕，便忽然睡去，一夜竟不知所之，直至天明方醒。翻身看时，只见袭人和衣睡在衾上。宝玉将昨日的事已付与意外，便推她说道："起来好生睡，看冻着了。"

袭人等了宝玉一夜，谁知宝玉从为情所忧，到为情所感，再到自以为绝情，想不明白她究竟在生什么气，早已搁下不想，以至一夜无梦。更让袭人想不到的是，一夜过后，宝玉见到和衣守在他榻前的她，再一次为她感动，早将昨日之事付与度外，不假思索就来关心她的冷暖。

原来袭人见他无晓夜和姊妹们厮闹，若直劝他，料不能改，故用柔情以警之。料他不过半日片刻仍复好了，不想宝玉一日一夜竟不回转，自己反不得主意，直一夜没好生睡得。于袭人而言，让宝玉回心转意不是目的，而是规谏的前提。但是等着等着，心里莫可名状的忧虑占了上风，既没有在心里盘算劝谏的说辞，也没有想好如何破解彼此冷战的僵局，茫茫然守在宝玉的身边，不觉睡去，直到宝玉将她推醒。

宝玉已忘了昨日之事，袭人醒来却仍记忆犹新，今忽见宝玉如此，料他心意回转，便越性不睬他。因为只有战争继续，才能分出输赢，赢了的那个人，才能有话语权。袭人自知人微言轻，必须站到特定的有利位置，她说的话，宝玉才可能听。宝玉见她不应，便伸手替她解衣，刚解开了纽子，被袭人将手推开，又自扣了。昨日那样的一番气恼，可不能因为解个扣子就和缓下来，非得把气氛拱得与昨天一般紧张，要宝玉主动回到昨天的战场上，袭人说出的话才能有些分量。宝玉无法，只得拉她的手，笑道："你到底怎么了？"这一问，问的是从昨日到现在，究竟自己做了什么，让袭人气恼至此。袭人要的就是这一问，听闻之下心里一宽，总算笃定了，直等宝玉连问几声，才睁眼说道："我也不怎么。你睡醒了，你自过那边房里去梳洗，再迟了就赶不上。"宝玉道："我过那里去？"袭人冷笑道："你问我，我知道？你爱往那里去，就往那里去。从今咱们两个丢开手，省得鸡声鹅斗，叫别人笑。横竖那边腻了过来，这边又有个什么'四儿'

'五儿'伏侍。我们这起东西，可是白'玷辱了好名好姓'的。"
想在对方的心里争一个重要，是很动人的。也许袭人心里想得更
多的，是各人有自己应当应分的事，不该随意乱了次序，更不该
随意变动，最不该尚未梳洗就跑到别人的房里去，像个不懂规矩
的野人。但在宝玉眼里，她就是一个因为自己被冷落，又焦急又
不知所措的孩子，看着让人心软。宝玉笑道："你今还记着呢！"
袭人道："一百年还记着呢！比不得你，拿着我的话当耳旁风，
夜里说了，早起就忘了。"说起来，袭人上一次规谏宝玉，不过
是前几日的事，说好了不再爱红吃胭脂，这回他却在黛玉房里，
当着那儿一屋子人现了眼，怎怨得袭人生气呢。宝玉见他娇嗔满
面，情不可禁，便向枕边拿起一根玉簪来，一跌两段，说道：
"我再不听你说，就同这个一样。"上一回，宝玉也是一样的赌咒
发誓，让袭人说几件事都行，他没有不依的。这回换了新式样，
看着更郑重，殊不知，他们的分歧在宝玉心底的想法与袭人不
同，调和这个不同，岂是说说狠话就能行的。但是，除了讲大道
理，袭人对宝玉的情愫也是真的，见宝玉这样，袭人柔情百转的
一面被熨烫得平平展展，忙拾了簪子，说道："大清早起，这是
何苦来！听不听什么要紧，也值得这种样子。"其实，搁开那些
规矩和道理，袭人和宝玉本是最亲厚的，谁都愿意为对方忍让，
谁都会为对方暗自忧急。宝玉道："你心里那知道我心里急！"袭
人笑道："你也知道着急么！可知我心里怎么样？快起来洗脸去
罢。"说着，二人方起来梳洗。

　　都知道凡事应防患于未然，袭人也算得兢兢业业，苦口婆
心，之前宝玉做错的任何一件事，本身都不大，也没有闹到老
爷、太太面前，袭人的忧惧难免让人觉得小题大做。但是怎经
得宝玉一直那么兴味盎然地肆意妄为，到了第三十四回《情中
情因情感妹妹　错里错以错劝哥哥》，宝玉的祸事终于闹到了

老爷面前。

那一日，忠顺亲王府里来人，说府里有个做小旦的伶人名唤琪官的，近日走脱了，知道宝玉与之相与甚厚，故而前来寻宝玉打听其下落。老爷听了这等浑事，本就恼羞成怒，偏偏刚送走王府来人，又遇到贾环，诬告宝玉强奸金钏不成，造成金钏投井身亡，气得贾政面如金纸，满面泪痕，一迭声："拿宝玉！拿大棍子！拿索子捆上！把各门都关上！有人传信在里头去，立刻打死！"若不是后来终于惊动了贾母，真有可能将宝玉打死。

众人用春凳，先将宝玉抬至贾母房中，治疗调停完备，贾母令"好生抬到他房内去"，又乱了半日，众人才渐渐散去。

话说袭人见贾母王夫人等去后，便走来宝玉身边坐下，含泪问他："怎么就打到这步田地？"宝玉叹气说道："不过为那些事，问他做什么！只是下半截疼的很，你瞧瞧打坏了那里。"袭人听说，便轻轻伸手进去，将中衣褪下。宝玉略动一动，便咬着牙叫"哎哟"，袭人连忙停住手，如此三四次，才褪了下来。袭人看时，只见腿上半段青紫，都有四指宽的僵痕高了起来。袭人咬着牙说道："我的娘，怎么下这般的狠手？你但凡听我一句话，也不得到这步地位。幸而没动筋骨，倘或打出个残疾来，可叫人怎么样呢！"

正说着，只听丫鬟们说："宝姑娘来了。"袭人听见，知道穿不及中衣，便拿了一床袷纱被替宝玉盖了。只见宝钗手里托着一丸药走进来，向袭人说道："晚上把这药用酒研开，替他敷上，把那淤血的热毒散开，可以就好了。"说毕，递与袭人，又问道："这会子可好些？"宝玉一面道谢说："好了。"又让坐。宝钗见他睁开眼说话，不像先时，心中也宽慰了好些，便点头叹道："早听人一句话，也不至今日。别说老太太，太太心疼，就是我们看着，心里也疼。"刚说了半句，又忙咽住，自悔说的话急了，不觉得就红了脸，低下头来。宝玉听得这话如此亲切稠密，竟大有深意，忽见她又咽住不往下说，红了脸，低下头只管弄衣带，那一种娇羞怯怯，非可形容得出者，不觉心中大畅，将疼痛早丢在九霄云外，心中自思："我不过挨了几下打，他们一个个就有这些怜惜悲感之态露出，令人可玩可观，可怜可敬。假若我一时竟遭殃横死，他们还不知是何等悲感呢！既是他们这样，我便一时死了，得他们如此，一生事业纵然尽付东流，亦无足叹惜，冥冥之中若不怡然自得，亦可谓糊涂鬼祟矣。"想着，只听宝钗问袭人道："怎么好好的动了气，就打起来了？"袭人便把焙茗的话说了出来。宝玉原来还不知道贾环的话，见袭人说出方才知道。因又拉上薛蟠，唯恐宝钗沉心，忙又止住袭人道："薛大哥哥从来不这样的，你们别混裁度。"宝钗听说，便知道是怕她多心，用话相拦袭人，因心中暗暗想道："打的这个形像，疼还顾不过来，还是这样细心，怕得罪了人，可见在我们身上也算是用心了。你既这样用心，何不在外头大事上做工夫，老爷也喜欢了，也不能吃这样亏。但你固然怕我沉心，所以拦袭人的话，难道我就不知我的哥哥素日恣心纵欲，毫无防范的那种心性。当日为了一个秦钟，还闹的天翻地覆，自然如今比先又更利害了。"想毕，因笑道："你们也不必怨这个怨那个。据我想，到底宝兄弟素日不正，肯和那些人来往，老爷才生气。就是我哥哥说话不防头，一时说出宝兄弟来，也不是有心调唆：一则也是本来的实话，二则他原不理论这些防嫌小事。袭姑娘从小儿只见宝兄弟这么样细心的人，你何尝见过天不怕地不怕，心里有什么口里就说什么的人。"

袭人因说出薛蟠来，见宝玉拦她的话，早已明白自己说造次了，恐宝钗没意思，听宝钗如此说，更觉羞愧无言。宝玉又听宝钗这番话，一半是堂皇正大，一半是去己疑心，更觉比先畅快了。方欲说话时，只见宝钗起身说道："明儿再来看你，你好生养着罢。方才我拿了药来交给袭人，晚上敷上，管保就好了。"说着，便走出门去。袭人赶着送出院外，说："姑娘倒费心了。改日宝二爷好了，亲自来谢。"宝钗回头笑道："有什么谢处。你只劝他好生静养，别胡思乱想的就好了。不必惊动老太太，太太众人，倘或吹到老爷耳朵里，虽然彼时不怎么样，将来对景，终是要吃亏的。"说着，一面去了。

袭人抽身回来，心内着实感激宝钗。

宝钗是众姐妹中最端庄持重的人，看到宝玉如此，尚且说出心疼的话来，袭人看在眼里，不仅惊惧，还暗下决心，非得做点什么，再不教这样的事情发生。她深知，要宝玉改正，光靠她一个人规劝并无作用，须要借些别的力量才行。孩子，有自己的处事原则，最重要的一条，就是不到万不得已不惊动长辈，不让长辈来插手自己能处理好的事。当然，孩子眼中的好，多半与长辈们想的不同，所以，第一要务，就是不要暴露在长辈眼前，免得他们干预。之前，袭人一直秉持这一原则，宝玉胡闹，她即使生气，也总愿意为宝玉隐瞒。但是现在，袭人觉得一味隐瞒，可能导致将来更大的祸事，她迫切需要新的力量加持。

宝玉挨打，阖府上下都知道了，袭人的日常因此被打乱，不仅想伺候时会插不上手，更须照应一拨一拨前来探视的人。宝钗来过之后，除了黛玉是悄悄来悄悄走，不曾惊动人，更有凤姐、薛姨妈、老太太打发来的人接连前来问候，至掌灯时分，宝玉已昏昏沉沉睡去，却有周瑞媳妇等好几个有年纪常来往的，也来探看，袭人忙迎出来，带她们到旁边房里坐了吃茶，不让惊扰宝玉安睡。好容易送走了她们，刚要回来，只见王夫人使个婆子来，口称"太太叫一个跟二爷的人呢"。袭人见说，想了一想，决意要将自己素日的忧虑禀报太太，便回身悄悄地告诉晴雯、麝月、檀云、秋纹等说:"太太叫人,你们好生在房里,我去了就来。"说毕,同那婆子一径出了园子,来至上房。

袭人的这种做法,若是宝玉知道,很可能视之为背叛,房里的其他姐妹,如晴雯等,多半也难以接受。这是孩子向成人世界主动跨出的一步,是梦中人向现实跨出的一步,是在人生的岔路口向其中的一条路跨出的一步,正是这一步,让厌弃她和敬重她的人都找到了充分的理由,也正是这一步,注定了她和宝玉的缘分,不像她自以为的那么深。

王夫人正坐在凉榻上摇着芭蕉扇子,见她来了,说:"不管叫个谁来也罢了。你又丢下他来了,谁伏侍他呢?"宝玉身边,上有积年服侍的嬷嬷们,下有一大群大小丫鬟,但能得王夫人信赖的,只有袭人一人。袭人见说,连忙赔笑说道:"二爷才睡安稳了,那四五个丫头如今也好了,会伏侍二爷了,太太请放心。恐怕太太有什么话吩咐,打发他们来,一时听不明白,倒耽误了。"真到了王夫人跟前,袭人到底有些踌躇,但无意中还是道出了心声,服侍的事,很多人能做,都做得很好,但仅有贴心的服侍,还远远不够。至于说让太太放心的话,则是出于惯性,并且,袭人自认为自己不是来告状的,而是真心为宝玉好,所以言语谨慎,不想惊着太太。王夫人道:"也没甚话,白问问他这会子疼的怎么样。"袭人道:"宝姑娘送去的药,我给二爷敷上了,比先好些了。先疼的躺不稳,这会子都睡沉了,可见好些了。"王夫人又问:"吃了什么没有?"袭人道:"老太太给的一碗汤,喝了两口,只嚷干渴,要吃酸梅汤。我想着酸梅是个收敛的东西,才刚挨了打,又不许叫喊,自然急的那热毒热血未免不存在心里,倘或吃下这个去,激在心里,再弄出大病来,可怎么样呢。因此我劝了半天才没吃,只拿那糖腌的玫瑰卤子和了吃。吃了半碗,又嫌吃絮了,不香甜。"宝钗的母亲薛姨妈,是王夫人的亲妹妹，宝钗又是第一个来送药的，袭人看似简单陈述，实则是在太太面前道宝姑娘的好。老太太送来汤羹，宝玉喝了，才是孝顺懂事不辜负美意，但那不是宝玉真正想吃的东西。真想吃的酸梅汤，袭人没有一味顺着宝玉的意思给他吃上，而是想到了是否于身体不利，袭人服侍得用心果然配得上王夫人的信赖。说到这些服侍的细节，袭人几乎忘了自己的来意。

王夫人道："嗳哟，你不该早来和我说？前儿有人送了两瓶子香露来，原要给他点子的，我怕他胡糟踏了，就没给。既是他嫌那些玫瑰膏子絮烦，把这个拿两瓶子去。一碗水里只用挑一茶匙儿，就香的了不得呢。"说着就唤彩云来："把前儿的那几瓶香露拿了来。"袭人道："只拿两瓶来罢了，多了也白糟踏。等不够再要，再来取也是一样。"也不知道之前有多少珍贵的好物件，因为宝玉一时喜欢，就多多益善地给他弄了来，待他没了兴致，又白白糟蹋。袭人深知宝玉的脾性，不愿纵着他。彩云听说，去了半日，果然拿了两瓶来，付与袭人。袭人看时，只见两个玻璃小瓶，却有三寸大小，上面螺丝银盖，鹅黄笺上写着"木樨清露"，那一个写着"玫瑰清露"。袭人笑道："好金贵东西！这么个小瓶儿，能有多少？"王夫人道："那是进上的，你没看见鹅黄笺子？你好生替他收着，别糟踏了。"

袭人答应着，方要走时，王夫人又叫："站着，我想起一句话来问你。"袭人忙又回来。王夫人见房内无人，便问道："我恍惚听见宝玉今儿挨打，是环儿在老爷跟前说了什么话。你可听见这个了？你要听见，告诉我听了，我也不吵出来教人知道是你说的。"这话问得私密，袭人立刻想起了自己的来意，打点精神小心应答："我倒没听见这话，只听说为二爷霸占戏子，人家来和老爷要——为这个打的。"这是大家都知道的事，也是对袭人而言安全的回答。王夫人摇头说道："也为这个，还有别的原故。"

贾环也算王夫人的儿子，但是庶出，他的生母赵姨娘秉性不好，一直是一个尴尬的存在，王夫人和袭人说这些，并不合适。袭人不想陷入赵姨娘那一房的人际纠纷，她有更重要的事要说："别的原故实在不知道了。我今儿在太太跟前大胆说句不知好歹的话。论理……"真到说时，难免胆怯，说了半截忙又咽住，须稳住心神，再次暗暗集聚力量。王夫人道："你只管说。"袭人笑道："太太别生气，我就说了。"王夫人道："我有什么生气的，你只管说来。"袭人道："论理，我们二爷也须得老爷教训两顿。若老爷再不管，将来不知做出什么事来呢。"袭人的想法，是宝玉挨打她虽然心疼，但如果能阻止宝玉犯浑犯错，打他是应该的。而且一次若不够，就该有第二次，务必让宝玉改正了才好。宝玉的想法，却是我便为这些人死了，也是情愿的。袭人哪里知道，此中矛盾，关乎是非原则，不可调和。而她，不知不觉，已站在了宝玉的对立面。

王夫人一闻此言，便合掌念声"阿弥陀佛"，由不得赶着袭人叫了一声："我的儿，亏了你也明白，这话和我的心一样。我何曾不知道管儿子，先时你珠大爷在，我是怎么样管他，难道我如今倒不知管儿子了？只是有个原故：如今我想，我已经快五十岁的人，通共剩了他一个，他又长的单弱，况且老太太宝贝似的，若管紧了他，倘或再有个好歹，或是老太太气坏了，那时上下不安，岂不倒坏了，所以就纵坏了他。我常常掰着口儿劝一阵说一阵，气的骂一阵哭一阵，彼时他好，过后儿还是不相干，端的吃了亏才罢了。若打坏了，将来我靠谁呢？"说着，由不得滚下泪来。作为溺爱儿子的母亲，在王夫人眼里，是非对错并没有袭人想得重要。她自然也希望宝玉好，但宝玉再浑，她也没觉得宝玉能有多不好，只是他的身边常有人逗引着，才让他闯了祸。她滚落的，很难说究竟是心疼的、自我感动的、自怜的，还是忧

227

心如焚的眼泪。袭人见王夫人这般悲感，自己也不觉伤了心，陪着落泪。又道："二爷是太太养的，岂不心疼。便是我们做下人的伏侍一场，大家落个平安，也算是造化了。要这样起来，连平安都不能了。那一日那一时我不劝二爷，只是再劝不醒。偏生那些人又肯亲近他，也怨不得他这样，总是我们劝的倒不好了。今儿太太提起这话来，我还记挂着一件事，每要来回太太，讨太太个主意。只是我怕太太疑心，不但我的话白说了，且连葬身之地都没了。"袭人的隐忧，却另有文章。

王夫人听了这话内有因，忙问道："我的儿，你有话只管说。近来我因为听见众人背前背后都夸你，我只说你不过是在宝玉身上留心，或是诸人跟前和气，这些小意思好，所以将你和老姨娘一体行事。谁知你方才和我说的话全是大道理，正和我的想头一样。你有什么只管说什么，只别教别人知道就是了。"袭人道："我也没什么别的说。我想着讨太太一个示下，怎么变个法儿，以后竟还教二爷搬出园外来住就好了。"男女大防，是所有为人父母者的心病，旁的事或者还能理论一二，只有这件事，但凡沾染，就只剩下腌臜腥臭，见不得人。如今园子里住的，宝钗、黛玉是王夫人的外甥女，迎春和惜春是侄女，探春是庶出的女儿，李纨是已故长子贾珠的媳妇，也不过只有二十出头，更有每处院里不计其数的丫鬟仆妇，只有宝玉一人，还到了初通人事的年龄，换个角度看，宝玉就像生活在荆棘丛中，稍有差池就会万劫不复。这事，说不得，想不得，如今袭人竟直白地提了出来，王夫人听了，吃一大惊，忙拉了袭人的手问道："宝玉难道和谁作怪了不成？"

袭人连忙回道："太太别多心，并没有这话。这不过是我的小见识。如今二爷也大了，里头姑娘们也大了，况且林姑娘宝姑娘又是两姨姑表姊妹，虽说是姊妹们，到底是男女之分，日夜一处起坐不方便，由不得叫人悬心，便是外人看着也不像。一家子的事，俗语说的'没事常思有事'，世上多少无头脑的事，多半因为无心中做出，有心人看见，当作有心事，反说坏了。只是预先不防着，断然不好。二爷素日性格，太太是知道的。他又偏好在我们队里闹，倘或不防，前后错了一点半点，不论真假，人多口杂，那起小人的嘴有什么避讳，心顺了，说的比菩萨还好，心不顺，就贬的连畜牲不如。二爷将来倘或有人说好，不过大家直过没事，若要叫人说出一个不好字来，我们不用说粉身碎骨，罪有万重——都是平常小事——但后来二爷一生的声名品行岂不完了！二则太太也难见老爷。俗语又说'君子防不然'，不如这会子防避的为是。太太事情多，一时固然想不到。我们想不到则可，既想到了，若不回明太太，罪越重了。近来我为这事日夜悬心，又不好说与人，惟有灯知道罢了。"

男女大防，是局外人，将所有人都当作潜在的罪犯看待时，才能看见的景象。袭人身在局中，却日夜悬心，实在是因为依她的见识，这个"防"字里面并没有侮辱的成分，而是为了安全起见，每个人都应该自觉建立的防线。她心中的防线，竟然设在了外人看着也不像，换言之，出于惯性思维，她并没有指望宝玉成为大家赞誉的正人君子，但她真心希望宝玉能各个方面都做得像个正人君子，并认为只要这样，宝玉就应该可以得到赞誉了。袭人想防备的，也不是男女之事本身，她并没有想那么远，那么具体。她深以为惧，觉得怎么防备都不为过的，是无心中做出，有心人看见，当作有心事。这一节，连她本人都有受人诬陷之虞。何况当日，宝玉曾将她错认作黛玉，对她说出过"我为你也弄了一身的病在这里，又不敢告诉人，只好掩着。等你的病好了，只怕我的病才得好呢。睡里梦里也忘不了你"的话，这话，她当然打死也不会对第二个人说，但搁在心里沉甸甸的，早成了她的心病。将来若真有什么事闹出来，宝玉名声受损，比她自己担污名更让她难受，所以她自觉并无私心，更无恶意。袭人把宝玉所有的错处，都归咎于素日性格。性格是老天给的，所以她从来没有真心指望宝玉改变。她想防的，是那些小人，她能想到防小人的唯一办法，就是设立安全防线。

王夫人听了这话，如雷轰电击的一般，正触了金钏儿之事，心内越发感爱袭人不尽，忙笑道："我的儿，你竟有这个心胸，想的这样周全！我何曾又不想到这里，只是这几次有事，就忘了。你今儿这一番话提醒了我。难为你成全我娘儿两个声名体面，真真我竟不知道你这样好。罢了，你且去罢，我自有道理。只是还有一句话：你今既说了这样的话，我就把他交给你了，好歹留心，保全了他，就是保全了我。我自然不辜负了你。"

金钏与宝玉言语轻浮，举止亲昵，被假寐醒转的王夫人瞧见，王夫人素日里宽仁慈厚，但这却是平生最恨之事，当下半点情面不讲，着人立刻将金钏打发出府才肯罢休。那金钏不堪其辱，投井自尽。事后，王夫人虽然也觉得心下不安，但若能再来一次，恐怕她对金钏的厌恶仍是一样，仍会将她赶出府去。王夫人也从来不考虑宝玉能如何改变，需要改变的是他人，是环境，而宝玉需要的，是保护才对。袭人的想法，深得王夫人赞赏。在旁人看来，袭人和王夫人可谓私心用甚，但她们想的，却仅仅是保全宝玉而已。

袭人连连答应着去了。回来正值宝玉睡醒，袭人回明香露之事。宝玉喜不自禁，即令调来尝试，果然香妙非常。因心下记挂着黛玉，满心里要打发人去，只怕袭人，便设一法，先使袭人往宝钗那里去借书。

后来，被派去为黛玉送两方旧帕子的是晴雯，晴雯也不懂帕子中饱含的深情，愣愣地去了，又愣愣地回来，并没有更多想头。袭人若知道，宝玉特意支开她，而更信任晴雯，一定会觉得委屈。宝玉自始至终都不知道袭人和王夫人达成的默契，但他的选择很明智，因为袭人也是她自己一心想要防备的小人中的一员而不自知，这事若让袭人知道了，一定不像晴雯那么心无杂念，只会又一次惊惧不已，一时忧心大逆不道，一时忧心有伤风化。袭人也许不会说什么文绉绉的话，但她是真心觉得君辱臣死，父辱子过，只是将君臣父子换成了主仆。正因为如此，王夫人对她内心感爱，自此待她与别人不同。

紫鹃：忠仆之义在忠

　　紫鹃在《红楼梦》中着墨不多，其地位与袭人相仿，但远不如袭人的存在感那么强。袭人原名珍珠，是贾母身边的一等丫头，和贾母的贴身丫鬟鸳鸯、琥珀在一个序列中，同出贾母房中的紫鹃只是二等丫头，即使在贾母身边，也不是最优秀的人。相比于宝玉，黛玉不是一个时时需要劝谏的人，更不曾时常缺这个要那个，或陷入府中的人际纠纷，日常的悉心照料，既写了袭人，自不必在紫鹃处重复，作为黛玉的贴身丫鬟，紫鹃的长处，不是旁人能看见的伶俐能干，而在深深用心，忠心耿耿。

　　紫鹃出场，在第三回《托内兄如海荐西宾　接外孙贾母惜孤女》中。

　　黛玉只带了两个人来。一个是自幼奶娘王嬷嬷，一个是十岁的小丫头，亦是自幼随身的，名唤作雪雁。贾母见雪雁甚小，一团孩气，王嬷嬷又极老，料黛玉皆不遂心省力的，便将自己身边的一个二等丫头名唤鹦哥者与了黛玉。外亦如迎春等例，每人除自幼乳母外，另有四个教引嬷嬷，除贴身掌管钗钏盥沐两个丫鬟外，另有五六个洒扫房屋、来往使役的小丫鬟。当下，王嬷嬷与鹦哥陪侍黛玉在碧纱橱内。宝玉之乳母李嬷嬷并大丫鬟名唤袭人者，陪侍在外大床上。

黛玉初入贾府时，不过十来岁的年纪，又刚刚经历丧母之痛，来在陌生地方，内心里想必各种煎熬。极老的王嬷嬷，和甚小的雪雁，恐怕都不能为之解忧。此时尚唤作鹦哥的紫鹃，本是贾府中人，熟悉情况，做了黛玉的贴身丫鬟，帮助黛玉更快安顿下来，更重要的是，帮助黛玉更快安定心神，就指望她了。

初时，我们并不觉得紫鹃得力。是晚，宝玉、李嬷嬷已睡了，袭人见里面黛玉和鹦哥犹未安息，她自卸了妆，悄悄进来，笑问："姑娘怎还不安息？"黛玉忙让："姐姐请坐。"袭人在床沿坐了。鹦哥笑道："林姑娘正在这里伤心，自己淌眼抹泪的说：'今儿才来，就惹出你家哥儿的狂病，倘或摔坏那玉，岂不是因我之过？'因此便伤心，我好容易劝好了。"袭人道："姑娘快休如此，将来只怕比这个更奇怪的笑话儿还有呢。若为他这种行止你多心伤感，只怕你伤感不了呢。快别多心！"黛玉道："姐姐们说的我记着就是了。究竟那玉，不知是怎么个来历？上面还有字迹？"袭人道："连一家子也不知来历，上头还有现成的眼儿。听得说，落草时是从他口里掏出来的。等我拿来你看便知。"黛玉忙止道："罢了，此刻夜深，明日再看也不迟。"大家又叙了一回，方才安歇。

我们只看见袭人是如何开解黛玉的，并不曾看见紫鹃做什么。只一句"我好容易劝好了"露出端倪。袭人来时，只知道她们犹未安息，却不知道黛玉伤心，还淌眼抹泪，若不是紫鹃竭力安抚，恐怕黛玉还在忧闷心伤，不会那么快就流露出对通灵宝玉的好奇。黛玉孤身在贾府，不像后来的宝钗，毕竟有兄弟和母亲可以依傍，却从不见她因为不知此地习俗而犯错，也不见她与人交接有任何差池，想来背后多少都有紫鹃在照应。

后来，黛玉与宝玉投缘，袭人想到的是"君子防不然"，紫鹃却从无这等想法，反倒守着待客之道，始终对宝玉以礼相待。第二十六回《蜂腰桥设言传心事　潇湘馆春困发幽情》中，宝玉顺着脚一径来至一个院门前，只见凤尾森森，龙吟细细，举目望门上一看，只见匾上写着"潇湘馆"三字。宝玉信步走入，只见湘帘垂地，悄无人声。走至窗前，觉得一缕幽香从碧纱窗中暗暗透出。宝玉便将脸贴在纱窗上，往里看时，耳内忽听得细细地长叹了一声，道："每日家情思睡昏昏。"宝玉听了，不觉心内痒将起来，再看时，只见黛玉在床上伸懒腰。宝玉在窗外笑道："为甚么'每日家情思睡昏昏'？"一面说，一面掀帘子进来了。林黛玉自觉忘情，不觉红了脸，拿袖子遮了脸，翻身向里装睡着了。

宝玉才走上来要扳她的身子，只见黛玉的奶娘并两个婆子却跟了进来，说："妹妹睡觉呢，等醒来再请来。"刚说着，黛玉便翻身坐了起来，笑道："谁睡觉呢。"那两三个婆子见黛玉起来，便笑道："我们只当姑娘睡着了。"说着，便叫紫鹃说："姑娘醒了，进来伺候。"一面说，一面都去了。

黛玉坐在床上，一面抬手整理鬓发，一面笑向宝玉道："人家睡觉，你进来作什么？"宝玉见她星眼微饧，香腮带赤，不觉神魂早荡，一歪身坐在椅子上，笑道："你才说什么？"黛玉道："我没说什么。"宝玉笑道："给你个榧子吃！我都听见了。"

二人正说话，只见紫鹃进来。宝玉笑道："紫鹃，把你们的好茶倒碗我吃。"紫鹃道："那里是好的呢？要好的，只是等袭人来。"黛玉道："别理他，你先给我舀水去罢。"紫鹃笑道："他是客，自然先倒了茶来再舀水去。"说着，倒茶去了。宝玉笑道："好丫头，'若共你多情小姐同鸳帐，怎舍得叠被铺床'！"林黛玉登时摔下脸来，说道："二哥哥，你说什么？"宝玉笑道："我何尝说什么。"黛玉便哭道："如今新兴的，外头听了村话来，也说给我听，看了混帐书，也来拿我取笑儿。我成了爷们解闷的。"一面哭着，一面下床来往外就走。宝玉不知要怎样，心下慌了，忙赶上来道："好妹妹，我一时该死，你别告诉去。我再要敢，嘴上就长个疔，烂了舌头。"

正说着，只见袭人走来，说道："快回去穿衣服，老爷叫你呢。"宝玉听了，不觉打了个焦雷一般，也顾不得别的，急忙回来穿衣服。出园来，只见焙茗在二门前等着，宝玉问道："你可知道叫我是为什么？"焙茗道："爷快出来罢，横竖是见去的，到那里就知道了。"一面说，一面催着宝玉。

黛玉与宝玉时常玩笑，也时常拌嘴，紫鹃跟着黛玉久了，不免说话行事都随黛玉。宝玉是客，她自然要斟茶招待，还把招待的事排在伺候黛玉洗脸之前，但言语间，却打趣说，没有好茶，要好的，只是等袭人来。袭人与宝玉亲厚，表现在数次以情相探，以情相谏，最后总希望宝玉能听自己的话。紫鹃也与宝玉亲厚，却表现为不拘小节，以诚相待。一来，毕竟她是黛玉的丫鬟，与宝玉隔了一层，再则，更基于她对宝黛的信任，从来觉得自己只要伺候好，就行了，他们言谈间她不甚理解的事，与她有什么干系呢。

紫鹃心思单纯，她知道，全府里，宝玉是待黛玉最好的人，她还知道，如果两人有了误会或口角，黛玉会伤心很久，甚至因此伤身。所以，她只求两人不闹别扭，就是上上大吉。第二十九回《享福人福深还祷福　痴情女情重愈斟情》中，贾母到清虚观打醮，观中的张道士借机想为宝玉提亲，宝玉为此嗔恼不已，第二天再不肯往观里去，口口声声说："从今以后，再不见张道士了。"这原本是不相干的人惹的小小不快，宝黛二人为着各自的心意无法言说，竟闹得砸玉的砸玉，吐药的吐药，袭人和紫鹃都没了主意，只能陪着落泪。底下的老婆子们吓坏了，赶紧禀报老太太，直到贾母带出宝玉去了，方才平复。

　　到了第三十回《宝钗借扇机带双敲　　龄官划蔷痴及局外》，话说林黛玉与宝玉角口后，也自后悔，但又无去就他之理，因此日夜闷闷，如有所失。紫鹃最懂黛玉的心思。她知道，黛玉不会真的恼恨宝玉，也不会认定错在宝玉，而非等宝玉认错才肯罢休。与其怨怼宝玉，黛玉更会怨自己，会后悔自己急躁。但是黛玉素来心高气傲，她既不会承认自己有错，也不会开口责怪宝玉，就只剩下独自郁闷。紫鹃度其意，乃劝道："若论前日之事，竟是姑娘太浮躁了些。别人不知宝玉那脾气，难道咱们也不知道的？为那玉，也不是闹了一遭两遭了。"黛玉啐道："你倒来替人派我的不是。我怎么浮躁了？"黛玉身体孱弱，大家都怕她风吹吹就会倒，只有紫鹃才敢顶撞她，因为只有紫鹃才能做到精细准确地控制好力量，既不会真的把黛玉气着，又能说出黛玉不肯承认的事实："好好的，为什么又剪了那穗子？岂不是宝玉只有三分不是，姑娘倒有七分不是。我看他素日在姑娘身上就好，皆因姑娘小性儿，常要歪派他，才这样。"说话是否中听，关键不在言辞，而在立场。紫鹃的话，看着句句都像指责，实际句句意在劝和，皆因她从来觉得宝黛相合，在她的心里，宝黛之间只有一时的误会，压根没有矛盾。这一回黛玉与宝玉相争不下，彼此的真心，二人皆说不出口，只能借些事由彼此分辩，黛玉说宝玉的那些话，在紫鹃看来就是歪派，至于宝玉是否也歪派了黛玉，就不是紫鹃能劝的了。

　　林黛玉欲答话，只听院外叫门。紫鹃听了一听，笑了，她知道黛玉一直在等，她自己又何尝不是呢，她虽不说，但心里觉得，只有黛玉高兴了，她才高兴。这会儿，正是想什么来什么，不禁欢喜道："这是宝玉的声音，想必是来赔不是来了。"林黛玉听了还想硬扛："不许开门！"什么话该听，什么话不用听，紫鹃辨得明明白白："姑娘又不是了。这么热天毒日头地下，晒坏了他如何使得呢！"口里说着，便出去开门，果然是宝玉。一面让他进来，一面笑道："我只当是宝二爷再不上我们这门了，谁知这会子又来了。"同样的话，若不是心里亲近的人，也可能让宝玉听来刺耳。但在宝玉心目中，紫鹃和晴雯一样，足可信赖。听了紫鹃的话，宝玉笑道："你们把极小的事倒说大了。好好的，为什么不来？我便死了，魂也要一日来一百遭。妹妹可大好了？"言下之意，之前的事已然揭过，不必再提，当下林姑娘的身体情况，才是宝玉关心的事。紫鹃立刻听懂了，提示宝玉："身上病好了，只是心里气不大好。"宝玉也立刻听懂了，安抚紫鹃道："我晓得有什么气。"一面说着，一面进来，只见林黛玉又在床上哭……

之后是宝玉与黛玉化解误会，各赔各的不是，不在话下。有趣的是，直到凤姐前来，不由分说要拉了黛玉往贾母处去，黛玉房里都不见一个丫鬟。凤姐笑道："又叫他们做什么，有我伏侍你呢。"一面说，一面拉了就走。不消说，这是紫鹃的体贴。她了解黛玉，也相信宝玉，知道二人定能把话说开，冰释前嫌，但是过程，却当保全二人的体面，不能有闲杂人等旁观。

紫鹃就是这样，惯以不在场的方式存在，不仔细的人，只当她果真没有多大用处，抑或难免。实际上，她一直悉心照料黛玉，若不是她耐心又细心，不知黛玉在贾府中生活会觉得如何地孤苦无依。第三十四回《情中情因情感妹妹　错里错以错劝哥哥》中，宝玉挨了打，宝钗听袭人说是薛蟠漏出口风，才惹来祸端，忙赶回家去，安慰母亲，规劝薛蟠。偏这一次真是讹传，薛蟠见了宝钗不仅不肯听劝，反而大动肝火，气哭了宝钗，仍赌气回房不理。第二天，宝钗清早就往母亲处去，途中可巧遇见黛玉。黛玉见她没精打采，眼上似有哭泣之状，以己度人，还以为她是为宝玉落泪，因笑道："姐姐也自保重些儿，就是哭出两缸眼泪来，也医不好棒疮！"

　　至第三十五回《白玉钏亲尝莲叶羹　黄金莺巧结梅花络》，话说宝钗分明听见林黛玉刻薄她，因记挂着母亲哥哥，并不回头，一径去了。这里林黛玉还自立于花荫之下，远远地却向怡红院内望着，只见李宫裁、迎春、探春、惜春并各项人等都向怡红院内去过之后，一起一起的散尽了，只不见凤姐儿来，心里自己盘算道："如何他不来瞧宝玉？便是有事缠住了，他必定也是要来打个花胡哨，讨老太太和太太的好儿才是。今儿这早晚不来，必有原故。"一面猜疑，一面抬头再看时，只见花花簇簇一群人又向怡红院内来了。

　　定睛看时，只见贾母搭着凤姐儿的手，后头邢夫人、王夫人跟着周姨娘并丫鬟、媳妇等人都进入院去了。黛玉看了不觉点头，想起有父母的人的好处来，早又泪珠满面。少顷，只见宝钗薛姨妈等也进入去了。忽见紫鹃从背后走来，说道："姑娘吃药去罢，开水又冷了。"黛玉道："你到底要怎么样？只是催，我吃不吃，管你什么相干！"紫鹃笑道："咳嗽的才好了些，又不吃药了。如今虽然是五月里，天气热，到底也还该小心些。大清早起，在这个潮地方站了半日，也该回去歇息歇息了。"一句话提醒了黛玉，方觉得有点腿酸，待了半日，方慢慢地扶着紫鹃，回潇湘馆来。

　　一进院门，只见满地下竹影参差，苔痕浓淡，不觉又想起《西厢记》中所云"幽僻处可有人行？点苍苔白露泠泠"二句来，因暗暗地叹道："双文，双文，诚为命薄人矣。然你虽命薄，尚有孀母弱弟，今日林黛玉之命薄，一并连孀母弱弟俱无。古人云'佳人命薄'，然我又非佳人，何命薄胜于双文哉！"一面想，一面只管走，不防廊上的鹦哥见林黛玉来了，嘎的一声扑了下来，倒吓了一跳，因说道："作死的，又扇了我一头灰。"那鹦哥仍飞上架去，便叫："雪雁，快掀帘子，姑娘来了。"黛玉便止住步，以手扣架道："添了食水不曾？"那鹦哥便长叹一声，竟大似林黛玉素日吁嗟音韵，接着念道："侬今葬花人笑痴，他年葬侬知是谁？试看春尽花渐落，便是红颜老死时。一朝春尽红颜老，花落人亡两不知！"黛玉、紫鹃听了，都笑起来。紫鹃笑道："这都是素日姑娘念的，难为他怎么记了。"黛玉便令将架摘下来，另挂在月洞窗外的钩上。于是进了屋子，在月洞窗内坐了。吃毕药，只见窗外竹影映入纱来，满屋内阴阴翠润，几簟生凉。黛玉无可释闷，便隔着纱窗，调逗鹦哥作戏，又将素日所喜的诗词，也教与他念。这且不在话下。

黛玉惦记宝玉的伤情，又碍于面子，不能独自前去探看，她不像迎春、探春、惜春她们可以做伴，也不像宝钗可以与母亲同去，不去，又着实放心不下，故而早早站在花荫下远远眺望。紫鹃并非每次都能猜中黛玉的心思，有的时候她根本就不猜，只做当时当刻最该做的事。黛玉该吃药了，她就来寻她。知道黛玉站立多时，她只字不提黛玉在做什么，只说在这个潮地方站了半日，也该回去歇息歇息了。黛玉心中正暗自愁苦，迁怒于她，她也不恼，也不接话，只管劝黛玉回去歇息。如此，她与黛玉的相处，才能既亲密，又宽松，不像袭人和宝玉，总有些许紧张，甚至防备。

文中的鹦哥与紫鹃相映成趣，紫鹃原本就叫鹦哥，如今黛玉有了一只真的鹦哥，和紫鹃一样，颇能慰藉她的心。黛玉正是因为有了这只鹦哥，才让紫鹃改了名字亦未可知。那鹦哥真是难得，虽不知黛玉正为自己命薄而哀叹，却能长叹一声，又说出"侬今葬花人笑痴，他年葬侬知是谁？试看春尽花渐落，便是红颜老死时。一朝春尽红颜老，花落人亡两不知"，如同通了人性一般。

紫鹃说，那是因为鸟儿素日听惯林姑娘念叨，就记住了，她自己又何尝不是，素日里听着黛玉有言无言的心声，不仅记住了，更是早已同声相应，同气相求，悄悄地，不知替黛玉想过多少心事，作过多少筹谋。关于这一点，文中并没有具体描述，但若非如此，第五十七回《慧紫鹃情辞试莽玉　慈姨妈爱语慰痴颦》中，紫鹃的惊人之举岂不成了空穴来风。

这日宝玉因见湘云渐愈，然后去看黛玉。正值黛玉才歇午觉，宝玉不敢惊动，因紫鹃正在回廊上，手里做针黹，便来问她："昨日夜里咳嗽可好了？"紫鹃道："好些了。"宝玉笑道："阿弥陀佛！宁可好了罢。"紫鹃笑道："你也念起佛来，真是新闻！"宝玉笑道："所谓'病笃乱投医'了。"一面说，一面见她穿着弹墨绫薄绵袄，外面只穿着青缎夹背心，宝玉便伸手向她身上摸了一摸，说："穿这样单薄，还在风口里坐着，春天风馋，时气又不好，你再病了，越发难了。"紫鹃便说道："从此咱们只可说话，别动手动脚的。一年大二年小的，叫人看着不尊重。打紧的那起混帐行子们背地里说你，你总不留心，还只管和小时一般行为，如何使得。姑娘常常吩咐我们，不叫和你说笑。你近来瞧他远着你还恐远不及呢。"说着，便起身携了针线进别房去了。

宝玉孩童般的行事，虽然无心，却早已与当下的年纪不符，为着宝玉不够尊重，黛玉气过哭过好几回，但因为宝玉心里敬重黛玉，每每赔了不是，二人仍亲厚如初。何况"动手动脚"的话，也不是黛玉能说出口的。紫鹃的心思，细究起来，与袭人的并无二致，都想要宝玉检点言行，都担心那起浑账行子们背地里编派。但是袭人多用情谏，大道理也因此变得暧昧，且她想的，是怎么想个办法，让宝玉与所有他亲近的人拉开距离，以策安全。相比之下，紫鹃行事更方正，只想提醒宝玉，怎么做得更好一点，大家才能相处得长远。姑娘常常吩咐我们云云，多是托辞，只因紫鹃知道，须说成是姑娘的意思，宝玉才能听得进去。黛玉虽常玩笑，行止却矜持，若宝玉不知收敛，旁人看着太不像话。宝玉通常受到的劝谏，不是袭人那样的情谏，就是来自父亲的笞挞，如紫鹃这样平直而严肃的，只此一次。

好紫鹃，伺候黛玉从来没有私心夹杂，她既说是姑娘的吩咐，宝玉信以为真。紫鹃回屋，宝玉只当是为了避开他，见了这般景况，心中忽浇了一盆冷水一般，只瞅着竹子发了一回呆。因祝妈正来挖笋修竿，便怏怏走出来，一时魂魄失守，心无所知，随便坐在一块山石上出神，不觉滴下泪来。直呆了五六顿饭工夫，千思万想，总不知如何是好。偶值雪雁从王夫人房中取了人参来，从此经过，忽扭项看见桃花树下石上一人，手托着腮颊出神，不是别人，却是宝玉。雪雁疑惑道："怪冷的，他一个人在这里作什么？春天凡有残疾的人都犯病，敢是他犯了呆病了？"一边想，一边便走过来蹲下，笑道："你在这里作什么呢？"宝玉忽见了雪雁，便说道："你又作什么来找我？你难道不是女儿？他既防嫌，不许你们理我，你又来寻我，倘被人看见，岂不又生口舌？你快家去罢了。"雪雁听了，只当是他又受了黛玉的委屈，只得回至房中。

雪雁是黛玉从苏州家里一路带到京都的丫鬟，论亲近，如今她却排在了紫鹃之后。年纪小固然是原因，但更重要的原因，当是紫鹃更赤诚而贴心。人都有依赖心，跟在太能干的人身边，反而不利于成长。雪雁也是心地纯良之人，初来时就听说宝玉有些呆病，她当了真，见宝玉有任何出格的情况，就只当是病，从未想过要细究病因。再加上宝玉即使犯浑，也从来没有伤害过谁，所以对他的病，雪雁只有同情，从无嫌弃。唯有如此，宝玉才能在雪雁面前说出"防嫌"的话，若真觉得自己不受欢迎，这话定然没那么容易出口。长大成人，就是要承受越来越多束缚，袭人是主动迎接长大成人的到来，紫鹃是接受了长大成人的事实，唯有宝玉，觉得自己纵使肆意妄为也是好的，既是好的，就不该有什么约束。紫鹃的话在他听来，就像逐客令，他何曾受过这样的打击，又气又伤心，还发作不得。雪雁看他似在发呆，实则他的心里正千思万想。

雪雁回至房中，黛玉未醒，将人参交与紫鹃。紫鹃早忘了宝玉，因问她："太太做什么呢？"雪雁也没将宝玉放在心上，回道："也歇中觉，所以等了这半日。姐姐，你听笑话儿：我因等太太的工夫，和玉钏儿姐姐坐在下房里说话儿，谁知赵姨奶奶招手儿叫我。我只当有什么话说，原来他和太太告了假，出去给他兄弟伴宿坐夜，明儿送殡去，跟他的小丫头子小吉祥儿没衣裳，要借我的月白缎子袄儿。我想他们一般也有两件子的，往脏地方儿去恐怕弄脏了，自己的舍不得穿，故此借别人的。借我的弄脏了也是小事，只是我想，他素日有些什么好处到咱们跟前？所以我说了：'我的衣裳簪环都是姑娘叫紫鹃姐姐收着呢。如今先得去告诉他，还得回姑娘呢。姑娘身上又病着，竟费了大事，误了你老出门，不如再转借罢。'"这些小心思，知不知道都不值得理论，紫鹃听了，并无责备，只是笑道："你这个小东西子倒也巧。你不借给他，你往我和姑娘身上推，叫人怨不着你。他这会子就下去了，还是等明日一早才去？"雪雁道："这会子就去的，只怕此时已去了。"紫鹃点点头。自己的事说完了，雪雁想起宝玉："姑娘还没醒呢，是谁给了宝玉气受，坐在那里哭呢。"紫鹃听了，忙问："在那里？"雪雁道："在沁芳亭后头，桃花底下呢。"

紫鹃听说，忙放下针线，又嘱咐雪雁好生听叫："若问我，答应我就来。"说着，便出了潇湘馆，一径来寻宝玉。宝玉待人亲切，时常说说笑笑原是极好的，但是会被人诟病的，正是这些亲密说笑。紫鹃心里也有一个抽象的好，说不清道不明，却希望宝玉什么都不用改变，只要更好一点就好了。换言之，无论对黛玉，还是对她们这些下人们，宝玉心里的情谊无须压制收敛，只要举止言谈更谨慎些就行了。紫鹃不知道那个文绉绉的词，叫发乎情止乎礼。其实，连那都不是最重要的，在紫鹃心里，更安定更久远地在一起才要紧。为了这个愿景，今天受些约束是应该的。紫鹃并没有开罪宝玉的意思，本是一番好意，若竟惹得宝玉生气，就是她的不是。彼此要好的人，不会小心翼翼地问对方是否生气，更会用责怪的口吻表达心意。紫鹃走至宝玉跟前，含笑说道："我不过说了那两句话，为的是大家好，你就赌气跑了这风地里来哭，作出病来唬我。"宝玉忙笑道："谁赌气了！我因为听你说的有理，我想你们既这样说，自然别人也是这样说，将来渐渐的都不理我了，我所以想着自己伤心。"紫鹃也便挨他坐着。宝玉笑道："方才对面说话你尚走开，这会子如何又来挨我坐着？"听这话头，宝玉也是怕彼此生分，更怕彼此离散的。既如此，紫鹃有更重要的事，要为黛玉探探宝玉的真心。黛玉孤身在贾府，贾母疼爱，凤姐照拂，但那些都是日常起居方面的关爱，紫鹃眼看着黛玉一年一年长大，最要紧的事却无人关心，她的心一年紧似一年。但那原是说不得的事，宝玉和黛玉谁都不会贸贸然提及，紫鹃决定自作主张，大着胆子问上一问。紫鹃也向成人世界跨出了一步，她觉得自己已经是个大人了，如同黛玉的家里人，应该为黛玉操这个心。真要说时，却不容易，只得另寻由头，缓上一缓。紫鹃道："你都忘了？几日前，你们兄妹两个正说话，赵姨娘一头走了进来——我才听见他不在家，所以我来问你——正是前日你和他才说了一句'燕窝'，就歇住了，总没提起，我正想着问你。"宝玉道："也没什么要紧。不过我想着，宝姐姐也是客中，既吃燕窝，又不可间断，若只管和他要，太也托实。虽不便和太太要，我已经在老太太跟前略露了个风声，只怕老太和凤姐姐说了。我告诉他的，竟没告诉完了他。如今我听见一日给你们一两燕窝，这也就完了。"这也算私密之事，大家族，人多眼杂，各怀心思，多的是一点小事惹出闲言碎语，更有赵姨娘这等无理搅三分的人，最后变得一地鸡毛不堪其扰的。宝玉既想让黛玉长长远远吃上燕窝，又不想惹动无谓的纷争。他虽也与凤姐亲近，但是知道，回过老太太，让老太太发话才最是牢靠。如此行事，可见他对黛玉用心之细。紫鹃听了，心里又多了两分胜算，愈发往前试探。

紫鹃道："原来是你说了，这又多谢你费心。我们正疑惑，老太太怎么忽然想起来叫人每一日送一两燕窝来呢？这就是了。"宝玉笑道："这要天天吃惯了，吃上三二年就好了。"紫鹃道："在这里吃惯了，明年家去，那里有这闲钱吃这个。"宝玉听了，吃了一惊，忙问："谁？往那个家去？"紫鹃道："你妹妹回苏州家去。"紫鹃试探的方式也与袭人相仿，只是袭人说的是自己要家去了，紫鹃说的是黛玉要回苏州。紫鹃哪里知道，宝玉惧怕离散，惧怕生活中的无常变化，谁说要走他都会伤感，但是黛玉与所有人不同，黛玉要从生活中消失，是宝玉完全不能触碰的逆鳞，碰了，不啻剜心割肉一般地疼。

宝玉笑道："你又说白话。苏州虽是原籍，因没了姑父姑母，无人照看，才就了来的。明年回去找谁？可见是扯谎。"宝玉没有当真，所以尚自镇定。但紫鹃想知道的，就是如果林姑娘要走，你宝玉会如何应对，所以越发说得真切。紫鹃冷笑道："你太看小了人。你们贾家独是大族人口多的，除了你家，别人只得一父一母，房族中真个再无人了不成？我们姑娘来时，原是老太太心疼他年小，虽有叔伯，不如亲父母，故此接来住几年。大了该出阁时，自然要送还林家的。终不成林家的女儿在你贾家一世不成？林家虽贫到没饭吃，也是世代书宦之家，断不肯将他家的人丢在亲戚家，落人的耻笑。所以早则明年春天，迟则秋天。这里纵不送去，林家亦必有人来接的。前日夜里姑娘和我说了，叫我告诉你，将从前小时顽的东西，有他送你的，叫你都打点出来还他。他也将你送他的打叠了在那里呢。"宝玉听了，便如头顶上响了一个焦雷一般。紫鹃想得太简单了，就想看看宝玉信以为真之后是何反应，想求一个自己的心安。她等着看他怎样回答，宝玉却只不作声。忽见晴雯找来说："老太太叫你呢，谁知道在这里。"紫鹃笑道："他这里问姑娘的病症。我告诉了他半日，他只不信。你倒拉他去罢。"说着，自己便走回房去了。到底什么也没有问出来，紫鹃虽然失望，却也不虞有他。

不想回了怡红院后，宝玉两个眼珠儿直直的起来，口角边津液流出，皆不知觉。众人见他这般，一时忙乱起来，袭人急得赶去质问紫鹃，把黛玉慌得，"哇"的一声，将腹中之药一概呛出，却不要紫鹃服侍，催着赶着要紫鹃趁早去解释明白，紫鹃听说，忙下了床，同袭人到了怡红院。

谁知贾母、王夫人等早已都在那里，一见了紫鹃，又是责骂又是细问，之后是延医用药一通忙乱，宝玉见了紫鹃，更是死拉她的手不放。

一时，按方煎了药来服下，果觉比先安静。无奈宝玉只不肯放紫鹃，只说她去了便是要回苏州去了。贾母、王夫人无法，只得命紫鹃守着他，另将琥珀去服侍黛玉。

黛玉不时遣雪雁来探消息，这边事务尽知，自己心中暗叹。幸喜众人都知宝玉原有些呆气，自幼是他二人亲密，如今紫鹃之戏语亦是常情，宝玉之病亦非罕事，因不疑到别事去。这也是紫鹃素日忠厚谦和的缘故，大家都知她简朴纯良，如一汪清泉，没有多余的杂念，大家见了她，只有亲和，而不会生出不相干的联想。这才没有因为她，给宝黛二人惹出是非。

晚间宝玉稍安，贾母、王夫人等方回房去。一夜还遣人来问讯几次。李奶母带领宋嬷嬷等几个年老人用心看守，紫鹃、袭人、晴雯等日夜相伴。有时宝玉睡去，必从梦中惊醒，不是哭了说黛玉已去，便是有人来接。每一惊时，必得紫鹃安慰一番方罢。彼时贾母又命将祛邪守灵丹及开窍通神散，各样上方秘制诸药，按方饮服。次日又服了王太医药，渐次好起来。宝玉心下明白，因恐紫鹃回去，故又或作佯狂之态。紫鹃自那日也着实后悔，如今日夜辛苦，并没有怨意。袭人等皆心安神定，因向紫鹃笑道：“都是你闹的，还得你来治。也没见我们这呆子听了风就是雨，往后怎么好。”暂且按下。

换个角度看，这就是宝玉的回答。这个回答，比言辞真切，从此紫鹃不必再问。也就是紫鹃，护主心切，才闹出这么一场，若换了黛玉，之前也因疑惑有过几次伤心，如今却早已不必再问。然而紫鹃不问，心里却只定下一半，她就像所有内心充满希望的孩子，愿意相信关于未来的保证，这样的保证，她总想听宝玉亲口说一说。黛玉不问，也并非因为笃定，更没有什么未来可期，弱水三千，她无求更多罢了。

因此时湘云之症已愈，天天过来瞧看，见宝玉明白了，便将他病中狂态形容了与他瞧，引得宝玉自己伏枕而笑。原来他起先那样竟是不知的，如今听人说了还不信。无人时，紫鹃在侧，宝玉又拉她的手问道：“你为什么唬我？”宝玉和紫鹃一样，内心充满希望，向往着未来。但下意识里，他能感受到这份希望的虚渺，所以经不起一点风吹草动。紫鹃说的，不是真的，他要听紫鹃一再为他保证。紫鹃道：“不过是哄你顽的，你就认真了。”宝玉道：“你说的那样有情理，如何是顽话。”紫鹃道：“那些顽话都是我编的。林家实没了人口，纵有也是极远的。族中也都不在苏州住，各省流寓不定。纵有人来接，老太太必不放去的。"宝玉道："便老太太放去，我也不依。"若是当时宝玉就能如此作答，不知道紫鹃是觉得心安，还是疑惑宝玉的话是否可信。毕竟宝玉为了拒绝离散，一时要剃了发去当和尚，一时要化了灰随风吹散，如今也不过说一声"不依"而已。但是这一回，宝玉痛彻心扉而呆狂至此，是承诺的注脚，和以往的赌咒发誓不可同日而语。紫鹃笑道："果真的你不依？只怕是口里的话。你如今也大了，连亲也定下了，过二三年再娶了亲，你眼里还有谁？"紫鹃的心思就是从这里来的。人长大了，总要嫁娶，这样的小道消息今后只会越来越多。照理嫁娶之事都是父母做主，但宝玉如此得宠，他若真心想要如何，家里能依了他也未可知。紫鹃总想问一问，想尽一尽自己的心力。宝玉听了，又惊问："谁定了亲？定了谁？"紫鹃笑道："年里我听见老太太说，要定下琴姑娘呢。不然那么疼他？"宝玉笑道："人人只说我傻，你比我更傻。不过是句顽话，他已经许给了梅翰林家了。果然定下了他，我还是这个形景了？先是我发誓赌咒砸这劳什子，你都没劝过，说我疯的，刚刚的这几日才好了，你又来怄我。"一面说，一面咬牙切齿的，又说道："我只愿这会子立刻我死了，把心迸出来你们瞧见了，然后连皮带骨一概都化成一股灰——灰还有形迹，不如再化一股烟——烟还可凝聚，人还看见，须得一阵大乱风吹的四面八方都登时散了，这才好！"一面说，一面又滚下泪来。誓言说多了，真心都显得诚意不足。但紫鹃相信宝玉，忙上来捂他的嘴，替他擦眼泪，又忙笑着解释道："你不用着急。这原是我心里着急，故来试你。"宝玉听了，更又诧异，问道："你又着什么急？"紫鹃笑道："你知道，我并不是林家的人，我也和袭人、鸳鸯是一伙的，偏把我给了林姑娘使。偏生他又和我极好，比他苏州带来的还好十倍，一时一刻我们两个离不开。我如今心里却愁，他倘或要去了，我必要跟了他去的。我是合家在这里，我若不去，辜负了我们素日的情常，若去，又弃了本家。所以我疑惑，故设出这谎话来问你，谁知你就傻闹起来。"这是真话，却不是全部的真话。她和黛玉极好是真的，本家在这里也是真的，但紫鹃从来没有为自己求过什么，她若只是担心这个，不必绕远来试探宝玉，只需问问黛玉就是了。她的心，一如黛玉的心，说不得，心里想得再周全，说出口也会扭曲得不成样子。若不问一问，像有座山压在心上，又像头上悬着一座山。正因为紫鹃无所求，她拿自己的事做理由，好像黛玉只是她的借口，反而说得坦诚。宝玉笑道："原来是你愁这个，所以你是傻子。从此后再别愁了。我只告诉你一句蠢话：活着，咱们一处活着，不活着，咱们一处化灰化烟，如何？"紫鹃听了，心下暗暗筹划。她筹划的当然不是她自己的事，虽然她累宝玉病了一场，黛玉急了一场，自己也为此操劳了一场，但能得这么一句准话，也值了。

忽有人回："环爷兰哥儿问候。"宝玉道："就说难为了他们，我才睡了，不必进来。"婆子答应去了。紫鹃笑道："你也好了，该放我回去瞧瞧我们那一个去了。"宝玉道："正是这话。我昨日就要叫你去的，偏又忘了。我已经大好了，你就去罢。"紫鹃听说，方打叠铺盖妆奁之类。宝玉笑道："我看见你文具里头有三两面镜子，你把那面小菱花的给我留下罢。我搁在枕头旁边，睡着好照，明儿出门带着也轻巧。"紫鹃听说，只得与他留下，先命人将东西送过去，然后别了众人，自回潇湘馆来。

两三面镜子，就是两三重镜花水月，沉在一重复一重的梦境，想着将来的事，有人笑了，有人哭泣。紫鹃陪着黛玉这几年，黛玉愁苦，她也愁苦，如今得了宝玉那句话，就像得了一枚治病金丹，暗自欢喜。

林黛玉近日闻得宝玉如此形景，未免又添些病症，多哭几场。今见紫鹃来了，问其缘故，已知大愈，仍遣琥珀去服侍贾母。夜间人定后，紫鹃已宽衣卧下之时，悄向黛玉笑道："宝玉的心倒实，听见咱们去就那样起来。"黛玉不答。按理，不该背后议论人。紫鹃素来不会多嘴，有事也是做得多，说得少。但今天，她有事要跟黛玉说，以此为开场白，知道黛玉不会应她，停了半晌，自言自语地说道："一动不如一静。我们这里就算好人家，别的都容易，最难得的是从小儿一处长大，脾气情性都彼此知道的了。"这更是不该说的话。虽未言明，话里话外说的却是姻缘。年龄相仿的人，想法也接近。袭人也想到了姻缘之事，却因此忧心忡忡，生怕在那之前闹出什么事，所以要处处警惕，时时防范。紫鹃想的只是人之常情，因为并非当事人，她甚至并不觉得多羞涩。所有表面光鲜的事，都少不得有人预先准备，有人背后操持，主角到时只要到聚光灯下一站就好了。紫鹃一直做的，就是预先准备，背后操持的事，黛玉不说，她先想到前头的事也不是一件两件。只是这件事有些特殊，女孩子多会羞于启齿。紫鹃并不比黛玉年长，却把自己当成大人，颇有些当仁不让的意味。黛玉没有思想准备，一听之下，不禁啐道："你这几天还不乏，趁这会子不歇一歇，还嚼什么蛆。"紫鹃笑道："倒不是白嚼蛆，我是一片真心为姑娘。替你愁了这几年了，无父母无兄弟，谁是知疼着热的人？趁早儿老太太还明白硬朗时节，作定了大事要紧。俗语说，'老健春寒秋后热'，倘或老太太一时有个好歹，那时虽也完事，只怕耽误了时光，还不得趁心如意呢。公子王孙虽多，那一个不是三房五妾，今儿朝东，明儿朝西？要一个天仙来，也不过三夜五夕，也丢在脖子后头了，甚至于为妾为丫头反目成仇的。若娘家人有势的还好些，若是姑娘这样的人，有老太太一日还好一日，若没了老太太，也只是凭人去欺负了。所以说，拿主意要紧。姑娘是个明白人，岂不闻俗语说：'万两黄金容易得，知心一个也难求'。"

纯之又纯的感情，真的可以做到不在朝朝暮暮，无惧死生契阔，只活在当下一个又一个永恒里。紫鹃却是一个没有读过书，但听过很多前人的道理和经验，学着安分守己过日子的人。自小她就知道，女孩子，嫁人是人生第一等的大事，这件事美满，一生安乐，这件事若有憾，只怕要一生愁苦。女子在世上，能走的路不多，出嫁前只得安守于自己的家中，出嫁后只得服从夫婿的指令，只有出嫁的这一步，多少算是自己走的。虽然也不得不听从父母的安排，但在亲生父母面前，总还有些说话的余地。如今黛玉父母俱无，只有贾母能为她做决定，所幸贾母对她偏疼有加。但贾母年迈，一屋子都是她的子侄孙辈，她个个疼爱，一时虑不到黛玉也是有的。紫鹃一心想为黛玉找个靠山，以长远看，最大的靠山不应该是某个长辈，而应该是未来的夫君。她盘算多年，满眼望去，只有宝玉是最合适的人选，如今又得了宝玉一句准话，所以将自己的筹划向黛玉和盘托出，希望黛玉也能支持她的想法。

袭人为将来疑虑，以为只要秉明了王夫人，就可以底定大局。紫鹃为黛玉的将来疑虑，以为只要黛玉自己拿定主意，就可以诸事顺遂。毕竟年轻，都尚未见识过世事的无常，不知道人生中有激流，摧枯拉朽，不是个人的力量可以匹敌的。她们看宝黛，只觉得他们如梦中人一般，不懂得为将来打算，但她们自己又何尝不是另一种梦中人呢？

黛玉听了，便说道："这丫头今儿可疯了？怎么去了几日，忽然变了一个人？我明儿必回老太太退回去，我不敢要你了。"紫鹃所虑，黛玉怎会不懂，她知道紫鹃的痴想中有一份对她的拳拳之心，所以并不反驳，只以说笑岔开。紫鹃笑道："我说的是好话，不过叫你留神，并没叫你去为非作歹，何苦回老太太？叫我吃了亏，又有何好处？"说着，竟自睡了。紫鹃只道天大的难题已经破解，无论黛玉如何应答，断不会听不明白，这一晚，她会睡得很香甜。黛玉听了这话，口内虽如此说，心内未尝不伤感，待她睡了，便直泣了一夜，至天明方打了一个盹儿。黛玉有千思百虑，无以言说，紫鹃鲁莽也罢，聪慧也罢，终究解不开黛玉的愁苦。

如花儿一般美好而柔弱

第五回《游幻境指迷十二钗　饮仙醪曲演红楼梦》中，袭人的判词在"金陵十二钗又副册"中，写的是：

枉自温柔和顺，空云似桂如兰。堪羡优伶有福，谁知公子无缘。

温柔和顺，说的是袭人的为人，最好的注脚，是第三十回《宝钗借扇机带双敲　龄官划蔷痴及局外》中，宝玉淋着大雨回来，却叫不开怡红院的门，一肚子没好气，待袭人开了门，他看都不看，一边大骂一边抬腿踢在肋上。袭人从来不曾受过大话的，今儿忽见宝玉生气踢她一下，又当着许多人，又是羞，又是气，又是疼，真一时置身无地。待要怎么样，料着宝玉未必是安心踢她，少不得忍着说道："没有踢着。还不换衣裳去！"至晚间看时，只见肋下青了碗大一块，自己唬了一跳，也不声张。是夜，梦中作痛，只觉头上发晕，嗓子里又腥又甜，宝玉前来探看，持灯向地下一照，只见一口鲜血在地。宝玉慌了，只说："了不得了！"袭人见了，也就心冷了半截。即便如此，宝玉即刻便要叫人烫黄酒，要山羊血黎洞丸来，袭人还是拦住了他："你这一闹不打紧，闹起多少人来，倒抱怨我轻狂。分明人不知道，倒闹的人知道了，你也不好，我也不好。正经明儿你打发小子问问王太医去，弄点子药吃吃就好了。人不知鬼不觉的，可不好？"到底挨到天亮，才让宝玉出去找了药来用上。

又副册中除了袭人，只见晴雯的判词，并没有紫鹃的。但是紫鹃，也同样当得起温柔和顺四字。第五十七回《慧紫鹃情辞试莽玉　慈姨妈爱语慰痴颦》中，紫鹃谎称黛玉要回苏州家去，不想宝玉因此犯了呆病，以至人事不知，吓得李嬷嬷捶床捣枕说："这可不中用了！我白操了一世心了！"消息传回潇湘馆，黛玉一听此言，李妈妈乃是经过的老妪，说不中用了，可知必不中用。"哇"的一声，将腹中之药一概呛出，抖肠搜肺、炽胃扇肝地痛声大嗽了几阵，一时面红发乱，目肿筋浮，喘得抬不起头来。紫鹃忙上来捶背，黛玉伏枕喘息半晌，推紫鹃道："你不用捶，你竟拿绳子来勒死我是正经！"紫鹃懂事又能干，何曾听过这等重话，何况她试探宝玉，也是为黛玉着想，并非为她自己。这时的她，半点没有想到自己的委屈，只是又愧又急，哭道："我并没说什么，不过是说了几句顽话，他就认真了。"袭人道："你还不知道他，那傻子每每顽话认了真。"黛玉道："你说了什么话？趁早儿去解说，他只怕就醒过来了。"紫鹃听说，忙下了床，同袭人到了怡红院。

袭人受宝玉责骂，不难猜到那不是针对她的，尚且感到一时置身无地，黛玉对紫鹃说的重话，却是实实在在责怪紫鹃。那之后，紫鹃还要面对贾母的责骂，宝玉见了她，不肯放手，她只得陪侍一旁，一连几天日夜辛苦，袭人等皆心安神定，因向紫鹃笑道："都是你闹的，还得你来治。"她都没有怨意。待回了潇湘馆，满心欢喜地劝黛玉要早日拿定主意，黛玉却始终不接她的话，她还能恭顺做事一如往常。

换言之，袭人和紫鹃，在生活中都是好脾气的人，而且她们的好，并不单纯是性格使然，更有后天的自我修养。她们都没有机会上学读书，全凭耳濡目染习得，很多道理，没有人为她们说明说透，但也正因为如此，她们遇到疑惑处总是愿意选择约束或委屈自己。久而久之，为人愈发温柔和顺。

之后的三句话，就是袭人的专属了。说她似桂如兰，因为她的名字是从"花气袭人"的旧人诗句中来的。但是桂花，盛放于百花渐息的仲秋，诗人们常赞它"不是人间种，移从月中来""占断花中声誉，香与韵，两清洁"，用到她身上，好像并不合适。兰花更是花中君子，大家形容情义的"义结金兰"，说的是朋友间的情谊如金属般坚固，又如兰花般芬芳，以袭人与宝玉的结局而言，就离得更远了。

然而，人说桂子如云，诗人们眼中的桂花常是一树的灿烂，袭人、紫鹃却像单朵的桂花，小小的，暗自香甜，落了，也不会有人在意。兰花的花瓣纤巧而近乎透明，是极其脆弱的形象，人们用来比喻坚贞，是因为它们能独自面对大山里的雨雪冰霜。一如袭人和紫鹃，不知道自己的弱小无助，还想为宝玉和黛玉遮风挡雨。

堪羡优伶有福，谁知公子无缘，说的是第二十八回《蒋玉菡情赠茜香罗　薛宝钗羞笼红麝串》中，冯紫英宴请宝玉，席间宝玉初遇小名儿琪官的蒋玉菡，宝玉见他妩媚温柔，心中十分留恋，便紧紧地搭着他的手，叫他："闲了往我们那里去。还有一句借问，也是你们贵班中，有一个叫琪官的，他在那里？如今名驰天下，我独无缘一见。"蒋玉菡笑道："就是我的小名儿。"宝玉听说，不觉欣然跌足，笑道："有幸，有幸！果然名不虚传。今儿初会，便怎么样呢？"想了一想，向袖中取出扇子，将一个玉玦扇坠解下来，递与琪官，道："微物不堪，略表今日之谊。"琪官接了，笑道："无功受禄，何以克当。也罢，我这里得了一件奇物，今日早起方系上，还是簇新，聊可表我一点亲热之意。"说毕，撩衣将系小衣儿一条大红汗巾子解了下来，递与宝玉，道："这汗巾子是茜香国女国王进贡之物，夏天系着，肌肤生香，不生汗渍。昨日北静王给我的，今日才上身。若是别人，我断不肯相赠。二爷请把自己系的解下来给我系着。"宝玉听说，喜不自禁，连忙接了，将自己一条松花汗巾解了下来，递与琪官。

二人方束好，只听一声大叫："我可拿住了！"只见薛蟠跳了出来，拉着二人道："放着酒不吃，两个人逃席出来干什么？快拿出来我瞧瞧。"二人都道没有什么，薛蟠哪里肯依，还是冯紫英出来才解开了。于是复又归坐，饮酒至晚方散。

宝玉回至园中，宽衣吃茶。袭人见扇子上的坠儿没了，便问他哪里去了。宝玉道："马上丢了。"睡觉时，只见腰里一条血点似的大红汗巾子，袭人便猜了八九分，因说道："你有了好的系裤子，把我那条还我罢。"宝玉听说，方想起那条汗巾子原是袭人的，不该给人才是。心里后悔，口里说不出来，只得笑道："我赔你一条罢。"袭人听了，点头叹道："我就知道又干这些事，也不该拿着我的东西给那起混帐人去。也难为你，心里没个算计儿。"再要说上几句，又恐恼上他的酒来，少不得也睡了。一宿无话。

至次日天明，方才醒了，只见宝玉笑道："夜里失了盗也不晓得，你瞧瞧裤子上。"袭人低头一看，只见昨日宝玉系的那条汗巾子系在自己腰里呢，便知是宝玉夜间换了，忙解下了，说道："我不希罕这行子，趁早儿拿了去！"宝玉见她如此，只得委婉解劝了一回。袭人无法，只得系在腰里。过后宝玉出去，终久解下来掷在个空箱子里，自己又换了一条系着。

汗巾子是贴身之物，宝玉的贴身之物都只肯用袭人的针线，松花汗巾中自然包含着袭人的心意，宝玉送人时完全没有意识到。琪官在第二十八回出场后，一直不见他的身影，直到第三十三回《手足耽耽小动唇舌　不肖种种大承笞挞》，忠顺亲王府里有人来打听琪官下落，我们才知宝玉与他并未断了联系，甚或交情匪浅。但袭人才说了一句，宝玉就将琪官所赠汗巾直接给了她。有此铺垫在先，八十回后，更出现了最终袭人与蒋玉菡结成连理的结局。这样两个彼此无甚交集的人，怎么就能走到婚姻之中；既结为夫妻，竟能追溯到如此久远之前已有关联，从蒋玉菡的角度看，只能感叹缘分之奇妙。但人们似乎更习惯于从宝玉的角度看此结局，将袭人如今的种种用心看作讽刺，进而得出结论，说袭人"枉自温柔和顺，空云似桂如兰"，而贬斥她。窃以为如此看待袭人，并不公平。

　　谁能早早看穿生活的迷局，每到路口都作最优选择呢？第七十九回《薛文龙悔娶河东狮　贾迎春误嫁中山狼》，黛玉在花影中听得宝玉念他为晴雯写的《芙蓉女儿诔》，称赞之余，提出"红绡帐里，公子多情；黄土垄中，女儿薄命"一联意思虽好，未免熟滥，几番讨论，最终宝玉将其改成"茜纱窗下，我本无缘；黄土垄中，卿何薄命"，黛玉听了，怅然变色，心中虽有无限的狐疑乱拟，外面却不肯露出，反连忙含笑点头称妙，说："果然改的好。再不必乱改了。"茜纱窗，出自黛玉的潇湘馆用霞影纱糊的窗格，宝玉听了直道新妙，又连说不敢，黛玉笑道："何妨。我的窗即可为你之窗，何必分晰得如此生疏。"撇开其中关于宝黛命运的暗示，单以主仆言，这两句话不仅道出宝玉和晴雯的命数，用于宝玉与袭人、黛玉与紫鹃，也很贴切。

　　袭人处世，推崇克己复礼，她不理解，并非所有的规矩都意味着公平，以当时的社会背景，有些规矩欺压的就是像她这样的人，她还勉力恪守，懵懂于她周遭充满的风刀霜剑。作为宝玉的贴身丫头，她真的做到了心中眼中又只有一个宝玉，但即使到了提倡并践行男女平等一百多年后的今天，因为她最后嫁给了蒋玉菡，人们还是会下意识地将她之前对宝玉的情义一笔勾销，甚至认定她就是见异思迁的人。她不理解宝玉竭力保全的究竟是什么，她眼看着宝玉与几乎所有规范为敌，为此遭遇生活的暴击，她真心以为只要妥协，就可以减免来自外部的打压，所以她一直想方设法劝导宝玉妥协。她从不认为自己对生活的理解比宝玉高明，要宝玉听她的，是因为她以为世界上只有她看得见的那一条路可以走。发现宝玉可能滑出路缘，她愿意用自己的身体去阻挡，她是真心以为自己在救他。这份心意，她以为能支持她陪在宝玉身边，直到永远。但是很快，茜纱窗下的世界就像一个梦一样消散，什么都不能留下，无论她的归宿何在，她都只是一个薄命的女儿。

紫鹃一直像一个影子一样伴随在黛玉身边，黛玉病弱，她希望自己足够强壮，能成为黛玉的依靠，渐渐地，她待黛玉如姊如母，忘了自己也和黛玉的年纪一般大。她一直安分守己，是出于习惯，而非有意为之，她心中的婚嫁，和袭人心中的规矩一样，只是一种抽象的概念，像一味万灵丹，可以彻底解决人生的全部问题。她从来没有表达过她对黛玉的情谊，只说过一句"一时一刻我们两个离不开"，却那么快就不得不天人永隔。她如此普通，没有人赞美她的好，一旦没有了黛玉，没有人关心她会何去何从，又会有什么样的结局，像一朵小花悄悄开过，不知何时竟落了。

袭人和紫鹃都是忠仆，只是袭人的忠仆之义在仆，她更注重为人仆从的职责，而且完成得很好；紫鹃的忠仆之义在忠，她情深义重无须言表，守着黛玉直到最后一刻。她们都生活在由亭台楼阁和钗环衣袂组成的小小世界里，看不到时代的全貌，木然于心灵的深邃，却仍奋起自己全部智慧和力量，想要护主周全。她们不像鸳鸯、晴雯，甚或小红那样个性鲜明，却当得起"忠厚"二字。薄命，是时代赋予她们的命运，忠厚是她们为自己画下的人生底色。

未来如何，还要看她们各自的缘法，目前而言，她们年龄相仿，见识相当，能力也不分伯仲，最大的区别，大概是袭人看着稚嫩，骨子里已经是个大人，紫鹃看着像个小大人，骨子里却仍是孩子，而且想必一辈子都会是一个心里住着一个孩子的人。做一个成熟的大人，守规矩而自律，于他人而言未尝不是一件好事，至少不会给人添麻烦。做一个心里住着一个孩子的人，他人未必能感受到有何异常，于自己而言却弥足珍贵。这个孩子，就是宝玉不惜代价定要保全，而袭人一直不能理解的事，也是袭人屡败屡试，黛玉和紫鹃却无意规谏宝玉的原因。

人世无常，世道艰难，辛苦跋涉的途中，得见繁花盛放是难得的慰藉。有些花儿不知其名，悄然开谢，如旧日诗句：石冷开常晚，风多落亦频，樵夫应不识，岁久伐为薪。袭人、紫鹃，莫不如是。

后记

写文章很难，在我的身边，有我非常敬重的文章写得极好的师友，看着他们，我更觉得写文章是我无法驾驭的事。有一次在课堂上，老师说，如果你觉得自己明白了，说说看就知道是不是真的明白；如果你觉得自己能说清楚，写写看就知道是不是真的清楚。我听了暗自感慨。我原来是做广播节目的，专业的老师曾说过，主持人有三个阶段，第一阶段觉得自己特别会说；第二阶段发现自己不知怎么才能说好，简直不会说；第三阶段，是经历过以上两个阶段，还能以言说为职业，那才算合格的主持人。他说，他很少见到经历第二阶段的人。

　　我的专业的顶级，不过是能用言说证明自己明白了些什么，由说而写，是另一重山。

　　很多年前，我的另一位老师就建议我，既然做读书节目，就应该写文章。他说，你们不要先追求写得多好，重要的是，不要不写。直到终于落笔我才明白，不包含书写的阅读，是不完整的。还清楚意识到，人与语言，和人与文字建立的联系不同，如果我希望探讨的问题以书写的方式更能抵达，就不该偷懒。

　　阅读，很有趣。比成为演员更能让人体验和理解不同的人生。很喜欢一种说法，看外面那些楼房，入夜后一扇一扇窗亮起灯，每一扇窗里都有悲欢离合在上演，那就是小说。阅读，有时须读进悲欢离合里，有时须读出悲欢离合外，我想在观察中体会、训练自己的眼光，在思绪的梳理中体察、整顿自己的内心，在有限的作品中寻找无限。

非常感谢黄德海先生邀请我，为《思南文学选刊》中的作品写下这些书评。非常感谢李宏伟先生为我提供机会，将之前的书评文章结集出版。这是我第一次体会，由孤立的文章编辑成书的过程。

以前，我以主持人的身份，以广播节目与听众结缘，如今，我要以书写者的身份，以文字与读者相见。文章在网上发布时，我始终没有关心，究竟什么人，通过什么样的途径会看到我的文章。但是现在，我很忐忑，也很好奇，在这个全新的领域即将看到的景象。

图书在版编目（CIP）数据

拆解一篇小说 / 叶沙著. -- 北京：作家出版社，
2024. 11 -- ISBN 978-7-5212-3210-3

Ⅰ. I267

中国国家版本馆 CIP 数据核字第 20244MM0101 号

拆解一篇小说

作　　者：叶　沙
责任编辑：秦　悦　王　烨
装帧设计：刘十佳
出版发行：作家出版社有限公司
社　　址：北京农展馆南里 10 号　　邮　　编：100125
电话传真：86-10-65067186（发行中心）
　　　　　 86-10-65004079（总编室）
E-mail:zuojia@zuojia.net.cn
http://www.zuojiachubanshe.com
印　　刷：北京博海升彩色印刷有限公司
成品尺寸：142×210
字　　数：207 千
印　　张：8.5
版　　次：2024 年 11 月第 1 版
印　　次：2024 年 11 月第 1 次印刷
ISBN　978-7-5212-3210-3
定　　价：68. 00 元